AF139262

Der Autor Bo Banani (Mitte vierzig) schreibt in seinem Debüt-Erotik-Roman über seine authentischen Erfahrungen und Abenteuer in den bekanntesten Netzwerken und Chat-Foren des Internets, den Portalen „TABOO" und „FRATZEN-BIBEL" (fb).

Bo ist beruflich erfolgreich, Ehemann einer zehn Jahre jüngeren Frau, Vater einer kleinen Tochter und in seiner schon sehr langen und unterbrechungslosen Beziehung sexuell vernachlässigt und aus diesem Grunde frustriert. Er sehnt sich nach Abwechslung. Auf amüsante, knisternde, direkte und selbstironische Weise beschreibt er, wie er sich in einem Flirt-Portal einloggt und unter nicht ganz korrekten Parametern zu seiner Person den Kontakt zu seiner deutlich jüngeren, weiblichen Beute herstellt, um diese anschließend zu treffen. Von alldem dürfen seine Familie, sein berufliches und soziales Umfeld natürlich nichts erfahren - was das Unterfangen nicht einfacher macht. Der Leser wird Zeuge, wie der Protagonist langsam, mit mal mehr oder weniger erfolgreichen Versuchen, die Sympathien der unterschiedlichsten Frauen beim Chatten gewinnt, um die Leser dann an den verschiedenen Unterhaltungen, seinen eigenen Gedanken, den erotischen Abenteuern aber auch an den Flops teilhaben zu lassen. Viel Spaß beim Blick über die Schulter des TABOO- und FRATZEN-BIBEL-Mitgliedes beim Chatten und bei dem Blick durch das Schlüsselloch der Hotelzimmertüren und anderen Locations bei den erotischen Abenteuern des Bo Banani mit „Zeltaufbau unter der Bettdecke-" bzw. „Feuchte Höschen-" Garantie.

Der Autor schreibt seine authentischen Erfahrungen unter Pseudonym.

Achtung:
Wenn Sie das Buch in der Öffentlichkeit lesen, könnte man es Ihnen ansehen :-)

Bo Banani

Mein Bo und seine Abenteuer

oder

Wenn ich einmal alt, grau
und impotent sein werde,
bereue ich nur die Sünden,
die ich nicht begangen habe

www.bo-banani.de
bo-banani@gmx.de

BoD - Books on Demand, Norderstedt

Bibliografische Information der Deutschen Nationalbibliothek:
Die Deutsche Nationalbibliothek verzeichnet diese Publikation
in der Deutschen Nationalbibliografie, detaillierte bibliografische
Daten sind im Internet über http://dnb.dnb.de abrufbar.

Herstellung und Verlag
BoD - Books on Demand, Norderstedt
ISBN 978-3-7392-2079-6

INHALTSVERZEICHNIS

Bo Banani

www.bo-banani.de

bo-banani@gmx.de

Ich stand an der Rezeption eines kleinen Hotels zwischen Gronau und Ahaus. Kein Hotelgast weit und breit.

„Das war aber ein kurzer Aufenthalt in unserem Hotel. Hat es Ihnen nicht gefallen?", fragte mich die junge, gutaussehende blonde Dame, die so Mitte bis Ende Zwanzig gewesen sein dürfte und hinter einem Tresen aus schwarzem Granit am Computer saß.

„Doch, doch ... ", erwiderte ich.

„Das Hotel ist sehr schön und das Zimmer war auch sehr gemütlich, aber ich hatte nur diesen einen Nachmittag in diesem Hotel geplant. Diese Nacht werde ich wieder zu Hause verbringen."

Die Dame an der Rezeption konnte sich das Grinsen nicht verkneifen, denn es war noch halb fünf am Nachmittag und ich hatte erst morgens um kurz vor elf eingecheckt. Heute Morgen hatte ich hier in Begleitung einer 25 Jahre jungen Serbin namens Nadja gestanden. Nadja war Raucherin und hatte die Abkürzung vom Hotelzimmer zum Parkplatz gewählt. Es war ihr wohl ein wenig unangenehm, nur wenige Stunden nach dem Eintreffen wieder abzureisen. Sie wollte sich nicht den zu erwartenden abschätzigen Blicken des Hotelpersonals aussetzen. Man hätte sie dann vielleicht für eine Professionelle halten können. Immerhin war sie an diesem warmen August-Tage sehr weiblich und sexy angezogen. Sie trug eine dunkelbraune, fast transparente, mit Blumen gemusterte, sommerliche Bluse, einen engen Rock, der bis zu den Knien reichte, hohe, sommerliche Lederstiefel und eine leichte, helle Strickweste. Ihre Handtasche, über die rechte Schulter gehängt, war aus dem gleichen Leder wie ihre Stiefel.

Ich bezahlte die Rechnung für eine Übernachtung in bar – auch wenn diese gar nicht im Hotel vollzogen wurde und lächelte die blonde Dame am PC freundlich dabei an. Sie erwiderte mein Lächeln charmant. Mit ihr, der Empfangsdame, hätte ich mir die letzten

Stunden in dem Hoteldoppelzimmer auch sehr gut vorstellen können, dachte ich noch bei mir, als ich mich zur Ausgangstür umdrehte, um zu meinem Auto zu gehen, an dem Nadja bereits auf mich wartete.

Nadja, die junge Serbin, die erst ein paar Jahre in Deutschland lebte, stand dort im Schatten einiger Birken, die sie vor der prallen Sonne schützten, und rauchte noch entspannt eine Zigarette. Ich warf meine kleine, lederne Umhängetasche mit dem Nötigsten, was man für ein paar Stunden auf einem Hotelzimmer brauchte, in den Kofferraum und öffnete Nadja die Autotür. Sie warf ihre Kippe in ein farbenfrohes Blumenbeet, welches von der Kraft der Sonne bereits ein wenig verblasst war, und stieg ein. Ich schnallte mich auf dem Fahrersitz an und fuhr los. Im Rückspiegel konnte ich noch sehen, wie die trocknen Blumen durch die Glut der Zigarette Feuer fingen und das florale Farbenmeer in Flammen aufging. Im Auto schwiegen wir die ganze Rückfahrt über. Ich starrte stur auf die vor uns liegende Landstraße und Nadja nach rechts in die sattgrüne Landschaft, die an uns vorbeiflog.

„Nichts los hier an diesem Mittwochnachmittag", dachte ich mir. Und das war noch einer der klarsten Gedanken, die mir auf dieser Rückfahrt durch den Kopf gingen. Nadja schien es genauso zu gehen. Heute Morgen hatte ich sie auf einem Parkplatz vor einem Supermarkt zum ersten Mal in natura gesehen. Vorher kannte ich sie nur von einigen Fotos auf FRATZEN-BIBEL (fb) und TABOO. Nach 20-minütiger Autofahrt waren wir wieder auf dem Supermarkt-Parkplatz in Gronau.

„Wie hat dir dieser etwas verrückte Tag mit mir gefallen?", fragte ich sie. Sie lächelte so, dass eine Antwort überflüssig gewesen wäre; aber sie sagte dennoch etwas:

„Es war sehr, sehr, sehr schön. Deine Frau hat großes Glück, einen so zärtlichen Liebhaber zu haben."

„Tja ... ", dachte ich mir, „ ... warum sagt mir das eine Frau, die ich erst letzte Woche in einem Internet-Forum kennengelernt habe, und nicht meine eigene Frau, die ich schon seit 18 Jahren kenne?"

„Mir hat es auch sehr, sehr gut gefallen. Es war noch viel kribbelnder und aufregender, als ich es mir vorher in den letzten Nächten vor unserem Treffen vorgestellt hatte", fügte ich hinzu.

„Du bist ein toller und leidenschaftlicher Mensch. Ich wünsche dir, dass du auch Deinen Prinzen fürs Leben findest. Verdient hast du ihn sicherlich, meine kleine, süße ... Nadja."

„Wenn du möchtest, kannst du mich jederzeit wieder anschreiben oder anrufen! Meine Nummer hast du ja noch", sagte sie.

„Das mache ich", erwiderte ich, obgleich ich in diesem Moment schon wusste, dass es wohl doch nicht geschehen würde.

Nadja war nicht die erste Frau, mit der mich das eben erlebte fünfstündige Abenteuer verband. Genau genommen war sie die Vierte. Und ich dachte, dass sie auch erst einmal die Letzte sein sollte. Wir gaben uns zum Abschied im Auto sitzend einen angedeuteten Kuss auf die Wangen. Sie öffnete die Autotür, nahm ihre Handtasche, stieg aus, bückte sich noch einmal zu mir ins Auto-Cockpit, gönnte mir dabei noch einen letzten Blick in Ihre weit geöffnete Bluse und hauchte mir ein „See you" zu.

„Bis bald ...", sagte ich noch, bevor sie die Autotür zufallen ließ.

Ich beobachtete noch, wie sie zu Fuß über den Parkplatz schritt. Sehr weiblich und sehr stolz, so wie man es von Osteuropäerinnen kennt, die selbstbestimmt und selbstsicher mit beiden Füßen im Leben stehen. Eine Straße überquerend, verschwand sie auf der anderen Seite zwischen mehrgeschossigen Wohnblöcken. Da irgendwo in den großen, anonymen Blöcken würden ihre Mutter aus Serbien, die ein paar Wochen zu Besuch war, und ihre beiden kleinen Süßen, eine dreijährige Tochter und ein fünfjähriger Sohn, die ich auch nur einmal auf Fotos auf FRATZEN-BIBEL gesehen hatte, auf sie warten. Keiner von ihnen wusste von dem Date, das Nadja mit mir gehabt hatte. Nadja hatte sich vor einiger Zeit von ihrem Mann, der noch in Süddeutschland wohnte, getrennt. Momentan zog sie die Rolle der alleinerziehenden Mutter vor, bevor sie sich wieder in eine Beziehung stürzen wollte, in der vielleicht ihre beiden Kleinen zu kurz kommen würden.

Ich startete den Motor und rollte langsam und noch etwas verträumt vom Parkplatz auf die Straße Richtung Heimat. Dort warteten meine zehn Jahre jüngere Frau und meine Tochter, die noch kein Jahr alt war, auf mich. Irgendwie hatte ich wieder dieses schlechte Gewissen den beiden gegenüber. Aber auf der anderen Seite dachte ich mir: „Was soll´s?" Man sagt zwar im Scherz: „Appetit holen außer Haus ist erlaubt, aber gegessen wird zu Hause." Toller Spruch. Aber was macht ein Mann mit 44, wenn die Küche schon seit Jahren kalt bleibt? Soll er warten, bis der kleine, arbeitslose Bo abfällt? Ich denke: „NEIN!" Zum Fremdgehen gehören meiner Meinung nach immer noch mindestens drei, und wenn beide Schäferstündchen-Akteure in einer Beziehung leben, sogar vier. Keine Ehefrau und kein Ehemann geht grundlos fremd. Dazu tragen die oder der „Betrügende" - was für eine vorschnelle Verurteilung - und die oder der „Gehörnte" gleichermaßen bei.

Auch auf den restlichen Kilometern bis zu mir nach Hause schossen mir viele Gedanken unkontrolliert durch den Kopf. Ich musste unwillkürlich wieder an die Zeit denken, in der alles begonnen hatte.

Drei Monate zuvor - es war gerade Anfang Juni - hatte alles während der Arbeitszeit ganz harmlos begonnen. Ich saß im Büro und hatte, so wie es in den Sommer-Monaten in meiner Branche üblich war, nicht viel zu tun und langweilte mich ein bisschen. Ich hatte mich zuvor in dem Internet-Forum FRATZEN-BIBEL angemeldet. Vorher war ich schon in anderen Netzwerken gewesen, aber die Accounts hatte ich mittlerweile alle gelöscht.

Immer, wenn ich auf FRATZEN-BIBEL mit Freunden und Bekannten chattete, fiel mir auf, dass irgendwelche entfernte Bekannte auf TABOO meist intime Fragen über mich beantwortet hatten. Dieses Frage-und-Antwort-Spiel schien wohl besonders bei Jüngeren und Anfängern sehr beliebt zu sein. Die Fragen und wer die Befragten waren, konnte man auf der FRATZEN-BIBEL-Seite nachlesen, die Antworten allerdings nicht. Dazu musste man vorher Punkte sammeln. Das war mir allerdings viel zu zeitaufwendig und genau genommen auch zu infantil und somit ließ ich es dann auch sehr schnell wieder sein, die Antworten zu recherchieren. Aber dieses TABOO ließ mich einfach nicht mehr in Ruhe. Andauernd wurde ich auf FRATZEN-BIBEL aufgefordert, mir die neue Kontakt- und Dating-Seite herunterzuladen. Auch auf meinem iPhone, das ich mir erst im Frühjahr des Vorjahres zugelegt hatte, las ich diese Aufforderung des Öfteren. Irgendwann gab ich ihr nach.

Es war alles ganz easy. Ich brauchte nur ein paar freiwillige Parameter zu meiner Person angeben, ein paar mehr oder weniger aussagekräftige Infos und Sprüche eintippen, ein Profilfoto und ein paar weitere Bilder auf meine neue TABOO-Seite herunterladen und schon war ich drin. Drin im wohl bekanntesten Anbagger-Chat, den ich bisher kennengelernt hatte. Und das Beste war, es kostete im Grunde nichts.

Nun ja, die ersten paar Tage war es für mich kostenlos, aber dann gab ich den auffordernden Tarifen nach, die mir versprachen, dass ich noch mehr Infos und Reaktionen meiner Chat-Kontakte erhalten könnte, wenn ich die Superfeatures für einen oder mehrere Monate orderte. Je länger der Tarif-Zeitraum, desto günstiger der Monatsbeitrag. Gesagt, getan. Ich dachte, für drei Monate sollte es mir der Spaß wert sein. Habe ich doch schon in meiner weiter zurückliegenden Vergangenheit als notgeiler Single Unsummen in Discotheken-Besuchen, Sommerurlauben an der norddeutschen und spanischen Festlandküste und auf Mallorca ausgegeben, nur um mich im Vorfeld der Illusion hinzugeben, dass alle Investitionen auf eine gepflegte Portion ungezügelten Sex hinauslaufen sollten. Na, da waren doch die lächerlichen paar Euros Peanuts dagegen und die Aussicht auf Erfolg erschien mir weitaus größer.

Da ich leider schon Jahrgang 1966 - in Buchstaben: „neun-zehn-hundert-sechs-und-sechzig" - und meine Zielgruppe jedoch deutlich jünger war, zwang mich mein rationaler Scharfsinn, meine persönlichen Parameter etwas zu tunen. Bei der Eingabe meines Geburtsdatums rutschte ich bei der Jahreszahl um genau 10 Jahre auf der Zahlentastatur aus.

„Egal", dachte ich mir, „shit happens ... und 34 hört sich nicht nur besser an, sondern sieht geschrieben auch noch viel besser aus."

Ich will ja nicht prahlen, aber ich wurde schon seit Jahren nie richtig und schon gar nicht älter geschätzt, als ich jeweils war. Manche Schätzungen, die deutlich unter meinem tatsächlichen Alter lagen, hätte ich auch nur als plumpes Kompliment gedeutet, wäre da nicht die auffallend hohe Nicht-Treffer-Quote gewesen, die mich glauben lassen musste, dass ich tatsächlich einige Jahre jünger aussah, als es mein Personalausweis diktierte. Meine gelebte Achtung vor meinem eigenen Körper, also Alkohol nur in Maßen, keine Zigaretten oder härtere Drogen und vor allem keine Popper-

Toaster-Abos, sollten nun meinem Alters-Fake Glaubwürdigkeit verleihen. Popper-Toaster nannte man in den Achtzigern, also meiner früheren Sturm-und-Drang-Zeit, die Solarsonnenbänke.

Um diese Finte noch etwas zu untermalen, nahm ich selbstverständlich nicht die aktuellsten Fotos von mir, sondern die aus dem Sommerurlaub 2007, die bereits vier Jahre älter waren und auf denen ich dementsprechend auch vier Jahre jünger aussah. Ein Lebensmotto brauchte ich auch noch. Oder einen Spruch, der mich, die Sofa-Kartoffel, die schon seit mindestens 20 Jahren in keinem Sportverein mehr aktiv gewesen war, irgendwie interessanter machte, als die vielen anderen, die zum Teil auch noch verflucht beneidenswerte und gutaussehende, durchtrainierte Astralkörper hatten. Also schrieb ich noch einen Spruch, der tatsächlich schon seit Jahren mein Lebensmotto war: „Was juckt es den Baum, wenn sich ein Schwein daran kratzt" und ein Zitat meines mittlerweile uralten Klassenlehrers Rüdiger W. aus B., der einmal sagte:

„Wenn ihr einmal ganz alt, grau und krumm sein werdet, dann bereut ihr nur die Sünden, die ihr nicht begangen habt!".

Diese beiden Weisheiten, die mit einem wasserfesten Stift geschrieben auf keiner öffentlichen Toilettentür hätten fehlen dürfen, mussten sitzen. Wer die nicht verstand, konnte über meinen seltsamen Humor, der oft ins Schwarze abdriftete, eh nicht lachen. Und was ist schon ein Flirt ohne herzhaftes Lachen? Ist doch der eigene Humor das einzige, was man sich bis ins hohe Alter bewahren kann und das nicht dem alternden Verfall unterliegt, so wie sonst alles andere an und in einem.

Meine Seite auf TABOO war also fertig. Nachjustieren konnte ich das Ganze ja immer noch. Nun konnte ich in meiner Umgebung, die natürlich auch nur grob richtig, also so ca. 40 km abweichend von meinem tatsächlichen Wohnort, angegeben war, nach Frauen suchen, die in mein Beute-Schema passten.

Ich mag bei Frauen im Grunde alle Haarfarben, alle Augenfarben, möglichst schlanke Körper, aber da bin ich, wenn es sein muss, auch zu Kompromissen bereit, und wenn möglich etwas kleinere Gespielinnen. Sollte es zum Äußersten kommen - und als hoffnungsloser Optimist ging ich mal davon aus - dann sollte die Frau auch im Bett etwas leichter und handlich sein und nicht so schwerfällig. Äußerlichkeiten sind zwar nicht alles, aber vieles. Wie hieß es doch vor einiger Zeit so schön in einem Werbespot, dessen Produktnamen ich vergessen habe: „Das Schöne an einem flachen Bauch ist, dass man ihn beim Sex nicht einziehen muss!" Das sah ich genauso.

Meine Zielgruppe sollte ein Alter haben, das zu mir passte. Also sollte es mit einer 2 beginnen. Wenn eine ungewöhnliche Reife des Körpers oder des Geistes es zuließen, dann hätte sie auch erst 19 oder sogar nur 18 sein dürfen. Aber ich befürchtete, dass diese ganz besonders jungen Dinger von sich aus Abstand von so einem wie mir halten würden. So viel väterliche Gefühle konnte ich nicht erwarten und genau genommen wollte ich ja auch nicht eine brave Vaterrolle spielen, sondern die des nimmersatten, geilen Liebhabers. Also gab ich in den Suchkriterien das Wunschalter 18 bis 29 ein.

Und da kamen auch schon prompt die Vorschläge zu meinem Suchprofil. Um breit zu streuen, hatte ich erst einmal TARGET gespielt. Bei TARGET wurden mir nacheinander die unterschiedlichsten Frauen aus meiner (40 Kilometer entfernten) näheren Umgebung dargeboten. Die dabei stets gestellte Frage: „Treffen?" konnte ich über einen Button mit „ja", „vielleicht" oder „nein" beantworten. Ich tat es, ohne vorher lange darüber zu sinnieren. Für meine Urteile brauchte ich selten viel Zeit. Sympathie- und Antipathie-Punkte vergab ich in einer Geschwindigkeit, in der eine Kassiererin im Supermarkt die Produkte einscannte. Tja, so schnell konnte es gehen, wenn man nur oberflächlich genug war. Ich war es!

Nach einiger Zeit hatte ich einige Dutzend Frauen sortiert. Wenn ich bei dem Spiel die Frage nach dem Treffen bejaht hatte und diejenige auch auf „ja" oder „vielleicht" geklickt hatte, dann hätten sowohl sie als auch ich eine Rückmeldung erhalten. Ich war mal gespannt, ob und wenn ja, wer sich darauf zurückmelden sollte. Nach einigen Spielrunden fiel mir auf, dass viele der Frauen, die mir bei „Volltreffer" angeboten wurden, schon seit mehreren Wochen und Monaten nicht mehr online waren. Diese Variante der Kontaktaufnahme war also offensichtlich sehr ineffektiv. Außerdem wurde es mir auf diese Weise zu unpersönlich, und so begann ich, konkretere Versuche der Kontaktaufnahme zu starten. Auch hier wollte ich erst einmal breit streuen und dachte mir eine Anmache aus, die man auf so ziemlich jede Frau beziehen konnte:

„Hi, … Susi Mustermann …, du bist mir hier auf TABOO unter den vielen Unauffälligen aufgefallen. Die Angaben in deinem Profil sind etwas sparsam gehalten. Ich würde dich gern etwas besser kennenlernen. Melde dich doch mal, wenn du wieder online bist. Viele liebe Grüße, dein Bo ;-) "

Nach zehn dieser Mails wurde ich für die kommenden 24 Stunden gesperrt. „Shit … ", dachte ich, „… da habe ich ja mal wieder die AGBs nicht richtig oder, besser gesagt, gar nicht gelesen". Na ja Morgen war ja auch noch ein Tag.

Als ich das nächste Mal wieder auf dem iPhone in meinem Profil nachsah, ob sich schon jemand auf meine platten Sprüche gemeldet hatte, schaute ich mir erst einmal die verschiedenen Besucher an, die mein Profil durchstöbert hatten.

Es war schon interessant, wen man hier so alles antraf. Auf einige Mails bekam ich kurze Rückmeldungen, und wenn eine Frau gerade gleichzeitig mit mir online war, dann ergab sich auch der ein oder andere kurze Flirt. Und dann, nach unzähligen Fehlversuchen, als ich gerade mal wieder online war, meldete sich eine junge Dame namens Stella mit einem verhaltenen:

„Hi … wie geht's?"

„Hi Stella, mir geht es gut. Bist du schon lange hier auf TABOO?", gab ich zurück.

„Ja, so ca. 3 oder 4 Monate", antwortete sie.

„… und, hast du hier schon interessante Leute kennengelernt?", fragte ich.

„Geht so ;-(Hier sind leider sehr viele Spinner auf TABOO unterwegs."

„So welche wie ich?", wollte ich wissen.

„So gut kenne ich dich noch nicht. Aber ich glaube, du hast etwas mehr Niveau, als die meisten hier;) "

„Was lässt dich das glauben?", hakte ich interessiert nach.

„Die meisten Vollpfosten sind kaum in der Lage, einen Satz fehlerfrei zu schreiben, und das, was sie schreiben, ist es nicht wert, es zu lesen", jammerte sie.

„Ohh, das tut mir aber leid für dich und auch für die vielen anderen Mädels, die das hier über sich ergehen lassen müssen. Was suchst du hier auf TABOO?"

„Och, das weiß ich selbst nicht so ganz genau. Interessante neue Bekanntschaften oder so. Mal sehen, was die Zeit so bringt. Und du? Was suchst du?"

„Abwechslung! … Bist du solo, so wie es in deinem Profil steht?", wollte ich von mir ablenken.

„Ja, seit ein paar Monaten. Ich hatte vorher einen Freund. Mit dem war ich 3 Jahre zusammen. Wir hatten auch schon zusammen gewohnt. Und dann hat der Penner mich mit meiner besten Ex-Freundin und Kollegin betrogen, … der Sack."

„Ohh, das tut mir leid für dich. Trauerst du ihm noch nach?"

„Nöö, der Keks ist gegessen. Genau genommen bin ich sogar froh, dass ich ihn nun nicht mehr an der Backe habe. Der Mistkerl war in der letzten Zeit so faul geworden, dass ich ihn wahrscheinlich eh bald vor die Tür gesetzt hätte, wäre er nicht schon von alleine gegangen. Aber dass er heute mit meiner ehemaligen Freundin und Kollegin zusammenlebt, ärgert mich schon. Auf diese Weise habe ich gleich zwei Menschen aus meinem näheren Umfeld verloren."

„Wie funktioniert dann die Zusammenarbeit mit deiner Ex-Freundin, wenn ihr auch noch Kolleginnen seid? Ist das nicht etwas anstrengend? Und was macht ihr beide beruflich?"

„Wir sind beide Altenpflegerinnen in einem kirchlichen Seniorenheim im Raum Osnabrück. Sie ist aber nicht nur meine Ex-Freundin, sondern auch meine Ex-Kollegin."

„Hast du sie umgebracht?;-)"

„Hihihi, … das war nicht nötig. Ich hatte da viel subtilere Mittel, um sie loszuwerden. Ich hatte schon immer einen guten Draht zu meinem Vorgesetzten. Und nachdem ich von dem Verhältnis der beiden erfahren hatte, habe ich dafür gesorgt, dass beide nach ihrer Ausbildung nicht übernommen wurden."

„Also war dein Ex-Freund auch gleichzeitig dein Kollege?"

„Ja genau. Beide mussten auf einen zweiwöchigen Lehrgang in eine andere Stadt und da kamen sie sich dann näher. Die Schlange und der Wurm oder sollte ich sagen: der Blutegel?"

„Warum Blutegel?"

„Ach weißt du, zu Beginn der Beziehung war er echt total süß und aufmerksam und hilfsbereit, aber je länger wir zusammen waren, desto fauler wurde er. Zuletzt durfte ich nur noch seine Wäsche waschen, die Bude ganz alleine putzen, Einkäufe erledigen und so. Und das, obwohl ich auch noch mehr Stunden in dem Seniorenheim schieben musste als er."

„Na, dann geh mal schnell zum Kühlschrank und schau mal nach, ob du noch 'ne Pulle Sekt oder besser Champagner darin findest, und dann trinke darauf, dass du ihn los bist. Es hätte doch gar nicht besser für dich laufen können, als ihn loszuwerden. Womöglich hättet ihr sonst noch geheiratet, bevor er dich dann irgendwann betrogen hätte … oder?"

„Ja. Da hast du wohl recht. Ich trauere auch nicht mehr um ihn. Ich komme auch ganz gut allein zurecht. Und wenn mir irgendwo mein Romeo über den Weg läuft, ob hier auf TABOO oder sonst wo, dann ist es auch O. K."

„Nach dem, was ich hier so über die Vertreter meiner Spezies gehört habe, sieht das mit dem Romeo für dich hier auf TABOO ein wenig schlecht aus. Aber vielleicht ist ja doch einer für dich dabei. Die Hoffnung stirbt ja bekanntlich zuletzt."

„So, nun weißt du schon eine ganze Menge über mich. Und was ist mit dir? Was suchst du auf diesem Bagger-Portal TABOO? Bist du Single oder in einer Beziehung?"

„Tja, … ich nenne es mal … 'in einer offenen Beziehung' ;-)"

„Offene Beziehung? … aaah-jaaa. Und was meinst du damit genau?"

„Nun ja, also … ich bin seit 18 Jahren pausenlos in einer Beziehung mit einer Frau. Wir hatten sehr lange zusammengelebt, bis wir uns dann nach 10 Jahren verlobt haben, 2005 haben wir geheiratet und seit 2010 haben wir eine kleine, süße Wunsch-Tochter.
Seit ein paar Jahren hat meine Frau allerdings keinen Bock mehr auf guten Sex. Irgendwie ist ihre Libido schon vor Jahren eingeschlafen.

Und nun suche ich hier etwas Abwechslung von meinem sexlosen Alltag. Stumpf, nicht wahr?"

„Stumpf würde ich nicht sagen. Nachvollziehbar. Hast du schon mal mit deiner Frau darüber gesprochen?"

„Ja, natürlich. Aber wenn ich das Thema auch nur anspreche, dann macht sie sofort zu. Und danach ist die Stimmung auf dem Nullpunkt."

„Wie wäre es mit einer Beziehungs-Therapie?", schlug Stella vor.

„Ich habe neulich mit Schrecken gelesen, dass das bei Frauen in dem Alter in einer längeren Beziehung völlig normal ist. Irgendwann haben sie keinen Spaß mehr am Sex und so mit ungefähr 50 schlägt das dann ins Gegenteil um. Dann werden sie plötzlich aktiv und können nicht genug davon bekommen. Aber soll ich warten, bis sie 50 ist? Das ist noch verdammt lang hin. Bis dahin ist mir mein kleiner, arbeitsloser Bo vielleicht schon abgefallen :-("

„Dein kleiner Bo ;-) Wie süß. Du nennst dein Ding ´kleiner Bo´? ... So lange als Frau ohne Sex, das könnte mir nie passieren."

„Tja, du bist ja noch jung. 25 Jahre, habe ich in deinem Profil gelesen. Und deine Beziehung war ja auch noch nicht sooo lange. Oder hast du schon eine längere hinter dir?"

„Nein. 25 bin ich aber auch nur noch ein paar Tage. Nächste Woche habe ich Geburtstag und dann sind es schon 26 Jahre. Ich hatte zwar schon einige Beziehungen, aber keine hatte so lange gedauert, wie die letzte, und vor allem hatte ich vorher mit keinem anderen zusammengewohnt."

„Ich schaue mir gerade deine Fotos auf TABOO an. Auf einem Foto stehst du im Bad und fotografierst dich selbst im Spiegel. Da trägst du eine schwarze Cop-Uniform ;-) Stehst du auf Uniformen oder wie muss ich das deuten?"

„Nein. Das war ein Foto vom letzten Karneval. Das ist nur eine Verkleidung."

„Ach so. Und ich dachte schon, dass dich Uniformen irgendwie anmachen ;-) Sowas soll es bei Frauen ja geben."

„Nein, nein. Das war nur so ein Spaß. Ich bin auch nur ein ganz normales Mädchen."

„Und vor allem sehr süß und fotogen. Die Schwarz-Weiß-Fotos, sind die von einem Profi-Fotografen?"

„Ja. Die hat mein Daddy von mir gemacht. Er fotografiert mich öfter mal und dann zu verschiedenen Themen. Neulich hat er zum Beispiel Engels-Fotos von mir gemacht. Es ist ein Hobby von ihm."

„Ich habe mir letztes Jahr zum Geburtstag eine Spiegelreflexkamera schenken lassen. Aber für so schöne Fotos müsste ich wohl nochmal einen Kurs belegen."

„Ja, mach das."

„Sag mal, Stella, du scheinst ein toller Mensch zu sein. Du bist mir schon jetzt sehr sympathisch. Was hältst du davon, wenn wir zwei uns mal treffen?"

„Obwohl du verheiratet bist?"

„Ja. … gerade deswegen ;-) "

„Möchtest du eine Affäre mit mir anfangen?"

„Nein. Eine lange Affäre ist für mich tabu. Das hat meine Frau nicht verdient und meine Tochter natürlich auch nicht. Ich dachte einfach nur mal so ein unverfängliches Date. Wir zwei sind doch schon erwachsen."

„Hmmm …? Warum nicht? Du bist mir auch sympathisch."

„Was könnten wir zwei denn mal zusammen unternehmen?"

„Ich habe keine Ahnung ;-("

„Du kannst dir etwas ausdenken, was dir gefällt. Ich mache mit."

„Ich bin so unkreativ ;-("

„Soll ich mal was vorschlagen?"

„Na, dann schlag mal was vor!"

„Okay. Aber, wenn ich was vorschlage, dann machen wir es auch so
;-)"

„Daaaa schauen wir dann mal. Unter Druck lasse ich mich nicht setzen."

„Schon klar. Es war auch nicht so ernst gemeint, wie es vielleicht rüberkam."

„Dachte ich mir schon. Also, dann lass mal hören, was du mit mir unternehmen möchtest!"

„Also, ich schlage mal vor, ich komme dich zu Hause besuchen…"

„Neiiiiin. Bloß nicht bei mir. Meine Mutter wohnt in derselben Straße wie ich. Und ich hätte keine Lust, mich rechtfertigen zu müssen. Denk dir schnell was anderes aus!"

„… ooo-kaaay. … ich habe verstanden. … also, dann treffen wir uns an einem neutralen Ort. Irgendwo zwischen unseren Wohnorten. Hast du eigentlich ein Auto?"

„Das hört sich schon viel besser an. Ja, ich habe einen schwarzen Colt-Mitsubishi."

„… okay … und dann gehen wir erst einmal in der freien Natur ein wenig spazieren, um uns besser kennenzulernen….und dann…"

„… ja, … und dann …?"

„… und nach dem Spaziergang entscheiden wir uns, ob wir wieder nach Hause fahren oder den Rest des Tages zusammen verbringen … und dann …"

„… und dann …?"

„… und dann gehen wir in ein Hotel, dass wir uns vorher zusammen im Internet ausgesucht haben. Keine billige Absteige. Drei Sterne sollte es schon haben. Als Gentleman zahle ich natürlich die Rechnung. … und dann …"

„… und dann …?"

„… dann gehen wir auf ein Zimmer, wir ziehen uns gegenseitig aus, gehen zusammen duschen, trocknen uns gegenseitig ab, setzen uns nackt auf die Bettkante, legen unsere Hände in unseren Schoß, du deine in deinen, ich meine in meinen und warten mal ab, was so passiert ;-) Wer als erster über den anderen herfällt, der hat verloren. Bist du dabei???"

„Hmmm ... ;-) ;-) ;-) … warum eigentlich nicht?"

„Das wollte ich von dir hören ;-) "

„Ich glaube, wir sind verrückt."

„Das brauchst du nicht zu glauben. Wir sind definitiv verrückt."

„Wann hast du denn mal Zeit für unser kleines Abenteuer? Ich kann am besten tagsüber, also so ab 10:00 Uhr in der Woche."

„Also bis zum Wochenende muss ich arbeiten. Dann habe ich ab Pfingsten frei und dann die ganze darauffolgende Woche. Am Montag und Dienstag wollte ich eine Freundin besuchen, die bekommt am Wochenende voraussichtlich ein Baby, und da wollte ich ihr zu Hause etwas helfen, weil ihr Mann dann aus beruflichen Gründen auswärts ist. Am Freitag habe ich Geburtstag und Samstag muss ich dann das Chaos beseitigen. Also könnte ich am Mittwoch oder Donnerstag.

„Okay. Ich schaue einmal in meinem Timer nach ... Mittwoch wäre super. Da passt es mir am besten."„Okay. Dann also nächste Woche Mittwoch. Wo treffen wir uns?"

„Warte mal kurz. Ich schau mal eben in einer Hotel-App nach, welche Orte nicht zu weit von deinem Wohnort liegen und auch von mir aus gut zu erreichen sind."

„Okay. Ich schaue auch mal nach. Wie wäre es in Ibbenbüren? Kennst du Ibbenbüren?"

„Ja, aber nur vom Dran-vorbei-Fahren. Liegt direkt an der A-30 und ist sehr gut erreichbar. Ich gebe mal ‚Ibbenbüren' ein und schau mal, wo da das nächste Hotel ist."

Ich füllte die Suchmaske auf dem Smartphone, aus schaute mir die angebotenen Fotos und Infos zu den verschiedenen Hotels an und schrieb:

„... ich habe hier eins gefunden. Es liegt gleich ganz nah an der Autobahnabfahrt. Ich schau mal auf der Karte nach."

„Da ist auch ein großer See, sehe ich gerade. Der ist auch nur ein paar Hundert Meter von der Abfahrt entfernt. Dort könnten wir vorher etwas spazieren gehen", recherchierte sie zeitgleich.

„Ich sehe mir gerade die Hotel-Fotos an und lese mir die Beschreibung durch. Das Hotel macht einen guten Eindruck. Ich denke, da kann man es einen Tag lang gut aushalten. Und die Dusche ist auch schön groß. Da passen wir beide drunter ;-) und Platz zum Wirbeln wäre da auch noch ;-) "

„:-P Ja. Ich sehe es mir auch gerade im Internet an."

„Soll ich eine Flasche Sekt mitbringen?"

„Ja, Sekt ist immer gut."

„Ich schlage vor, ohne Alkohol. Wir müssen ja noch beide wieder nach Hause fahren ;-P "

„Ja, das wäre wohl ratsam."

„Brauchen wir sonst noch was, damit wir nicht zwischendurch unterzuckern oder zusammenklappen? Etwas, was nicht so schwer im Magen liegt?"

„Ich bringe ein paar Schokoriegel und Muffins mit."

„Okay. Und ich noch was zum Knabbern. Gummitiere oder Schokolade oder so was. Da wir beide ja schon groß sind, schlage ich vor, dass wir Kondome benutzen."

„Auf jeden Fall."

„Nimmst du eigentlich die Pille? Du bist ja schon ein Jahr solo."

„Ja, natürlich nehme ich die Pille und zwar sehr gewissenhaft ;-) "

„Das ist gut. Nicht, dass uns nach dem Date noch ein Andenken bleibt, mit kleinen Händchen und kleinen Füßchen. Ich mag Kinder sehr. Aber jeder neue Erdling sollte ein Wunschkind sein und nicht das Resultat eines erotischen Abenteuers zweier hormongesteuerter Verrückter. Oder was meinst du?"

„Ja, das sehe ich genauso. Und für ein Kind bin ich momentan noch nicht bereit."

„Was hältst du davon, wenn wir für heute Schluss machen? Heute ist einiges an Arbeit bei mir auf dem Tisch liegen geblieben. Wir können ja später noch ein bisschen chatten."

„Okay. Bis später dann. Ich muss das jetzt sowieso erst einmal alles verarbeiten. Auf was lasse ich mich da ein? Hoffentlich bereue ich das alles nicht."

„Ich glaube, dass vor uns ein sehr schöner, knisternder und spannender Tag liegt. Und wenn dir irgendetwas nicht passt, dann sagst du es mir einfach. Du bestimmst, was geschieht und was nicht.

Bis später, süße

Stella :-* "

„Bis später, verrückter, hormongesteuerter Bo :-* "

Hatte sie gerade wirklich „Ja" gesagt? Wollte sie sich wirklich mit mir treffen? Ich konnte es noch gar nicht richtig glauben, dass ich sie so einfach und so schnell rumgekriegt hatte. Waren doch meine ersten Versuche schon nach wenigen Mails versemmelt gewesen. Spätestens, wenn ich von meiner „offenen Beziehung" gesprochen hatte. Darauf hatten bisher die meisten anderen Frauen sehr allergisch reagiert und mir alles Mögliche an den Kopf geschmissen. Was für ein Riesenarsch ich doch sei, meine Frau und mein Kind einfach so zu betrügen.

Dass zum Betrügen der Betrogene auch kräftig beigetragen hatte, schien keine wirklich zu interessieren. Viele forderten mich förmlich auf, mich sofort scheiden zu lassen, und für meine Frau und Tochter wäre es eh viel besser, sie würden ohne mich auskommen. Woher sollten sie es auch besser wissen? Nun ja, meine Gesprächs-Partnerinnen waren im Schnitt halb so alt wie ich oder sogar noch jünger. Wie hätten die sich auch in meine Situation hineindenken sollen, hatten sie doch gerade erst die Pubertät hinter sich gelassen. Wer konnte sich mit Anfang 20 oder sogar noch jünger eine 18-jährige Beziehung vorstellen? Hatten die meisten doch gerade mal eine Beziehung von nur ein paar Monaten oder vielleicht auch ein bis zwei Jahren auf dem Buckel. Nun ja und wenn sich in jungen Jahren ein Partner als ein Fehlgriff entpuppte, dann wurde er abgeschossen und es gab halt den nächsten. Die Frequenz der Interaktionspartner im Bett ist in jungen Jahren halt etwas höher, so dass erst gar keine Langeweile aufkommen kann.

Wenn ich mir die vielen alleinerziehenden Mütter mit ihren Kindern anschaute, die schon sehr früh von ihren Männern verlassen wurden und zum Teil alleine im Kreißsaal ihr Kind zur Welt bringen mussten, da hatte ich mich doch bis dato wacker gehalten. Da war so ein Rat wie eine endgültige Scheidung schnell ausgesprochen, aber die Konsequenzen für viele gar nicht absehbar. Meine liebe, kleine Tochter nur mit ihrer Mutter aus der Ferne aufwachsen sehen zu müssen, hätte mir das Herz bluten lassen. Das hätte die Kleine nicht verdient. Trotz des großen Schweigens im Bett war sie ja ein Wunsch-Kind. Und der Weg einer alleinerziehenden Mutter in den sozialen Abstieg wäre doch vorprogrammiert gewesen. Nein, nein. Eine Trennung, die von mir aus eingeleitet wurde, war ein absolutes Tabu. Da zog ich ein kleines, knisterndes, verbotenes, erotisches Abenteuer außerhalb meiner Ehe mit einer mir völlig fremden Frau als Urlaub vom Alltag vor. Es musste ja kein Dritter erfahren. Und was meine Frau nicht weiß … das lässt sie kalt! Und wenn man Statistiken glauben darf, dann ist doch ein Seitensprung heutzutage nichts Besonderes mehr. Irgendwann trifft es doch fast jeden mal. Blöde, Bekloppte und außergewöhnlich Hässliche mal ausgenommen.

Alles, was mit Sex zu tun hatte, war schon immer meine Obsession. Und das fing bei mir schon sehr früh an. Als ich erst vier Jahre jung war, hatte ich in der Nachbarschaft einen Freund. Er hieß Michael und war ein Jahr jünger als ich. Da er mit drei Jahren noch zu unselbständig war und seine Motorik es wohl noch nicht zuließ, musste ich ihm, wenn er bei mir zum Spielen war, nach dem Stuhlgang den Hintern abputzen. Wenn ich damit fertig war, nahm ich mir hinterher immer noch mal seinen kleinen Pimmel zur Brust und spielte ein wenig damit. Das war natürlich noch kein richtiger Sex, es hatte lediglich das Niveau von infantilen Doktor-Spielchen, aber es war für mich auch schon in dem Alter sehr erotisierend und offensichtlich auch für Michael. Denn nicht nur in meiner Hose wurde es untenherum etwas eng … nein, auch Michael bekam dabei stets ein strammes, kleines Ständerchen … und was für eins.

Es lag mir also schon seit jüngster Kindheit im Blut. Gut, dass ich also noch rechtzeitig die kleine Stella kennengelernt hatte. So langsam ging mir hier schon die Lust am Chatten aus. Auf die

Dauer war das Chatten ohne Erfolgserlebnis ganz schön öde und für meinen Geschmack viel zu virtuell. Da war ein Date mal überfällig. Wir chatteten bis zum „Tag X" jeden Tag ein bisschen. Mal während der Arbeit im Büro, mal im Auto an der Ampel, mal auf dem Klo. Ich musste halt immer gut aufpassen, dass meine Frau mich nicht dabei erwischte. Diese Demütigung hatte sie nicht verdient ... und ich die Schläge nicht. Nicht, dass meine Frau schon mal Gewalt gegen mich angewendet hätte, aber in einer solchen Situation wäre ich auf alles gefasst gewesen. Meine Frau wurde zwischenzeitlich schon misstrauisch, da meine Toilettengänge, das Baby-ins-Bett-Bringen und viele andere alltägliche Handlungen auffallend länger dauerten als üblich. Bei einem gemütlichen, gemeinsamen Frühstück bei Freunden - ich kam mal wieder etwas später vom Klo als normal und hatte natürlich auch wieder das iPhone dabei gehabt - sprach sie mein Verhalten an.

„Schatz, du brauchst letzte Zeit immer so lange für alles." Da ich um Ausreden selten verlegen war, konterte ich ohne lange zu überlegen:

„Ach, mein Schatz, das kommt dir nur so lange vor, weil du ohne mich nicht sein kannst!"
Damit hatte ich die Lacher auf meiner Seite und das Thema vorläufig erfolgreich abgewürgt. Eine ernsthafte Erklärung für meine Verhaltens-Veränderung blieb ich ihr schuldig.

Jeden Abend vor dem Einschlafen im Bett mailte ich Stella die verbleibende Anzahl der noch langen Nächte zu, die uns noch von unserem Treffen trennten. Und irgendwann lautete die Mail:

„Nur noch eine Nacht, dann wird es passieren. Geht dir schon die Düse, Stella?" Natürlich ging ihr die ... und wie.

Am Mittwochmorgen war es dann soweit. Ich hatte den Wecker so früh gestellt, dass ich noch in Ruhe duschen konnte. Woher sollte ich schon wissen, ob wir auf dem Hotelzimmer vor lauter Geilheit dazu kommen würden? Und ein gepflegter, hygienisch einwandfreier Körper ist für den ersten guten Eindruck immens wichtig. Zudem war die Behaarung im Genitalbereich doch tatsächlich seit der letzten Rasur vor dem Schlafengehen schon wieder ein bisschen nachgewachsen. Diese Baustelle musste noch nachgebessert werden. Glatt wie ein Baby-Popo rasierte ich mich unten mit und gegen den Strich, damit mein kleiner Bo auch, wie ein kleines Baby, verhätschelt, geliebkost und geküsst werden konnte. Das Gleiche galt natürlich auch für die Brust- und Achselbehaarung.

Nach der Körperpflege zog ich mir noch ein paar lässige Klamotten an. Eine strahlendweiße, neue Unterhose eines jedermann bekannten Designers im Shorty-Pants-Stil - keinen String, diese Ritzen-Kneifer trage ich schon seit Jahren nicht mehr, eine ausgewaschene, nicht zu enge Jeans, die im Schritt noch etwas Spielraum für eine drohende Erektion ließ, einen dunklen Strickpulli mit V-Ausschnitt, der farblich resistent gegen alle, eventuellen Lippenstift-Attentate war, die mein Tete á Tete zu Hause hätten auffliegen lassen können, und ein paar Lederschuhe, die vorn sehr spitz - so wie ich mich heute fühlte - geformt waren und derer ich mich ohne Zuhilfenahme der Hände jederzeit schnell entledigen konnte.

Ich machte mir noch in aller Ruhe etwas zum Frühstück und versicherte mich per SMS, ob Stella auch schon auf war. Ihre Handy-Nummer hatte ich mir ein paar Tage zuvor beim Chatten geben lassen, damit wir uns an dem besagten Tag auch von unterwegs kontaktieren konnten. Stella hatte schon, wie sie schrieb, eine Kanne

Kaffee intus. Sie musste ihre Aufregung, die von Minute zu Minute anstieg, etwas drosseln.

Für eine Frau war ein solches Abenteuer im Vorfeld sicherlich viel aufreibender und auch gefährlicher, als es für mich war, wusste sie doch vorher gar nicht, ob ich in natura auch so sympathisch war wie beim Chatten. Genau genommen wusste sie ja noch nicht einmal, ob der Typ, der ihr heute begegnen sollte, tatsächlich der auf dem Profil-Foto von TABOO war. Ich hätte auch ein ganz anderer, ekelhafter, zu Gewalt neigender Triebtäter, Serienmörder oder einfach nur ein am ganzen Körper beharter Berserker sein können, mit Narben und Pickeln im Gesicht und fettigen, ungepflegten Haaren.

Ihre Aufregung war also verständlich. So langsam wurde aber auch ich innerlich ein wenig unruhig. Wie würde der Tag verlaufen? Wie sah sie wirklich aus? Auf ihren Fotos im Profil war sie sehr wandelbar. Kein Vamp, keine Tussi, eher ein ganz normales Mädel und eher vom Lande als aus der Großstadt. Auf ihren Fotos sah sie so brav aus – fast unschuldig. Ich glaube, dass sie mir, wäre sie mir in der Stadt beim Bummeln begegnet, noch nicht einmal aufgefallen wäre …und ich ihr nicht.

Ich packte alles, was ich tags zuvor schon bereitgelegt hatte, in eine lederne Umhängetasche. Etwas zum Duschen, Zähneputzen, atemfrische Bonbons, Kaugummies, Nahkampfsocken (also Kondom) und was man sonst noch so brauchen konnte.

Unterwegs kehrte ich noch in einen Discounter ein, um die Flasche Sekt und etwas zum Knabbern zu organisieren. Auf dem Parkplatz des Supermarktes rief ich sie dann, wie vorher besprochen, auf ihrem Handy an.

„Stella", antwortete eine sehr reizende Stimme, die ich ja bis dahin noch nicht kannte.

„Einen wunderschönen guten Morgen, Stella", wünschte ich ihr.

„Hi Bo, … bist du auch so aufgeregt, wie ich?", wollte sie wissen.

„Mit Sicherheit", antwortete ich. „Ich habe diese Nacht kaum ein Auge zubekommen. Also erschrick nicht, wenn gleich ein unausgeschlafener Typ mit dunklen Augenrändern vor dir steht", übertrieb ich ein wenig.

„Das ging mir letzte Nacht genauso. Bist du schon unterwegs?", wollte sie wissen.

„Ja", erwiderte ich. „Ich habe uns noch schnell was zu essen und trinken besorgt und sitze nun im Auto auf einem Supermarkt-Parkplatz. Ich wollte mich nur kurz vergewissern, dass du keinen Rückzieher machst. Das hoffe ich zumindest … oder?"

„Ja … aus der Nummer komme ich jetzt wohl nicht mehr raus. Ich wollte auch sofort losfahren."

„Okay. Dann treffen wir uns also gleich wie besprochen auf dem Parkplatz vor dem Hotel. Und dann können wir mit meinem Wagen zum See fahren."

„Gut. So machen wir es. Bis gleich dann."

„Ja, bis gleich. Ich freue mich auf dich.", sagte ich noch und drückte den Telefon-aus-Knopf der Freisprechanlage am Lenker. Ich fuhr los.

Es war ein wunderschöner Junimorgen. Die Sonne schien schon am frühen Morgen aus einem strahlend blauen Himmel heraus und wenn ich mein grinsendes Gesicht im Rückspiegel sah, musste ich annehmen, dass sie auch aus meinem Arsch schien. Auf der Fahrt nach Ibbenbüren merkte ich eine gewisse Aufregung, die sich langsam, aber stetig in meinem Körper breit machte. Ich genoss es, die Chemie in meinem Körper zu spüren, die ich zuletzt wahrgenommen hatte, als ich noch ganz frisch in meine Frau verknallt war.

„Puh, ganze 18 Jahre jünger ist die kleine Gespielin, die ich gleich so richtig verwöhnen und durch-pimpern darf", dachte ich bei mir. Sie dachte ja noch, dass ich nur 8 Jahre älter wäre. Wenn ich ihr mein wahres Alter beim Blasen offenbaren sollte, dann riskierte ich wohl, dass sie ihn mir vor Schreck abbiss. Oder es könnte uns beim Koitus ein ähnliches Schicksal ereilen wie jenes, welches sich zu meiner Zivi-Zeit begeben hatte.

Als Zivi war ich 18 Monate Sanitäter im Rettungsdienst. Dort wurde ich mal zu einem Rettungseinsatz zu einem Haus gerufen, in dem eine junge Tochter, so ca. 16 Jahre jung, in Abwesenheit der Eltern mit ihrem Freund zum ersten Mal richtigen Sex hatte. Die Eltern waren wohl allein ein paar Tage weggefahren und kamen plötzlich ohne Vorwarnung früher nach Hause. Auf dem Wohnzimmer-Perserteppich vögelnd, wurden die zwei frischen Ex-Jungfrauen dann in flagranti erwischt.

Die Tochter war so peinlich erschrocken, dass sie einen Scheidenkrampf bekam. Das hatte zur Folge, dass ihr Freund sein bestes Stück nicht mehr aus ihrer Muschi ziehen konnte. Je mehr sie verkrampfte, desto stärker wurde sein Dödel gepresst, was wiederum zu einem Blutstau in seinem Pimmel führte. Der immer dicker werdende Dödel machte das Aus-checken noch unmöglicher. Ein Teufelskreislauf.

Die Eltern wussten sich nicht besser zu behelfen, als die 112 anzurufen. Der Albtraum der beiden bis vor wenigen Minuten noch unschuldigen Teenies nahm seinen Lauf. Die weiß-orange gekleideten Helden, die mit Blaulicht und Martinshorn im Rettungswagen um die Ecke geschossen kamen - darunter auch ich - zogen dann auch noch sämtliche Nachbarn auf den Plan, die vor lauter Neugier nicht schnell genug in Jogginghosen mit bekleckerten Feinripp-Unterhemden oder Morgenmänteln zu später Stunde in Pantoffeln auf die Straßen stürmten und sich, wie bei einem Sternenmarsch, vor der Haustür traubenartig zusammenrotteten.

Ein Spalier aus gaffenden Gesichtern durchbohrte mit stechenden Blicken die beiden auf Lebenszeit traumatisierten Pimper-Anfänger, die nackt in den teuren Perserteppich gerollt, auf einer Trage vom Wohnzimmer bis in den gefühlte mehrere Kilometer entfernt wartendenden Rettungswagen wie brutale, geiselnehmende Verbrecher „abgeführt" wurden.

Erst im OP konnten die beiden mit hilfe neuester medizinischer Technik getrennt werden. Das Trauma dürfte bis heute, trotz medizinischen und therapeutischen Fortschrittes, noch anhalten.

Würde mir heute so etwas wiederfahren, dann stünden in den flankierenden Publikumsmengen neben den vielen Nachbarn des Hotels in Ibbenbüren sicherlich auch noch diverse Reporter der Yellow-Press und der dafür bekannten privaten TV-Sender, die mit ihren Paparazzi-Kameras auf alles halten, was die Quote nach oben prügelt. Und meine Frau und Tochter müssten diese Schreckensbilder in den Nachrichten nach dem Sandmännchen telemedial über sich ergehen lassen.

„Scheiße", dachte ich, „soweit darf es nicht kommen. Mein wahres Alter behalte ich doch besser erst einmal für mich."

Vor mir lag die Ausfahrt der A-30, und nur wenige Meter hinter der Ausfahrt lag auch schon das Schäferstündchen-Hotel. Telefonisch hatte ich bei der Reservierung des Comfort-Zimmers dafür gesorgt, dass wir das Zimmer schon am Vormittag beziehen konnten. Eingecheckt wurde für gewöhnlich erst nach Mittag. Nun würden wir das schöne und seriöse Hotel heute entweihen und vorübergehend zu einem Stundenhotel umfunktionieren. Davon wussten bisher aber nur Stella und ich, im Gegensatz zu den stolzen Hotelbesitzern und deren Personal.

Auf dem Parkplatz wartete Stella schon seit zehn Minuten, da sie sehr früh losgefahren war und alles gegeben hatte, was ihr kleiner schwarzer Colt hergab. Sie stieg aus und ging auf meinen Benz zu. Ich stieg aus und wir umarmten uns zur Begrüßung. Stella sah sehr süß aus. Sie hatte rot gefärbte Haare, die ähnlich wie ein Bubikopf hinten schräg angeschnitten waren. Sie trug eine sehr, sehr, sehr enge weiße Jeans, ein dunkelblaues T-Shirt, das ein bisschen ihrer ungebräunten Haut erkennen ließ, flache bequeme Leder-Sneakers, eine ausgewaschene blaue Jeansjacke und war sehr dezent geschminkt. Über ihre Schulter hatte sie eine Eastpak-Tasche gehängt. Kein bisschen aufgetakelt. Also so, wie ich es mochte.

„Hi Stella", flüsterte ich ihr ins Ohr bevor wir die Umarmung lösten.

„Hi Bo … ich war die letzten zehn Minuten so nervös, dass ich schon wieder umdrehen wollte", sagte sie sichtlich unsicher.

„Gut, dass du es nicht getan hast", erwiderte ich.

„Wollen wir erst einmal an den See fahren? Ich glaube ein bisschen frische Luft können wir beide nach der Nacht und der Anreise gut gebrauchen."

„Ja, lass uns losfahren. Ich brauche jetzt dringend etwas Bewegung. Ich glaube, ich habe zu viel Adrenalin im Körper."

Wir stiegen in meinen Benz und fuhren los.

„Toller Mercedes", sagte Stella, „auf so eine breite E-Klasse stehe ich", sagte sie, während ich mich darüber wunderte.

„Du stehst auf solche Autos? Ich finde ihn ehrlich gesagt etwas zu protzig. Da ich aber oft zu Kunden fahren muss und dann auch öfter Kunden darin mitnehme, habe ich ihn mir vor zwei Jahren zugelegt. Als Privatmann würde ich mein Geld für so viel Blech nicht schreddern."

„Wenn ich mehr verdienen würde, dann würde ich mir sofort so ein geiles, fettes Teil kaufen", schwärmte sie.

„So hätte ich dich nicht eingeschätzt", musste ich zugeben.

Wir unterhielten uns noch ein wenig und versuchten, den See, der laut Satellitenfoto aus dem Internet nur ein paar Hundert Meter entfernt sein musste, ohne Navi zu finden. Nach ein paar Umwegen kamen wir schließlich an. Ich stellte das Auto auf einem Parkplatz neben einer Gaststätte ab. Wir gingen zum Ufer und spazierten los. Die Sonne stand noch etwas höher am Himmel und so langsam wurde mir in dem Strickpully etwas warm. Stella trug noch ihre Jeansjacke über dem T-Shirt. Wir gingen zu Beginn sehr wortkarg nebeneinander her. In ihrem Kopf schien es nicht anders auszusehen als in meinem.

„Das ist das erste Mal für mich, dass ich mich mit einer Frau treffe, die ich vorher noch nie gesehen habe, außer auf Fotos", begann ich die Konversation an.
„Und? Bist du nun enttäuscht? Ich hatte dir ja gesagt, dass ich nur eine ganz normale Frau bin und nicht der Cop in Uniform mit Handschellen und so."

„Nein. Ich bin überhaupt nicht enttäuscht. Ganz im Gegenteil. Du siehst in natura noch besser aus als auf den Fotos", versicherte ich ihr und dachte noch, ohne es auszusprechen: „… und dein kleiner Hintern ist noch kleiner und knackiger, als ich dachte." Aber ich wollte nicht direkt mit der Tür ins Haus fallen, und Gelegenheiten für Komplimente würde es heute bestimmt noch einige geben.

Wir schlenderten gegen den Uhrzeigersinn am Ufer entlang. Auf halber Strecke stand eine Parkbank, auf die wir uns setzten. Stella war trotz Smalltalk noch etwas verhalten und auf der Bank sitzend fragte ich sie, ob sie denn vielleicht auch ein bisschen Angst hätte, zumal sie mich ja noch nicht wirklich kannte.

„Ich habe auf meinem Küchentisch eine Notiz hinterlassen mit den wichtigsten Daten. Wo ich heute mit wem bin, deine iPhone-Nummer, dein Autokennzeichen und so. Wenn ich also heute nicht mehr nach Hause komme, dann weiß die Polizei wenigstens, wo sie mich suchen muss", sagte sie etwas selbstsicherer.

„Ja, das ist sehr vorausschauend von dir. Also, sollte ich dich heute noch abmurksen und hinterher zerstückeln, dann hast du zumindest die Genugtuung, dass ich meiner gerechten Strafe nicht entgehen werde."

„Genau", sagte sie.

„Aber dir würde es dennoch nichts bringen, außer der Genugtuung. Denn zerstückelt wärst du dann trotzdem", versuchte ich sie etwas zu verunsichern und lachte.

Sie lachte auch. Ihr Lachen blieb ihr dabei allerdings im Hals stecken, da ihr möglicher ungeplanter vorzeitiger Abgang wahrscheinlich in diesem Augenblick, wie ein Kino-Trailer, vor ihrem geistigen Auge ablief. Bevor die Stimmung zu kippen drohte, lenkte ich allerdings ein und versprach ihr, ganz lieb zu sein.

„Ich habe noch nie meine Hand gegen eine Frau erhoben oder irgendwie Gewalt angewandt. Noch nicht einmal gegen einen Mann. Wenn sich irgendwo eine Schlägerei anbahnte, war ich stets der Erste, der durch spontane Abwesenheit glänzte. Mit Gewalt kann ich so gar nichts anfangen. Dafür gibt es ja auch noch Worte. Und nur wem die Worte ausgehen, der neigt zur Gewalt."

Ich glaube, dieses kurze, charakteristische, lebensphilosophische Statement überzeugte sie letztlich davon, dass sie sich über einen tragischen Ausgang dieses schönen Tages, keine ernsthaften Gedanken zu machen brauchte. Wir unterhielten uns auf der Bank noch ein wenig über Gott und die Welt, machten unsere Späße über eine vorbeijoggende Schulklasse mit durchgeschwitzten Teenagern und spotteten noch über einen etwas seltsamen Mann, der wie ein Jesus-Double aussah und barfuß über den steinigen Schotterweg schritt.

„Begegnet der uns hier nicht schon zum zweiten Mal?",
fragte sie mich, „so schnell kann der doch gar nicht gelaufen sein."

„So wie er aussieht, hatte er die fußläufige Abkürzung über
den See genommen; so wie sein Vorbild, das Original, vor ca. 2.000
Jahren", versuchte ich ihr plausibel zu machen.

Stella lachte laut und hielt sich dann aber die Hand vor den Mund,
um es zu unterdrücken und um den Freizeit-Messias nicht zu
verunsichern.

Ich nahm ihre Hand, zog sie von der Bank und wir gingen
weiter. Wieder am Auto angekommen stiegen wir ein und ich fragte
sie, ob wir nun zum Hotel zurückfahren sollten um dort einzuchecken
oder ob sie lieber wieder unverrichteter Dinge nach Hause fahren
wollte.

„Lass uns zurückfahren ins Hotel. Ich weiß, ich muss
wahnsinnig sein, dass ich mich auf dich einlasse. Aber was soll´s? Nun
bin ich hier und ich will es."

Wir fuhren zurück zum Hotelparkplatz. Sie holte noch etwas aus dem Kofferraum ihres kleinen Mitsubishis. Ich nahm meine Ledertasche und die Tüte mit den gekauften Dingen und wir betraten das Hotel. Telefonisch hatte ich unter falschem Namen reserviert und die Adresse war natürlich auch gefaket. Weihnachtskarten des lauschigen Hotels mit der Bitte, es bald wieder mit meiner Anwesenheit und der meiner vermeintlichen Frau zu beehren, wollte ich von vornherein unterbinden. Zum Glück wollte an der Rezeption auch niemand meinen Ausweis sehen.

Wir bekamen die Schlüssel, eine mündliche Wegbeschreibung und gingen in Richtung Zimmer 241 im zweiten Stock unter dem Dach. Stella ging vor und mein Blick haftete an ihrem kleinen, in weiße Jeans gehüllten Knackarsch.
„Ob sie wohl einen kleinen Bären hat?", fragte ich in mich hinein „ oder ist sie blank rasiert, so wie es heute bei jüngeren Mädels Standard sein dürfte?"
In nur noch wenigen Minuten sollte ich die wortlose Antwort bekommen.

Das Zimmer unter dem Dach hatte Schrägen und ein großes Dachflächenfenster mit Blick auf die umliegenden Nachbar-Dächer. Es sah genau so aus, wie auf den Internetseiten beschrieben. Ein großes Bett stand links hinter dem Dusch-Bad mit der Kopfseite zum Drempel. Es war nach drei Seiten offen, so wie ich es mag, ohne überflüssiges Fußbrett, dass mich nur bei der Ausübung meiner Lieblingsbeschäftigung, dem Cunnilingus, gestört hätte. Unter dem großen Fenster standen zwei Sessel und dazwischen ein runder Tisch. Gegenüber dem Bett stand ein großer Schreibtisch mit einer Flasche Wasser und zwei Gläsern zur Begrüßung, und davor stand ein Stuhl, über den Stella ihre Jeansjacke legte. Das geräumige, neue und helle

Badezimmer zwischen Eingang und Bett verfügte über eine große Dusche, die Platz für zwei und eventuelle rhythmische Bewegungen bot. Das Zimmer hatte alles gehalten, was die Homepage des Hotels versprochen hatte. Während Stella kurz ins Bad verschwand, legte ich die Nahkampfsocken auf beide Nachtkonsolen.

Als Stella wieder ins Zimmer kam, öffnete ich die Sektflasche. Eine kleine, sprudelnde Fontaine ergoss sich über den blau gemusterten Teppich.

„Egal", sagte ich, „gut, dass es nicht meiner ist."

Ich füllte unsere Gläser, gab Stella, die es sich in einem der Sessel gemütlich gemacht hatte, ein Glas und setzte mich zu ihr an den kleinen runden Tisch.

„Ich konnte heute Morgen vor lauter Aufregung keinen Bissen herunter bekommen", klagte sie und nahm sich aus ihrer Eastpak-Tasche einen Schokoriegel und bot mir ebenfalls einen an.

„Die esse ich auf der Arbeit fast jeden Tag", sagte sie und genoss die erste feste Mahlzeit an diesem Morgen. Sie aß noch zwei weitere, um mich vor den Geräuschen eines knurrenden Magens zu bewahren. Ich prostete ihr zu und wir nippten an unseren Sektgläsern.

„Wie bekomme ich sie ohne aufdringlich zu erscheinen und sie unnötig zu verschrecken ins Bett?", dachte ich so bei mir und reichte ihr über den Tisch, der uns noch räumlich voneinander trennte, meine einladende diplomatische Hand.

Ich sah Stella ihre Unsicherheit an und sie mir die meine. Sie legte ihre Hand in die ihr dargebotene und ich zwinkerte ihr mit einem Auge zu. Sie deutete das Zwinkern so, wie es von mir gemeint war, und kam der Aufforderung nach, näher zu mir zu kommen. Vor ihr sitzend, ließ ich ihre Hand langsam los und strich ihr langsam den Arm hoch. Gänsehaut machte sich auf ihren schlanken Armen breit. Sie setzte sich auf meinen Schoß. Ich legte den linken Arm um ihre Taille und die rechte Hand auf ihr Knie. Langsam und etwas unsicher näherten sich unsere Köpfe. Sie schloss ihre Augen, ich meine und unsere gespitzten Lippen trafen sich. Unsere Zungen begannen, sich langsam anzufreunden. Sie steckte mir ihre feuchte, vom Sekt noch angenehm kühle Zunge tief in den Mund. Ich biss ihr vorsichtig, ohne Blessuren hinterlassen zu wollen, auf ihre Zunge. Sie zuckte kurz und erwiderte den angedeuteten Biss in meine Unterlippe. Unsere Zungen berührten sich sanft, massierten sich gegenseitig, wirbelten, kämpften und liebkosten sich verspielt mal in ihrem Mund und mal in meinem. Wir drückten unsere Oberkörper eng und leidenschaftlich aneinander und streichelten uns den Kopf, die Schultern, die Oberarme, und da sie noch auf meinen Schenkeln saß, drückte ich ihr meine Fingernägel der rechten Hand mit langsamen Kratzbewegungen auf und abwärts bewegend über ihre Oberschenkel durch die Jeans. Das fordernde Streicheln ihrer Beine schien ihr zu gefallen und sie öffnete leicht, die bis dahin aneinander geschmiegten Knie. Ich streichelte behutsam die warmen Innenseiten ihrer Oberschenkel, und oben im Schritt angekommen drückte ich meine Hand gegen ihre Muschi. Dabei wurde ihr Zungenspiel noch ein bisschen wilder und temperamentvoller und ihr Atem etwas lauter und leidenschaftlicher.

Langsam glitt meine linke Hand auf ihrer nackten, jungen und sehr zarten Haut unter ihr T-Shirt. Sie bekam davon eine Gänsehaut, die allerdings nicht von meinen wohlmöglich zu kalten Händen herrührte; denn die waren an diesem sonnigen Vormittag alles andere als kalt. Ich strich ihr langsam das T-Shirt von unten hoch, bis sie es sich selbst über den Kopf zog. Auf meinem Schoß saß sie nun mit einem mittelblauen, seidenglänzenden BH und einer Kette mit einem silbernen Anhänger um den Hals, die sie bis dahin unter ihrem Shirt verborgen hatte. Ihr offensichtlich noch neuer, wohl für diesen speziellen Tag erworbener, Push-up-BH eröffnete mir einen sehr schönen Blick auf ihren wohlproportionierten, knackigen Busen. Ich nahm sie wieder ganz fest in den Arm und sie mich in ihren. Unsere Zungen machten dort weiter, wo sie kurz zuvor aufgehört hatten. Ich streichelte ihre zarte, samtige Haut, die diesen Sommer offensichtlich noch nicht übermäßig der Sonne ausgesetzt gewesen war. Diese vornehme Blässe, die sie ganz deutlich von diesen häufig anzutreffenden, überschminkten, durch und durch von Sonnenbänken durchgegrillten Ruhrpott-Tussi, absetzte, stand ihr sehr gut.

Ich öffnete vorsichtig ihren BH, streifte ihn langsam ab und der Anblick der nahtlos hellen Haut ihrer schönen Brüste ließ meinen ohnehin schon etwas größer gewordenen kleinen Bo noch ein bisschen weiter wachsen. Sie hatte sehr schöne, wie von einem begnadeten Künstler gemalte, helle Brustwarzen mit einem wohlproportionierten Warzenhof. Ich liebkoste ihren schönen Busen zuerst mit den Fingern und dann mit den Lippen und der Zunge. Die Erregung war ihr nicht nur durch das Erhärten der Warzen anzumerken, sondern auch an den immer lustvolleren tiefen Atemzügen, die sie beim Küssen machte. Stella zog auch mir das Oberteil aus. Wir standen küssend auf und ich schob sie langsam rückwärts zu dem Bett hinter ihr.

Als die Bettkante sich in ihre Kniekehlen drückte, setzte sie sich auf das Bett und ließ sich langsam nach hinten sinken. Sie zog sich auf dem Rücken liegend etwas näher zu dem Kopfteil des Bettes, um ihren Kopf auf das weiche Kissen zu legen. Sie streckte mir einladend ihre Hand entgegen und ich nahm sie. Ich legte mich vorsichtig auf sie und wir küssten uns auf den Mund und auf das Gesicht. Langsam liebkoste ich mit meinen Lippen ihr Kinn, fuhr dann langsam an ihrem Hals herunter, über ihre Schultern, leckte mit meiner feuchten Zunge um ihre rasierten Achselhöhlen, die sehr erotisierend nach etwas Deo und etwas Stella dufteten, um mich dann erst einmal auf einen etwas längeren Aufenthalt im Bereich ihrer süßen, prallen Möpse zu konzentrieren. Ich küsste ihre Brustwarzen, kreiste mit meinen Lippen und meiner gierigen Zunge über den Rand ihres Warzenhofes, wechselte von der linken zur rechten Brust und wieder zurück, machte mehrmals einen kleinen Umweg in Richtung ihrer Achselhöhlen und arbeitete mich so immer weiter zum Bauchnabel hinunter. Dort angekommen, hinderte mich ihre weiße, knallenge Jeans daran, das Zentrum meiner Begierde ohne Unterbrechung zu beglücken. Ich richtete mich aus der liegenden Position auf dem Bett wieder auf. Dann zog ich mir erst die Socken aus, da ich sehr wohl wusste, dass der erotische Knigge rät, dass sich ein Mann immer von innen nach außen auszieht, also erst die Socken und dann erst die Hose. Der Anblick eines nackten Mannes, egal wie sportlich er aussieht, leidet sehr stark und droht ins Lächerliche umzukippen, wenn er nur noch die Socken an hat. Nach den Socken zog ich mir also die, zum Glück etwas weitere, Jeans aus, ließ meine Shorty-Pants jedoch noch an. Das Geschenk sollte Stella später selbst auspacken. Ihre Sneakers hatte sie, von mir unbemerkt, zwischenzeitlich schon ausgezogen. Ich öffnete ihren Ledergürtel, knöpfte langsam ihre Jeans auf und erblickte einen seidigen, mittelblauen Slip, der genau so neu und ungetragen aussah wie ihr gleichfarbiger BH, und zog ihr langsam die Hose aus.

„Wie hast du die denn angezogen? Mit einem Schuhlöffel?", wollte ich von ihr wissen.

Sie lachte und sagte: „Nein, ich habe sie einfach angezogen, aber sie sitzt sehr eng, weil ich sie erst letztes Wochenende gekauft habe."

Mit vereinten Kräften bekamen wir sie irgendwie aus der Hose und ich warf ihr Beinkleid auf einen der Sessel. Dann konzentrierte ich mich wieder auf das ausgedehnte Vorspiel. Ich machte mit meiner Zunge dort weiter, wo ich aufgehört hatte: bei ihrem Bauchnabel. Ich züngelte mich weiter nach unten bis zu ihrem Slip, dann presste ich meinen Mund auf ihren Slip im Bereich ihrer Mumu und deutete einen mundvollen Biss an. Unterhalb ihres Slips leckte ich an ihren durchtrainierten Oberschenkeln weiter in Richtung Knie und Fußfesseln. Ich ließ keinen Quadratzentimeter ihrer samtigen Haut aus und liebkoste jedes Körperteil mit Genuss. Auch ihre Zehen wurden von meiner Zuneigung nicht ausgeschlossen. Ich knabberte an ihnen herum. Sie war kitzelig und um es nicht zu übertreiben, arbeitete ich mich wieder etwas höher. Nun glitten meine Zunge und meine Lippen wieder an den Innenseiten ihrer Unter- und Oberschenkel hoch zum Slip. Mein kleiner Bo schien immer härter und härter zu werden, je näher ich ihrem Schritt kam. Am Bauchnabel wieder angekommen, zog ich ihr ganz langsam den Slip etwas herunter. Da sah ich dann auch die Antwort auf meine kürzlich an mich selbst gestellte Frage. Sie hatte sich ihren Bären amputiert. Sie war untenherum komplett rasiert und absolut blitzeblank.

Stella hob ihren kleinen, knackigen Arsch etwas hoch, um mir dabei zu helfen, das Höschen unbeschadet abzustreifen, und schien es kaum abwarten zu können, dass sie endlich splitterfasernackt vor mir lag. Ich kreiste mit meiner Zunge wieder um ihren Bauchnabel und steuerte nun ohne weitere Umwege auf ihre bereits vor Feuchtigkeit glänzende Möse zu. Ich steckte ihr meine Zunge erst zwischen ihre großen und dann kleinen Schamlippen, so tief ich konnte, in ihre Scheide. Meine Zunge, die von dem vielen Züngeln schon ganz trocken war, freute sich, über Stellas Körpersäfte, so wie sich ein Beduine nach einem mehrtägigen Kamelritt durch die Wüste auf den Brunnen in der Oase freute. Hier hatten ihre Drüsen in den zurückliegenden Minuten einiges zu tun gehabt. Es war wunderbar feucht und ich genoss den angenehmen Geschmack und den Geruch, der von ihren vaginalen Körpersäften ausging. Mit meiner Zunge massierte ich ihre Klitoris, die im Zentrum schon auf Reiskorngröße angeschwollen war und es mir einfach machte, wie ein Klaviervirtuose auf seiner Tastatur mit ihrer Lustkurve zu spielen. Ihre Atmung wurde tiefer und länger. Aus meiner Position konnte ich zwischendurch über ihren Venushügel hinweg beobachten, wie ihre Nasenlöcher sich beim tiefen Ein- und Ausatmen weit öffneten. Ich kam durch meine aufmerksame

Beobachtung schnell dahinter, welche Stellen an ihren Schamlippen und im unmittelbaren Klitoris-Bereich empfindlicher oder auch weniger empfindlich waren. Ich saugte an ihrem kleinen, angeschwollenen Lust-Reiskörnchen herum, ließ es wieder los, packte es mit den Zähnen, um etwas an ihm zu ziehen, und massierte dann wieder mit kleineren und größeren Kreisbewegungen um den Lustpunkt herum.

Ich ließ meine Zunge, von ihren kleinen und großen Schamlippen flankiert, tiefer bis zu ihrem Poloch gleiten. Ich bohrte ihr meine gierige Zunge in den Schließmuskel und spürte an der wechselnden Spannung in ihren Oberschenkeln, wie sie es genoss. Ihre Atmung wurde zwischendurch mal kürzer und mal flacher und dann wieder lang und tief. Zwischendurch vibrierten ihre Muskeln in den Beinen. Ich wusste, dass ich kein Stümper auf diesem Gebiet war und zog alle Register. Ich massierte wieder ihre großen und kleinen Schamlippen, die endlos neue Körpersäfte ausstießen, nahm mir immer wieder mit viel Leidenschaft ihre Klitoris vor und musste mehrmals eine kleine, kurze Stimulationspause im Bereich ihrer Klitoris einlegen, um zu verhindern, dass sie hyperventilierte. Als ich sie zum wiederholten Male bis zum Höhepunkt geleckt hatte, spürte ich, dass sie kurz davor war, zu überpacen. Ich küsste ihre Muschi noch einmal leidenschaftlich und legte mich neben sie auf den Rücken.

„Wooowwww!", stieß sie hauchend aus, während sie sich, an die Decke starrend, wieder langsam entspannte.

„Damit hatte ich nicht gerechnet", fügte sie an.

„Womit hattest du nicht gerechnet?", stellte ich mich bewusst etwas ahnungslos.

„Ich weiß ja nicht, ob du gerade mitgezählt hast, aber ich bin gerade dreimal nacheinander gekommen, puuuh, das hat vor dir noch niemand geschafft. Darauf war ich nicht vorbereitet. Mittendrin hatte ich sogar die Befürchtung, ohnmächtig zu werden. Ich hatte zu viel Sauerstoff durch das schnelle Atmen."

„Das geht runter wie Öl", dachte ich bei mir. „Das hatte ich von meiner Frau so noch nie gehört."

Sollte ich vielleicht vor 18 Jahren die falsche Frau kennengelernt und geheiratet haben?

Stella wirkte nach dieser besonderen Wellness-Behandlung sehr, sehr entspannt. Von ihrer Unsicherheit, die sie noch vor meiner Behandlung umgeben hatte, war nichts mehr zu spüren. Ich lag gebauchpinselt von ihren Komplimenten auf dem Rücken, als sie sich seitlich neben mir liegend langsam über mich beugte und mich zu küssen begann. Sie machte den Eindruck, als wollte sie ihren „Punkterückstand" umgehend ausgleichen.

Sie liebkoste mit ihren Lippen und ihrer Zunge mein Gesicht, meinen Hals und arbeitet sich langsam über meinen Oberkörper weiter nach unten. Ich lag regungslos und angespannt zugleich da und genoss ihr Zungen- und Lippenspiel, schloss dabei die Augen und öffnete sie gelegentlich, um ihr bei den zärtlichen Berührungen zuzuschauen. Sie kreiste ein wenig mit der Zunge um meinen Bauchnabel und arbeite sich ganz langsam zu meiner Shorty-Pants vor, die für meinen größer werdenden kleinen Charmebolzen bereits etwas zu klein wurde. Mit den Zähnen biss sie in den Slip und zog ihn langsam herunter. Da das nicht so einfach war, nahm sie beide Hände zu Hilfe. Sie nahm meine Shorty-Pants und warf diese im hohen Bogen über ihre Schulter hinter sich. Allerdings etwas weiter, als sie es wahrscheinlich geplant hatte. Denn das Höschen flog genau aus dem offenstehenden Dachflächenfenster hinaus ins Freie. Von draußen hörte man eine empörte Frauenstimme höheren Alters:

„Iiiihhh ... wo kommt das Ding denn plötzlich her? ... genau in mein Zwiebelsüppchen ... verdammt!"

Wir versuchten diese Situation zu ignorieren, und sie widmete sich sofort wieder meinem mittlerweile ausgewachsenen Bo. Sie züngelte an ihm herum, ohne ihn mit den Händen anzufassen. Die Vorhaut war, wie meistens bei mir, zurückgezogen. Mit ihrer Zungenspitze kreiste sie um meine Eichel herum, bis sie sie komplett in ihren Mund nahm. Nun nahm sie auch ihre Hände dazu, die bis dahin damit beschäftigt waren, meine Lenden zu streicheln. Sie nahm meine Rute fest in ihre Hand und schraubte förmlich an ihr hoch und runter, meine Spitze immer noch in ihrem Mund und mit der Zunge den Harnröhrenausgang stimulierend.

Sie nahm ihn aus ihrem Mund, spielte mit den Händen „Mütze – Glatze – Mütze – Glatze" während sie mit ihrer Zunge den Schafft hinunter leckte, meine Eier verwöhnte und abwechselnd mal das linke, mal das rechte in den Mund saugte, um sie hinterher wieder herausploppen zu lassen, und züngelte anschließend an meiner Sacknaht. Das Kitzeln an meinen Eiern machte mich fast wahnsinnig und sie spürte es. Also konzentrierte sie sich wieder auf meinen Dödel. Zwischendurch öffnete ich immer mal wieder meine Augen, um mich zu vergewissern, ob das, was ich gerade spürte, tatsächlich geschah.

„Hoffentlich spritze ich nicht schon beim Blasen ab", dachte ich mir und versuchte, mich ein bisschen abzulenken.

Nachdem sich Stella mit meinem Pimmel angefreundet hatte - sie hatte bei ihm sofort einen dicken Stein im Brett - kam sie langsam wieder auf meine Höhe, sodass wir uns noch ein wenig leidenschaftlich auf den Mund küssen konnten. Während des Küssens drehten wir uns um unsere Längsachse, sodass wir die Positionen wieder wechselten. Nun lag sie wieder unten und ich auf ihr drauf. Ich richtete mich auf und kniete über ihr, um zu dem Nachttisch nach den Kondomen zu greifen. Ich nahm mir eines, riss die Verpackung mit den Zähnen auf und rollte es mir über meine buchenholzharte und vor Geilheit triefende Dauerlatte. Dann beugte ich mich wieder zu ihr hinunter. Wir küssten uns leidenschaftlich und ich wanderte wieder mit meinen neugierigen Händen an ihrem sehr schönen und schlanken Körper hinunter. Bei ihrer Muschi angekommen, nahm ich mir wieder voller Leidenschaft erst ihre großen, dann ihre kleinen Schamlippen und dann ihre immer noch geschwollene Klitoris vor. Während ich sie wieder intensiv stimulierte, steckte ich ihr meinen Mittelfinger vorsichtig in die Mumu. Hier war es immer noch sehr feucht und angenehm warm. Die Fingerspitzen nach oben tastete ich innenseitig ihre Scheide in Richtung Bauchdecke ab, um die etwas raue Stelle zu finden, über die sich schon viele Wissenschaftler die Finger blutig geschrieben hatten: den G-Punkt. Nach kurzer Suche fand ich ihn und massierte ihn mal stärker, mal weniger stark. Stella begann wieder erst tiefer und lang, um dann immer erregter schneller und flacher zu atmen. Ich liebte das Geräusch, dass eine Frau macht, wenn sie auf ihren „kleinen Tod" zusteuert.

„Kleiner Tod" oder „la petite mort" - so nennen die sprachsensiblen Franzosen den Orgasmus einer Frau. Bevor sie dann allerdings wirklich kam, nahm ich meinen Finger wieder heraus, ließ mein Zungenspiel langsam ausklingen und schob mich in die Position, die es mir ermöglichte, mit meiner Samenspritze in sie einzudringen. Langsam und behutsam massierte ich erst mit der Penisspitze ihre äußeren Schamlippen und dann die inneren. Vorsichtig glitt ich in ihr warmes und dauerfeuchtes Lustloch, wohl wissend, dass sie seit ungefähr einem Jahr solo und somit etwas empfindlicher war als andere Frauen, die im Training waren.

Sie war durch die Penetration noch erregter als zuvor und ihre Atmung verriet es mir. Ich zog mein Lustfleisch wieder etwas zurück, um es dann langsam, aber noch tiefer wieder hineinzuschieben.
Der anfänglich langsame Rhythmus wurde etwas schneller, als sie den Takt mit ihren Beckenbewegungen vorgab. Rein – raus – rein – raus. Ich liebte es ... sie liebte es ...

Ich musste mich nach wenigen Stößen gedanklich etwas ablenken, um nicht zu früh zu kommen. Als ich den toten Punkt überstanden hatte, legte ich richtig los. Sie schnaufte durch ihre weit aufgestellten Nasenlöcher und schien nicht mehr weit von ihrem Höhepunkte entfernt zu sein. Ich versuchte die Schlagzahl noch etwas zu erhöhen, und als sich ihr Stöhnen in ein unterdrücktes Schreien verwandelte, war auch ich soweit und spritzte in das Regenmäntelchen, dass sich der kleine Bo vorher hatte überziehen lassen.

Ermattet und völlig entspannt lagen wir noch eine kurze Zeit aufeinander. Stella hatte schon ein Jahr keinen Sex außer mit sich selbst gehabt, und meine letzte Nummer lag auch schon einige Monate hinter mir. Von der sportlichen Einlage gezeichnet und von der mittlerweile in das Hotelzimmer scheinenden Sonne war uns beiden mächtig warm geworden und wir gingen duschen. Wir brauchten nun erst einmal eine Abkühlung. Unter der Dusche seiften wir uns gegenseitig mit Duschgel ein und brausten uns den Seifenschaum wieder ab. Nach dem Duschen trocknete ich Stella mit dem großen, weißen und weichen Badetuch ab und anschließend mich selbst. Stella stellte sich an das große Dachflächenfenster und steckte sich eine längst überfällige Zigarette an.

Ich legte mich auf das Bett und sah ihr beim Rauchen zu. So nackt, wie die Natur sie schuf, und frisch gevögelt sah sie noch besser aus als ohnehin schon. Sie kam nach der Zigarette zu mir in das große Bett und wir tranken und knabberten etwas von den mitgebrachten Leckereien. Eine angenehm kühle Brise blies durch das offene Fenster über unsere nackten Körper. Stella erzählte mir von ihrer Familie. Sie sprach von ihrem Vater, dem Hobbyfotografen, der heute mit einer anderen Frau zusammenlebte; von ihrer Mutter, vor der sie keine Geheimnisse hatte, außer dem Date mit mir heute natürlich und sie warnte mich schon mal vor, dass sie nicht so harmlos sei, wie sie vielleicht aussah.

„Na, was kommt denn jetzt?", fragte ich sie „was kann denn eine so junge und brav erscheinende Frau schon auf dem Kerbholz haben?", wollte ich wissen.

Und dann erzählte sie mir von ihren Erfahrungen mit diversen Drogen. Sie hatte in ihrem jungen Leben schon einiges an Gras weggeraucht, auch andere, etwas härtere Drogen ausprobiert und die Wirkung von Kokain war ihr mittlerweile auch nicht mehr ganz unbekannt. So sah sie gar nicht aus.

„Wie man sich doch in seiner Menschenkenntnis irren kann", kommentierte ich ihre offenbarten Geheimnisse.

Ein Thema hatte es ihr ganz besonders angetan. Das Thema Ehrlichkeit. Sie legte ganz besonderen Wert darauf, immer die Wahrheit zu sagen und nie jemanden anzulügen. Selbst ihrer Mutter erzählte sie stets alles, was die meisten Töchter sicherlich für sich behalten hätten. Mit ihrem Plädoyer über die Schlechtigkeit der Lüge - selbst Notlügen waren für sie unverzeihlich - packte mich das schlechte Gewissen. Hatte ich sie doch bis jetzt in dem Glauben gelassen, nur etwa acht Jahre älter als sie zu sein. Tatsächlich trennten uns aber bereits achtzehn Jahre. Auf die Gefahr hin, dass sie mir gleich eine reinhauen könnte, lenkte ich ein und sagte:

„Stella, … ich habe da noch ein kleines, na ja, sagen wir mal Geheimnis, mich betreffend."

„Ja? Was ist es denn?", hakte sie nach.

„Ich habe dir nicht ganz die Wahrheit über mich erzählt. Aber ich hole es nach, wenn du mir hinterher nicht böse bist."

„Das kann ich dir jetzt noch nicht versprechen. Was ist es denn?"

„Also, mein Alter, das war auf TABOO nicht gaaanz korrekt angegeben. Also genauer gesagt war eine Zahl falsch."

Nun fing sie an zu raten, welche Zahl es denn wohl sein konnte, und nachdem sie mehrere Altersangaben mit einer drei am Anfang aufgezählt und ich alle verneint hatte, gab ich ihr den Tipp, dass es sich nicht um die letzte sondern die erste der zweistelligen Zahl handelte, die ich bewusst vertauscht hatte.

„Wieso?", erschrak sie, „bist du erst 24?"

Ich lachte und stoppte die Zahlenraterei mit der Antwort:

„Nein, Stella, ich bin bereits 44 und nicht 34. Ich hoffe, dass du mir diese kleine Notlüge verzeihen kannst."

„Waaaaaas? Vier-und-vierzig?" rief sie und in ihrem Kopf konnte man es förmlich rattern sehen. Auf dem Rücken liegend starrte sie an die Zimmerdecke. Ich glaubte, dass wäre nun zu viel für die Kleine gewesen. Sie wiederholte noch ein paar Mal die Altersangabe, rechnete den Altersunterschied nach und wollte wissen, warum ich sie angelogen hätte. Ich versuchte ihr zu erklären, dass wir, hätte ich ihr vorher mein wahres Alter genannt, sicherlich nicht hier in diesem Bett liegen würden. Das schien als Ausrede nicht wirklich zu überzeugen; denn sie stand auf und ging ins Bad.

„Bo, ... du dämlicher Vollpfosten!", dachte ich nur, „dass du auch nicht einfach mal die Schnauze halten kannst. Warum hatte ich mit dieser Richtigstellung nicht bis später oder morgen warten können?"
Ich harrte der Dinge, die da nun kommen würden.

Nach einer Weile kam Stella sichtlich verwirrt aus dem Bad heraus, kam zu mir ins Bett, kam ganz dicht zu mir ran und sagte:
„Bo, ... es war mit dir sehr schön und ich habe es sehr genossen, aber ich bin nun untenherum so überreizt, dass wir für heute aufhören werden, sonst tut es mir nur weh und dann macht es nicht mehr so viel Spaß wie vorhin. Dein kleiner Bo ist doch etwas größer gewesen als die, die ich bisher kennengelernt hatte."

Dieser diplomatische Vorschlag war nicht das, was ich hören wollte. Die Sache mit meinem dicken Dödel fasste ich mal als Kompliment auf, aber da ich mir den vorgezogenen Ausgang dieses Nachmittages mit der voreiligen Auflösung meines tatsächlichen Jahrganges selbst zu verdanken hatte, willigte ich ein.

Stella kam vorher noch meinem Wunsch nach, sich für ein Weilchen zu mir ins Bett zu legen, um noch ein wenig mit mir zu reden und Musik vom iPhone zu hören. Ich suchte auf dem Smartphone Mark Knopfler´s neueste MP3-Songs seiner „Get Lucky"-

CD und spielte sie. Bei den, dem Date vorausgehenden Konversationen hatte Stella mir mal ihre Lieblingssänger und -Bands aufgezählt. Da ich die meisten Interpreten nicht kannte, war nur der Bandleader der „Dire Straits" bei mir hängen geblieben, von dem ich mehrere CDs hatte.

Wir hörten noch eine Weile der Musik zu, Stella lag noch in meinem Arm und ließ sich von mir ihre nackte, samtige Haut streicheln. Irgendwann zogen wir uns wieder an, packten unsere wenigen Sachen und verließen das Hotelzimmer. Stella ging wieder vor, da sie den Weg ja schon kannte, im Gegensatz zu mir, denn ich hatte meine Augen auf dem Weg zum Hotelzimmer nicht von ihrem knackigen Jeans-Arsch weichen lassen.

Auch auf dem Rückweg ließ ich den kleinen Hintern nicht aus den Augen. Unten angekommen, sagte mir Stella, dass sie den Notausgang nach draußen nehmen würde, da sie nicht wieder an der Rezeption vorbeigehen wollte. Ich musste ja noch das Zimmer bezahlen und ging zur Kasse an den Empfang. Etwas verwundert über meine verfrühte Abreise, hatte mir die junge Dame an der Rezeption die Rechnung ausgedruckt und mich um den Preis einer Hotelübernachtung erleichtert. Ich ging raus auf den Parkplatz, wo Stella schon vor ihrem Colt stand und auf mich wartete. Wir unterhielten uns noch kurz und umarmten uns ein letztes Mal zum Abschied.

„Ich glaube, du hast deinen Pulli falschrum angezogen", sagte sie.

"Habe ich den V-Ausschnitt auf dem Rücken?", wollte ich wissen.

„Nein. Du hast das Teil auf Links angezogen", verbesserte sie mich.

„Ooh, da war ich gerade auf dem Hotelzimmer beim Anziehen wohl ein wenig durcheinander. Wen wundert es, in

Anwesenheit einer so schönen und jungen Frau? Ich werde es gleich auf einem Parkplatz wieder auf rechts ziehen. Wäre schon schön blöd, wenn ich so nach Hause käme. Was meine Frau dann wohl denken könnte?", lachte ich.

Wir stiegen jeder in sein Auto ein. Ich ließ Stella zuerst vom Parkplatz fahren und fuhr etwas zeitversetzt auf die Autobahn, die mich in die entgegengesetzte Richtung wieder nach Hause führte. Bevor ich zu Hause ankam, schrieb ich Stella noch, dass ich mich für das wunderschöne, erotische Abenteuer mit ihr und dem leider etwas plötzlichen Ende bedanken wollte. Sie erwiderte meine Nachricht mit ähnlichen Worten.

Am nächsten Tag mailte ich Stella vom Büro aus über FRATZEN-BIBEL an:

„Hi Stella, alles okay bei dir? Hast du den Tag gestern über Nacht vielleicht doch noch bereut oder nicht? Ich habe da mal ein paar intime Fragen an dich. Darf ich sie dir stellen und würdest du sie mir beantworten? ... so wie es aussieht, werden wir uns ja leider eh nie wieder über den Weg laufen :(Du hattest mir für meine Beziehung zu meiner Frau viel Glück gewünscht und könntest mir sogar mit deinen ehrlichen Antworten weiterhelfen. Die dümmste No-go-Frage, die ein Mann nach dem Sex stellen kann lautet: "Na, Schatz, ... wie war ich?"

Diese dumme Frage habe ich auch noch nie einer Frau gestellt. Da ich dir nach unseren offenen Gesprächen vertraue und dir auch glaube, dass du nie lügst - wie du gestern sagtest - habe ich dennoch einige Fragen an dich, und die sind nicht für meine Statistik, sondern könnten mir eventuell weiterhelfen:
a) War der Oralsex gestern zu aufdringlich, hat es weh getan und hätte ich eher aufhören sollen?
b) Nach der ‚1. Runde´ ;) sagtest du, dass du so etwas nicht von mir erwartet hättest. Hattest du wirklich mehrere Orgasmen beim Oralverkehr? Weißt du noch grob, wie viele es waren? Ich weiß die Frage war besonders doof aber antworte bitte trotzdem.

Stella, ich denke, dass du mit so blöden Fragen nicht gerechnet hast. Dass es beim Sex für eine Frau nicht allein um die Technik, sondern vor allem um den Partner und das Vertrauen geht, ist mir natürlich auch klar. Dass man eine Beziehung nicht durch eine bessere Technik im Bett kitten kann, sondern dazu ganz andere alltägliche Verhaltensweisen und Charakterzüge nötig sind, weiß ich auch (hier mein Beweis: ich schreibe ja auch in ganzen Sätzen und nicht ‚ich böse - du heiß' – so wie ein TABOO-Primat im Kommentar zu deinem Cop-Foto auf TABOO ;)

Da meine Frau in Sachen Sex allerdings seit einigen Jahren sehr verschlossen ist und jeden Versuch, darüber zu reden, direkt wieder abwürgt, bist du meine vielleicht einzige und letzte Rettung, die mir momentan einfällt. Obgleich ich den Tag gestern sehr genossen habe und ihn wohl bis zu meinem Sterbebett in allen Sequenzen nicht vergessen werde, habe ich nicht die Absicht, noch mehrere Dates dieser Art mit anderen Frauen zu organisieren, um so auf die Antworten auf meine Fragen zu kommen.

ch hoffe, es geht dir unten herum wieder besser :) Bitte entschuldige, wenn ich vielleicht etwas zu grob war :(Ich bin es nicht gewohnt, Sex mit Gummies zu haben, und das Kondom war wohl aus extra starkem Latex, sodass es auch leider sehr gefühlsarm war. Mit der Zipfelmütze ist es nicht so einfach, zu erspüren, ob ich nun schon 1 oder 5 oder 10 cm oder noch tiefer drin bin :(Sex ist für einen Mann ohne Nahkampfsocken ;) einfacher, da er gefühlsechter ist, und bei dem eigentlichen Akt fehlt die Reibung, die man ohne Lümmeltüte hätte.

Sex mit einem Kondom ist für einen Mann wie eine Fußreflexzonenmassage mit Gummistiefeln!

Stella, bitte sei nicht schockiert über diese Mail, sondern hilf mir, einen Tag wie den gestrigen mit dir auch im eigenen Bett mit meiner Frau haben zu dürfen. ... und wenn nicht für mich, dem Lügner, dann für meine kleine Tochter. Damit sie nicht in zerrütteten Verhältnissen aufwachsen muss. Viele liebe Grüße, dein Bo."

Ein paar Minuten später erhielt ich von Stella die folgende Mail:

„Also erst mal zum reinen Beantworten deiner Fragen:
a) Es war nicht aufdringlich, sondern sehr, sehr, sehr schön :) Und
wenn eine Frau eine Pause braucht, dann sollte sie es sagen, so wie
ich es getan habe :) Woher soll oder kann ein Mann denn sonst
wissen, wie es okay ist!? Die Technik war auf jeden Fall sehr gut :)

und zu b) 3x ... ganze 3x!!! Das werde ich NIE vergessen :D
:D :P
Weißt du, ich bin einfach der Meinung, dass zu gutem Sex auch ein
paar Worte nötig sind ... vor allem, wenn man sich noch nicht so gut
kennt. Stummen Sex kann man (wenn man will ... aber wer will das
schon?) dann haben, wenn man sich in- und auswendig kennt, und
ganz genau über die Vorlieben und Abneigungen des Partners
Bescheid weiß. Sex sollte ungezwungen sein, gern auch mit
Gesprächen und gern auch mit Lachen verbunden sein. So sehe ich
das! Und du warst nicht grob.

Aus der Erfahrung weiß ich, dass es für Männer mit
Kondomen nicht einfach ist, und ich persönlich hasse auch diese
Dinger. Aber das war ja auch wieder ein Moment, wo ich einfach
gesagt habe, was ich möchte. Und das war dann doch auch gut!
Oder?

Man(n) kann beim Sex eigentlich nichts falsch machen,
wenn man auf den Partner eingeht und jeder seine Wünsche mitteilt
sowie Rücksicht auf Wünsche des anderen nimmt. Und dass ich
gestern nach einiger Zeit einfach nicht mehr konnte, hatte ja auch
nichts mit dir zu tun. Schließlich hatte ich auch lange keinen Sex mehr
und nach ein paar Stunden ist einfach eine gewisse Grenze (ich
nehme an, das ist bei allen Frauen so) erreicht. Es sind ja auch sehr
empfindliche Körperstellen, an denen man da werkelt ;) ;)

Ich denke seit gestern so viel über dich und auch deine Frau
nach, und ich wünschte wirklich, ich könnte euch helfen. Deine Frau

sieht so lieb aus :) und dein Kind ist so hübsch. Von ganzem Herzen würde ich euch auch eine perfekte sexuelle Beziehung wünschen :) Lange habe ich überlegt, was die Gründe deiner Frau sein könnten, weshalb sie so reagiert. Ich fragte ja bereits, ob in ihrer Vergangenheit etwas Prägendes passiert sei. Deiner Meinung nach war es ja nicht der Fall.

Ich selbst habe Sex Zeit meines Lebens für nicht wichtig befunden, als ich noch keinen wirklichen Orgasmus gehabt hatte und auch keinen Partner, der sich darum ernsthaft bemühte. Damals habe ich den Höhepunkt manchmal vorgespielt, um meinen Partner nicht zu enttäuschen. Ich wusste selber nicht, wie ich zu meinem Höhepunkt kommen könnte, und meine Partner waren damals ebenfalls sehr jung und unerfahren, so wie ich.

Heute weiß ich, dass es nicht richtig war, ihnen was vorzumachen. Man hätte drüber reden und gemeinsam daran arbeiten müssen. Ich konnte Sex erst wirklich seit meiner letzten Beziehung genießen. Mein Ex war sehr einfühlsam und schaffte es sehr schnell, mich zum Höhepunkt zu bringen. Zu ihm hatte ich aber auch das allermeiste Vertrauen und die innigste menschliche Bindung.

Aus Erzählungen weiß ich, dass es mehrere Frauen gibt, die, trotz dessen sie vielleicht schon älter sind, nie einen wahren Höhepunkt erfahren durften. Viele Frauen schaffen es auch nicht, sich ganz fallen zu lassen, was meiner Meinung nach für einen Orgasmus unerlässlich ist.

Ich kenne auch eine Frau, die nach einigen Ehejahren einfach nicht mehr mit ihrem Mann schlafen konnte, obgleich sie ihn liebte. Sie konnte die nötigen Gefühle für diesen Mann nicht mehr aufbringen. Der Mann war für sie der wichtigste Mensch in ihrem Leben geworden, aber sie liebte ihn als Mensch, nicht als Mann. Die

Gefühle hatten sich verändert. Sie waren nicht weniger geworden, im Gegenteil, es war eine tiefe Bindung! Nur anders.

Irgendwann traf sie einen anderen Mann, mit dem sie eine Beziehung (auch sexuell) eingehen konnte. Doch ihr Exmann ist heute noch ihr bester Freund und der wichtigste Mensch in ihrem Leben, neben ihrer Tochter.

Ich erzähle das alles nur, weil es die Geschichten sind, die mir zu dem Thema einfallen. Ich weiß nicht, ob etwas davon auf deine Frau zutrifft. Bo, wie schon gesagt, ich habe dich als lieben, einfühlsamen Menschen kennengelernt. Ich finde es richtig klasse, dass du so bemüht bist, eure Beziehung wieder aufleben zu lassen. Redet miteinander. Vielleicht ist auch eine Paartherapie eine Möglichkeit. Aber redet!! Das ist so wichtig. Es muss doch eigentlich auch ihr daran gelegen sein, eine Lösung zu finden. Dafür wird sie aber reden müssen. Vielleicht ist auch eine rein körperliche Annäherung, erst mal ganz ohne Sex, eine Möglichkeit. Nur Kuscheln, ganz nah beieinander sein, Nähe genießen, streicheln - vielleicht gar nicht mal unbedingt gewisse Regionen, sondern zum Beispiel den Rücken oder den Bauch. Verstehst du?

Ich hoffe, ich konnte dir mit meiner Mail wenigstens ein paar Fragen beantworten oder dich auf neue Ideen bringen. Bis bald, mein Lieber :) "

Diese ausführliche Antwort gab mir nun erst mal genügend Stoff zum Nachdenken. Später bedankte ich mich mit den Worten:
„Hallo Stella, vielen Dank für die sehr, sehr vielen offenen und hilfreichen Worte. Da hab ich jetzt erst mal was zum Grübeln. Auch ich wünsche dir für deine Zukunft alles Gute. Der Mann, der dich mal zur Freundin/Partnerin bekommt, wird einen wirklichen Volltreffer landen. Du bist eine sehr gute Mischung aus Klugheit, Ehrgeiz, Humor, Phantasie, Verantwortung, Ästhetik, Erotik und nur

ein ganz kleines bisschen ‚Bekloppptheit' (Zitat Stella – die Anmerkung in deinem Profil auf TABOO ;-).

Sicherlich habe ich jetzt noch vieles vergessen. Aber ich denke, das kannst du auch selbst vervollständigen. Du kennst dich ja schon etwas länger als ich.

Und sollte es keinen Ritter auf dem schwarzen Pferd für dich geben, was ich nicht glaube, dann könntest du vielleicht auch noch auf eine Prinzessin auf einem weißen Pferd ausweichen ;-). So eine Süße, wie du es bist. Oder wäre das keine Option für dich? Ich habe eine kleine Nichte, die im August 18 wird und sich mehr für hübsche Mädels interessiert als für Jungs. Für deinen Geburtstag Morgen wünsche ich dir alles Gute. Lass dich ordentlich feiern. Du hast es verdient. Bis dann. Viele liebe Grüße, dein Bo."

Stella bedankte sich sofort:
„Danke für die vielen Komplimente :) uiuiui ... so viele liebe Worte :D Aber eine Prinzessin könnte mich auf Dauer gesehen nicht glücklich machen ... keine Option...;) Naja, wer weiß, was das Leben noch so mit sich bringt :) "

Am nächsten Morgen war Stellas Geburtstag und ich schrieb ihr einen ganz persönlichen Geburtstaggruß in dem ich ihre sehr sportive und erotische Figur, ihre schöne samtige Haut und ihren ehrlichen Charakter lobte. Sie bedankte sich dafür. Die darauf folgenden Tage schrieben wir uns noch einige Mails. Ich erzählte Stella von meinen eher langweiligen Arbeitstagen, den häuslichen und familiären Verpflichtungen, denen ich nachkam, und sie mir von ihren Unternehmungen mit ihren Kolleginnen oder Freundinnen. Zwischendurch fragte sie immer mal wieder nach, wie es denn so in meiner Beziehung liefe, ob ich mit meiner Frau schon darüber gesprochen hätte oder ob wir schon mal wieder Sex gehabt hätten.
Auf der Baustelle war ich jedoch noch nicht

weitergekommen. So, wie sich Stella um meine Beziehungs-Verbesserung sorgte und versuchte, mir dabei zu helfen, so war ich um ihr Single-Dasein besorgt.

Gegenseitig gaben wir uns gute Ratschläge, um unsere Lebenssituationen zu verbessern. Zu einer erfolgreichen Lösung unserer Probleme kamen wir damals dabei allerdings nicht. In unseren Mails auf TABOO schwelgten wir immer wieder in Erinnerungen an den unvergesslichen Tag, den von uns beiden keiner bereute. Nicht nur mir, sondern auch ihr waren die Sequenzen des Abenteuertages tief in die Hirnrinde eingebrannt. Vor unserem geistigen Auge sahen wir noch immer den blauen See, die grünen Ufer, spürten noch die Sonne am See, das Wasser beim Duschen und die vielen Zärtlichkeiten auf unserer Haut und hatten noch die Gerüche und Aromen unserer Körper in der Nase.

Als Stella einige Tage später eine Freundin besuchen wollte und wieder über das Autobahnkreuz Lotte fuhr, musste sie zwangsläufig an unseren Tag denken. Da sie genau an dem Kreuz eine Woche vorher auf die A-30 in Richtung Abenteuer abgebogen war.

Ich unterhielt mich mit Stella über FRATZEN-BIBEL noch öfter über das Thema „Lügen und Wahrheit" oder „Notlügen". Ich argumentierte, dass ein Push-up-BH, der den Busen größer und praller erscheinen lässt, Highheels, die die Beine von Frauen optisch länger wirken lassen, schwarze Kleider, die optisch schlanker machen, oder eine geänderte Haarfarbe, die einen völlig anderen Typ Frau vorgaukeln, doch auch nichts anderes als Lügen seien, da sie einem Mann etwas vortäuschen, was mit der Realität auch nicht mehr ganz so viel zu tun hat. Wen interessierten da schon ein paar Jahre Altersunterschied, zumal die Angabe eines falschen, zu jungen Alters, schon immer eine Erfindung der Frauen gewesen war. Alle meine Erklärungsversuche stießen dennoch stets auf Unverständnis.

Eine Woche später saß ich wieder einmal etwas unmotiviert am Schreibtisch im Büro und schaute auf die Wanduhr gegenüber. Es war erst kurz nach neun ... morgens. Zum Glück war es aber auch schon Freitag. Und ich überlegte mir, was ich an dem Arbeitstag noch dringend fertig bekommen musste. Da es zu dieser Jahreszeit immer noch sehr ruhig war, was die Nachfrage meiner Kunden anging, beschloss ich, mich ein wenig auf TABOO abzulenken, um mir die Zeit bis zum Mittag - Freitagmittag machte ich für Gewöhnlich Wochenende - etwas zu verkürzen. Ein paar Minuten chatten sollten doch noch drin sitzen. Ich schaute auf TABOO nach, wer so alles in meiner etwas entfernteren Umgebung vormittags gelangweilt am Laptop saß und auf seinen Prinzen wartete. Ich gab also wieder mein Suchprofil ein: 18 bis 29 Jahre, weiblich, in der Nähe von Osnabrück. Und da kamen sie auch schon, die kleinen Samenräuber. Ich schaute mir die Profilbilder und die vielen Fotos an, die die Mädels auf ihren Profilen präsentierten, durchstöberte die Parameter zu den einzelnen Frauen und glich sie mit meinen aktuellen Interessen ab.

Mein Interesse war der One-Night-Stand, oder sollte ich besser sagen, der One-Day-Stand? Denn tagsüber konnte ich mich besser freimachen als abends. Für ein Wegbleiben über Nacht wären mir die Erklärungen zu Hause ausgegangen. Nach meiner angeeigneten schnellen Selektion sortierte ich die Spreu vom Weizen und schrieb verschiedene Frauen an, die mein Interesse fanden. Darunter war auch eine sehr süße südländisch wirkende Frau mit langen, schwarzen, glatten Haaren. Sie hatte dunkelbraune Augen, sehr volle, kuss-sicher wirkende Lippen, eine fantastische schlanke Figur und eine Ausstrahlung, die sie unnahbar und begehrlich zugleich machte. Auf ihrer Profilseite war der Name Duygu angegeben, wie immer man es auch aussprechen mochte. Da sie erst 21 Jahre jung, auf TABOO gerade erst frisch angemeldet war und sich in diesem Moment wahrscheinlich alle Dreibeine gleichzeitig auf sie stürzen würden, versprach ich mir keinen besonders großen Erfolg von einer spontanen Anmache. Aber ich dachte, dass es mir hier auf TABOO auf einen Korb bzw. keine Rückmeldung mehr oder weniger auch nicht ankäme, und legte los:

„Hey Duygu, interessanter Name ;-) ist das wirklich ein vollständiger Vorname? Wo kommt er her? Du hast ein sehr sympathisches Gesicht :-* Was könnte ich sehen, wenn du mir Zugang zu deinen geheimen Fotos gewährtest?"

Auf TABOO konnte man Fotos, die nicht für jeden sichtbar sein sollten, in einem privaten Ordner ablegen und auf gezielte Anfrage eines Interessenten freischalten.

„Möchtest du es mir verraten?", fuhr ich fort.

„Ich will ja nicht aufdringlich sein, aber interessieren würde es mich doch schon ;-) lg Bo."

Ein schlichtes „:-)" war die erste Antwort.

„Jetzt bloß nicht nachlassen", dachte ich.

Ich klickte auf den Ordner ‚Private Fotos´, um ihn mir von dieser südländischen Schönheit öffnen zu lassen, und darauf erschien bei ihr der Standard-Text:

„Hey, darf ich mir dein Album ‚Private Fotos´ anschauen?" Sogleich erhielt ich die Standard-Antwort, die man bekam, wenn die Bitte erhört wurde und man auf Gegeninteresse stieß:

„Gerne, hier geht 's zum Album!"

Auf TABOO konnte man die Frequenz der Besucher einer Seite ablesen und da die bei Duygu sehr hoch war, hakte ich nach:

„Hattest du heute wirklich über 250 Besucher? So steht es auf deiner Profilseite! :(Wie kommt eine so junge, gutaussehende Frau mit so vielen Anfragen klar? Bist du da nicht völlig überfordert?" Keine Reaktion.

„Das ging ja schnell mit der Freischaltung der privaten Fotos."

Wieder keine Reaktion.

„Sehr schöne Fotos ;) "

Und dann kam die erste geschriebene Rückmeldung:

„Echt, ich wusste gar nicht, dass man das sehen kann :-D Ich komm gar nicht klar auf dieser Seite.

Voll verrückt hier :) … Ständig Nachrichten!!!"

Das Mädchen brauchte dringend Hilfe von einem Vollprofi, der ich inzwischen war, um hier nicht unter die Räder zu kommen, und falls doch, dann gefälligst unter meine.

„Dann ignoriere mal die anderen und chatte mit mir :) ", schlug ich ihr, selbstlos, wie ich war, vor.

Sie durchschaute meine List mit einem Lachen:

„Heheee"

„Jetzt nur nicht locker lassen", dachte ich mir und legte ein überzeugendes Argument nach:

„Ja, du kannst dich ja nicht um jeden Deppen nur aus Höflichkeit kümmern ;)

Damit meine ich natürlich nicht mich ;) "

„Ja klar ;-) ", erwiderte sie.

Mein Beschützer-Instinkt wurde geweckt:

„Kann ich dir hier auf TABOO helfen? Bist du hier neu? Ich bin seit ein paar Wochen hier auf TABOO. Und du?"

„Bin erst seit 2 Tagen hier! Aus Interesse …"

„Was suchst du hier auf TABOO?", wollte ich ihr entlocken.

„Dein Profil gibt nicht viel über dich preis :(", versuchte ich meine Neugier zu stillen.

„Gar nichts, nur Freundschaft. Mehr nicht :-) Muss es ja auch nicht ;-) "

„Woher kommst du gebürtig? Ist Duygu dein richtiger Name?", setzte ich das Verhör fort.

„Ja. Ich bin Türkin."

„Ach so", reagierte ich etwas erstaunt, da ich mit einer Türkin hier auf TABOO gar nicht gerechnet hatte. Ich dachte, die Türkinnen seien zu konservativ für dieses Bagger-Portal im Netz, zumal sie mit ihrem Profilfoto für jedermann sichtbar war. Auch für ihre Brüder, Onkels oder Cousins, so sie welche hatte.

„Und was suchst du hier??", wollte sie wissen.
Das wollte ich ihr in diesem unpassenden Moment noch nicht komplett offenbaren, wollte ich doch nicht gleich mit der Tür ins Haus fallen. Und somit antwortete ich erst einmal nur:

„Ich suche ein kleines Abenteuer. Mal einen kleinen Urlaub vom Büro-Alltag ;)
Wie groß bist du? Auf dem Foto auf der Holzbank wirkst du sehr groß. Stimmt das?"

„Nee, ca. 1,60 m!", korrigierte sie mich.

„Doch so klein?", war ich etwas überrascht.

„160 cm und dann so schlank. Dann wiegst du ja höchstens 45 kg??? ... oder?"

„Ist doch nicht so klein :-) ... Abenteuer?", hakte sie noch mal nach.

Da sich die Mails zum Teil verzögerten und die Fragen und Antworten somit zeitversetzt aus dem Gleichschritt kamen, führte es zwangsläufig zu gelegentlichen Missverständnissen, die sich aber auch wieder im Verlauf des Chattens legten.

„Nein, nicht zu klein. Für einen 1,80-m-Mann schön handlich", beantwortete ich ihre vorletzte Frage, um der Antwort der letzten Frage vorerst aus dem Wege zu gehen.

„lol :-)", lachte sie in der Sprache des Chats.

„Bist du schon vergeben?", wollte ich wissen, um meine Chance auf ein Date auszuloten.

„Nein", war die Antwort, die ich lesen wollte und erhielt.

„So eine gutaussehende, junge Frau und kein Lover? Wie kann das sein? Die trauen sich wahrscheinlich alle nicht, oder?"

„Tja ;-)"

„Oder war der Richtige noch nicht dabei?"

„Nee, sonst hätte ich ja jetzt einen ;-) Ich habe erst vor Kurzem Schluss gemacht."

„Nach wie langer Zeit? Wie lange warst du mit ihm zusammen?"

„Ein halbes Jahr."

„Hast du ihn ‚abgeschossen´?"

„Nein, war eine Entscheidung von uns beiden!", plauderte sie aus dem Nähkästchen.

„Was lief verkehrt in eurer Beziehung?"

„Das Vertrauen war einfach nicht da, er hat mich immer angelogen und hat halt später auch selber eingesehen, dass er keine Beziehung führen kann! Er war noch zu jung für eine ernsthafte Beziehung!"

„Wie alt war der Kleine?", fragte ich etwas abschätzig, um mich, deutlich älteren, etwas interessanter zu machen.

„20."

„Na, das ist für eine Frau, wie du es bist, doch viel zu jung. Der ist doch noch feucht hinter den Ohren ;) ", mobte ich noch etwas weiter.

„Jap. Und was ist mit dir??? Nicht verheiratet oder so?"

„Doch ich bin verheiratet. Seit sechs Jahren. Mit meiner Frau bin ich allerdings schon seit 1993 also seit 18 Jahren zusammen. Ganz schön lange Zeit. Vor 18 Jahren warst du gerade erst aus den Windeln :-* ... oder ?

„Jaaa :-D. Du bist verheiratet und suchst Abenteuer? Aaaahaa! Interessant!"

„War dein letzter Freund ein Landsmann von dir?", versuchte ich von mir abzulenken.

„Jap. Weiß deine Frau davon :-D ?"

„Nein, natürlich nicht. Ich liebe sie sehr. Aber 18 Jahre sind sehr lang und sie hat schon seit ca. 10 Jahren kein besonderes Interesse am Sex :(Das war vorher ganz anders. Deshalb suche ich das Abenteuer ;) Ich bin halt nur ein Dreibein."

„Ooh, das hört sich nicht gut an. Das macht natürlich viel aus in einer Beziehung!"

„Das sehe ich genauso."

„Habt ihr schon mal darüber geredet?"

„Ja, ich habe es schon sehr oft angesprochen, aber sie geht nicht wirklich darauf ein :("

„Hmm, schade. Habt ihr Kinder?"

„Ja, eine sehr süße Tochter. Sie ist genau 9 Monate jung. Ich hatte mir eine Tochter gewünscht und das Schicksal hat mich erhört."

„Wie schön. Freut mich für dich :-) Rheine? Wo ist das genau?"

„Von Osnabrück aus sind es ca. 50 km Richtung Holland."

"Ach so. Okay."

„Also nur eine knappe halbe Stunde von dir entfernt. Also, wenn ich dich mal besuchen kommen soll, wir sind nicht weit auseinander ;) "

„ :-) Was macht deine Frau?"

„Meine Frau ist noch ungefähr ein halbes Jahr wegen der Kleinen zu Hause und möchte dann wieder arbeiten als Industriekauffrau und ich bin Immobilienmakler in Rheine."

„Ach so, gut. Bist du jetzt nicht zu Hause, oder wie?"

„Ich bin noch im Büro und was machst du so? Beruflich oder schulisch?"

„Ich habe gerade nix zu tun :-) Ich bin auf der Suche nach einem neuen Job. Ich hatte eine Ausbildung angefangen, aber leider abgebrochen! Und musst du nicht arbeiten?"

„Im Grunde schon. Aber das muss jetzt erst mal warten, weil ich gerade mit einer sehr schönen Frau chatte, sie heißt Duygu. … Was war das für eine Ausbildung?"

„Als zahnmedizinische Fachangestellte beim Chirurg."

„Warum hast du es abgebrochen? Kannst du kein Blut sehen?"

„Doch, schon, das war kein Thema."

Wir stellten uns eine ganze Weile gegenseitig belanglose Fragen und antworteten brav. Doch dann startete ich den Angriff:

„Könntest du dir vorstellen, dich mit einem aus dem Chat zu verabreden?"

„Im Moment nicht. Wenn mir was einfällt, schreibe ich dir schon", war ihre Antwort, der jedoch unkommentiert von mir, sofort ein Smiley folgte: „ :-) " und dann die Gegenfrage von Duygu:

„Ja, wieso nicht? Das habe ich schon mal gemacht mit jemandem aus dem Internet. Es waren aber leider nur schlechte Erfahrungen. Aber bei dir ist es anders!"

„Wieso ist es bei mir anders?"

„Weil du verheiratet bist und willst ja bestimmt keine Beziehung anfangen, oder? Und weil du viel mehr Erfahrung im Leben hast."

„Ich suche keine feste Beziehung. Nur ein Abenteuer. Einen Tag Urlaub vom Alltag."

„Und wie sollte der Tag Urlaub vom Alltag deiner Meinung nach aussehen?", wollte sie wissen.

„Tja, also, ich könnte mir vorstellen, dass man sich mal tagsüber trifft, sich bei einem ausgedehnten Spaziergang besser kennenlernt ...."

„Und dann :-D "

„... und dann vielleicht in ein gutes Hotel geht ... und ..."

„Oookaaay :-) "

„Wie könnte es weitergehen? Was meinst du?"

„Ich glaube, wir wissen beide genau, wie es weitergeht ;-) "

„Hättest du den Mut für so ein Abenteuer? Es muss ja keiner dahinter kommen ;) ;) ;) :-* "

„Genau"

„Also, hättest du Lust dazu, Duygu?"

„Ich denke schon. Ich hatte zwar noch nie so ein Date, aber es schadet ja nicht, neue Erfahrungen zu machen."

„Wann hättest du mal Zeit für so ein Abenteuer?"

„Hmmm, gute Frage, ab nächste Woche irgendwann. Wann kannst du denn immer?"

„Es müsste schon tagsüber sein. Also zur Bürozeit."

„Hmm, Okay. Und das wäre?"

„Wie wäre es mit Donnerstag? Da habe ich noch keine Kundentermine. Nächsten Donnerstag."

„Ja, ich denke, dass könnte klappen. Ich kann dir aber erst am Wochenende mit Sicherheit zusagen."

„Okay, super. Was sagt dein Zyklus-Kalender zu dem Termin? Ist der auch damit einverstanden?"

„Ja, Passt schon perfekt ;-) "

Und da war er wieder, der unverhoffte Erfolg. Vor zwei Stunden kannte ich die Kleine noch nicht einmal und Donnerstag sollte sie von mir nach allen Regeln der Liebeskunst perforiert werden. Ich Glückspilz. Eine Türkin, dass hätte ich mir vorher nie träumen lassen. Sie war so bezaubernd. Sie hatte die Ausstrahlung einer Cleopatra.

Türkinnen aus meiner Nähe waren für mich immer tabu. Ich kannte nicht einmal eine. Bestenfalls vom Sehen. Ich dachte früher immer, wenn eine solche Beziehung gescheitert wäre, dann hätte ich hinterher die Brüder und Cousins am Hals. Und die hätten mir ungefragt eine „Body-Modification-Behandlung" aufgeschwatzt oder anders ausgedrückt: Sie hätten mir die Fresse poliert. Oder schlimmer noch, sie hätten das Prinzip der Blutrache angewandt und die türkische Ex-Geliebte gelyncht. Um die Familienehre wieder herzustellen.

Und hier auf TABOO lernte ich die puderzuckersüße, junge Südländerin mal eben vor Mittag kennen, flirtete ein bisschen und machte sie für nächste Woche Donnerstag klar. Geil ... TABOO! ... I love you! ... <3

Wir klärten noch ein paar Details zu dem Date, suchten uns im Internet in schönes Hotel in Bad Iburg aus. Eines, das direkt an einem Park gelegen war, und vereinbarten einen Treffpunkt. Am

Bahnhof in Osnabrück sollte ich sie abholen. Sie selbst kam gar nicht aus Osnabrück, so wie es in ihrem Profil stand, sondern aus Bielefeld. Da sie kein Auto hatte, wollte sie mit dem Zug anreisen, und vom Bahnhof aus wollten wir dann in die nahegelegene kleine Stadt ins Hotel fahren. Wir besprachen noch die Verhütungs-Methode. Sie nahm die Pille und ich sollte Kondome mitbringen, vereinbarten wir. Ich wollte von ihr noch wissen, was wir auf dem Zimmer trinken wollten. Sie entschied sich für Sekt mit Alkohol natürlich, damit sie etwas weniger verspannt wäre.

Ich fragte sie noch, worauf sie beim Sex nicht stehen würde und bekam „Analverkehr" zur Antwort. Das wunderte mich nicht, hatte sie doch einen ganz kleinen Knackarsch. Ich befürchtete, der wär, beim Buttern von hinten mit meinem, wie ich schon öfter hören musste, etwas dickeren Bo der Länge nach aufgerissen.

Ein Weilchen flirteten wir noch, bis ich dann irgendwann das Gespräch beendete, da ich noch ein bisschen im Büro erledigen wollte. Ich hatte sie noch um ihre Mailadresse gebeten, damit ich sie auf TABOO adden konnte, und bei der Gelegenheit würde ich auf FRATZEN-BIBEL sofort ihr Profil finden, da sie sich mit der Mail-Adresse auch auf FRATZEN-BIBEL einloggte. Unsere Mobil-Nummern tauschten wir auch noch aus, damit wir uns am Tag „X", also am Donnerstag von unterwegs kontaktieren konnten.

Am nächsten Tag wollte ich ein bisschen mit Duygu auf TABOO flirten, aber zu meinem Entsetzen musste ich sehen, dass sie ihr Profil gelöscht hatte. Wie sollte ich das deuten? Hatte sie kalte Füße bekommen? Das durfte doch nicht wahr sein. Die kleine orientalische Göttin hatte sich doch nicht etwa aus dem Staub gemacht? Ich gab auf FRATZEN-BIBEL ihre Mailadresse ein, die ich mir zum Glück hatte geben lassen, und fand dort ihr Foto im Profil. Allerdings stand da nichts von einer Duygu, sondern der Name Hasal. Wie sich später herausstellen sollte, war Hasal ihr richtiger Name und

Duygu nur ein Pseudonym, um unerkannt zu bleiben. Ich schrieb ihr direkt eine Nachricht, um sie zu fragen, ob es denn bei dem Donnerstag bleiben würde. Sie bestätigte den Termin für das Date. Auf TABOO hatte sie sich nur ausgeloggt, da es ihr dort zu stressig wurde. Es waren für sie einfach zu viele Kontaktanfragen, auf die sie keinen Bock mehr hatte. Das konnte ich sehr gut verstehen. Sie sah einfach zu gut aus, sodass die meisten Männer sicherlich nicht widerstehen konnten, es bei ihr zu versuchen.

Die kommenden Tage bis zu dem Treffen schrieben wir uns jeden Tag ein paar Mails. Und dann, nach vielen Tagen und Nächten des langen Wartens, war es endlich soweit: Es war Donnerstag ... der Donnerstag.

Ich stand rechtzeitig auf, duschte und rasierte mich dabei, aß ein wenig zum Frühstück und machte mich rechtzeitig auf den Weg nach Osnabrück. Unterwegs besorgte ich uns etwas Gutes zum Trinken, ein paar neue Nahkampfsocken und eine Kleinigkeit für zwischendurch.

Am Bahnhof angekommen, schaute ich auf den Aushängen nach, wann genau ihr Zug eintreffen sollte, und wartete ungeduldig. Und dann kam der Zug und eine Menschentraube überrollte den Bahnsteig. Ich schaute mich nach ihr um, lief den Bahnsteig ein wenig rauf, dann wieder runter, damit sie mir nicht versehentlich entwischen konnte, aber ich fand sie nicht. Erst, als es auf dem Bahnsteig wieder etwas lichter wurde, sah ich sie aus der Ferne auf mich zukommen. Sie musste wohl ganz am Ende des Zuges gesessen haben. Wir liefen langsam aufeinander zu, nahmen uns in den Arm und begrüßten uns. So klein waren also 160 cm, dachte ich mir, als ich mich zu ihr hinunterbückte. Sie sah noch viel besser aus als auf den sehr gelungenen Fotos.

Sie hatte sehr schönes, langes, schwarzes Haar und einen sehr, sehr schlanken Körper. Sie trug flache Ballerinas, die sie noch kleiner erscheinen ließen, als sie eh schon war, schwarze Leggings, eine kurze schwarze Hose darüber und ein enges blaues T-Shirt, das sie bis über die Hose trug, und darüber eine hellgraue Cardigan-Strickjacke. Über der Schulter trug sie eine lässige Umhängetasche mit ungewöhnlich wenig Utensilien für eine so schöne Frau. Viel Schminke war bei ihr auch nicht nötig. Sie sah einfach perfekt aus - mein kleines Supermodel aus „Tausend und eine Nacht". Wir gingen hinauf in das Bahnhofsgebäude und dann direkt zu meinem Wagen, mit dem wir in den 20 Minuten entfernten kleineren Ort fuhren.

Vor dem Park, in dem das Hotel stand, parkte ich meinen MB und wir nahmen unsere wenigen Sachen und gingen ins Hotel. Das Wetter war nicht ganz so schön. Es war zwar warm, aber der Himmel war wolkenverhangen. Nach dem Einchecken im kleinen, stylischen, puristischen Foyer fuhren wir mit dem Aufzug hoch in die vierte Etage. Das Zimmer war nicht weit vom Aufzug entfernt. Wir stellten unsere Taschen ab, schauten uns in Ruhe das sehr schöne und schlicht möblierte Zimmer an. Das Bett war dreiseitig offen, so wie es sein musste, denn sonst wäre es ein K.O.-Kriterium für meine Hotelwahl im Vorfeld gewesen. Gegenüber stand ein Schreibtisch mit einem Stuhl davor und einem großem Spiegel darüber, und daneben ein bequemer, großer Sessel. Vom Schlafzimmer aus konnte man durch eine Glasscheibe über dem Waschtisch in das Duschbad schauen. Während wir uns das Zimmer und das Bad in Ruhe ansahen, legte ich überall ein paar Gummies aus. Auf den Nachtkonsolen, im Badezimmer in Reichweite der Dusche und auf den Schreibtisch.

Wir gingen auf den Balkon. Am liebsten hätte ich sie gleich hier genagelt und mir dabei von den unter den Balkonen vorbeilaufenden Hotelgästen zuschauen lassen. Man, was hätten die sich geärgert, weil sie nicht an meiner Stelle gewesen wären. Aber ich wollte es dezenter, romantischer und stilvoller angehen lassen. Auf dem Balkon machte ich uns erst einmal die Flasche Sekt auf und schoss den Korken knallend in den Park. Wir tranken ein Gläschen im Freien und setzten uns mit einem zweiten Glas Sekt auf die strahlend weißen Bettbezüge des modernen Bettes, das aus schoko-farbenem Holz war. Mit den Vorhängen hatte ich zuvor das Hotelzimmer etwas abgedunkelt. Es war aber immer noch hell genug, um Hasal´s begnadeten Body zu bewundern. Wir zogen unsere Schuhe aus und legten sitzend unsere Beine aufs Bett. Wir setzten uns nebeneinander, einander zugewandt, und ich streichelte mit meiner freien Hand ihre Beine. Der Sekt zeigte bei Hasal bereits die erste Wirkung und sie machte einen sehr viel lockereren Eindruck als noch Minuten zuvor.

Wir stellten unsere Gläser auf den Boden und umarmten uns. Sie war so leicht und so zerbrechlich, dass ich mich gar nicht traute, sie richtig fest in den Arm zu nehmen. Wir küssten uns sehr leidenschaftlich und die Küsse schmeckten intensiv nach trockenem Sekt. Ich streichelte sie an den Armen, den Beinen, über ihren Rücken und ihren schönen langen Haaren. Langsam wurde ihr etwas warm und sie zog sich die lange hellgraue Strickjacke aus. Unter ihrem hautengen langen T-Shirt konnte ich schon erahnen, was da Schönes auf mich wartete. Wir küssten uns und streichelten einander. Langsam tastete ich mich unter ihrem T-Shirt vor und genoss es, ihre zarte Haut zu berühren. Ich zog ihr das T-Shirt vorsichtig aus. Nach weiteren Liebkosungen ihres immer noch zum Teil bekleideten Körpers öffnete ich ihre kurze, schwarze Hose, die sie über ihrer schwarzen Leggings trug. Nach der kurzen Hose war die Leggings dran. Wie eine Strumpfhose rollte ich sie ihr erst über ihre wohlgeformten Hüften, dann über ihren super knackigen, kleinen Hintern, über ihre schlanken Beine und ihren kleinen Füßchen, bis die fast nackte Schönheit, nur noch mit blumenbemusterter, brauner Unterwäsche bekleidet, vor mir auf dem Bett lag. Durch den etwas transparenten Büstenhalter konnte ich ihre Brustwarzen erkennen, die sich stark erregt aufrichteten. Sie war so schön und sah so unschuldig aus.

Ich küsste ihre schönen vollen Lippen, deutete Bisse in dieselben und in ihre Zunge an, welche sie direkt erwiderte und streichelte ihre samtige, junge, leichtgebräunte Haut, die ihren südländischen Körper vollkommen erscheinen ließ. Sie war gierig nach meinen zärtlichen Berührungen und ihre hauchende Atmung ließ es mich wissen. Ich strich ihren BH langsam hoch, um eine ihrer Brüste zu befreien. Der Nippel ihrer freigelegten Brust stand senkrecht hoch. Ich nahm ihn in den Mund, wo er noch etwas erregter und härter wurde. Auf der Seite liegend öffnete ich ihren BH, zog ihn ihr langsam und behutsam aus und warf ihn auf den Sessel, auf dem schon andere Kleidungsstücke gelandet waren. Nun hatte sie nur noch ihr etwas transparentes Höschen an. Ich liebkoste ihre Brüste, ihre Haut, ihre Taille, ihren Bauchnabel, ihre Arme, ihren Puls, ihre Hände, ihre Finger, ihre Beine und Füße. Ich knabberte an ihren Zehen und wanderte wieder genüsslich weiter mit meiner feuchten Zunge nach oben. Beim Höschen angekommen, konnte ich durch den seidigen Stoff ihr klitzekleines, auf ein Minimum gestutztes Mini-Bärchen erkennen. Es war nicht größer als der kleine Schnäuzer von Adolf H … äh … ich meine von Charly Chaplin. Ich fasste ihr Höschen mit beiden Händen und streifte es ihr behutsam herunter. Darauf schien sie schon so lange gewartet zu haben, denn sie genoss es, wie ich sie vor meinen erwartungsvollen Augen entblößte. Auch das Höschen warf ich fort und steuerte mit meiner Zunge von den Fußfesseln anfangend, an den schlanken knackigen Beinen hoch, direkt auf ihre feuchte Muschi zu.

Vor ihrem Lustzentrum angekommen, schob ich mit zwei Fingern ihre großen, … nein, … groß konnte man die nicht nennen … also ihre kleinen und ihre klitzekleinen Schamlippchen etwas auseinander und leckte ihr mit meiner Zunge durch die feuchte Ritze. Hasal fing an zu pusten, ihre Atmung wurde intensiver und tiefer. Ich leckte und biss ihr vorsichtig in die kleinen Schamlippchen, die außergewöhnlich knackig waren und ohne Weiteres auch als erst Vierzehnjährige durchgegangen wären. Ihrer Klitoris schenkte ich besondere Aufmerksamkeit und kreiste mit meiner Zunge und dem ganzen Mund um sie herum. Sie war sehr schnell in Wallung zu bringen und genoss mein Zungen- und Lippenspiel an und in ihrer Mumu. Einen Mittelfinger massierte ich ihr vorsichtig in die Scheide und stimulierte dabei das Scheideninnere in Richtung Bauchdecke. Mit dem Finger konnte ich ihren Muttermund ertasten und streichelte ihn. Ich machte mit dem Finger Rein-Raus-Bewegungen, die langsam anfingen und in dem Takt, den sie mit ihren Beckenbewegungen vorgab, immer schneller wurden. Dabei knetete ich mit Zunge und Lippen ihre kleine Lusterbse. Ihre erregte Atmung wandelte sich in gehauchtes Sprechen und sie stöhnte zuerst in langen Atemzügen:

„Oooh, Baaaaby – oooh Baaaaby – oooh Baaaaby ..."

Mit zunehmender Penetration ihrer Lustritze mit meinen Fingern wurde das Stöhnen lauter und sie stammelte die Worte:

„Oooh, Baaaaby, ... fick mich! – oooh, ... fick mich! – oooh, Baaaaby, ...fick mich! ..."

Ich traute zu Anfang meinen Ohren nicht. Dieses so unschuldig aussehende, süße, südländische Geschöpf stammelte vor Geilheit Worte, die ich bisher nur aus schlechten, gestellten, übel synchronisierten Pornos kannte. Nur hier klang nichts gestellt, sondern alles natürlich. Da ich noch komplett angezogen war, brachte ich Hasal mit Lippen, Zunge und Mittelfinger immer näher an ihren Höhepunkt, um die knisternde Atmosphäre nicht mit meinem Ausziehen zu unterbrechen. Ihre Rufe wurden dabei immer lauter und ich dachte dabei nur: „Hoffentlich laufen jetzt möglichst viele Hotelgäste mit großen, neugierigen Ohren über den Hotelflur und können später bei unserem Aus-Checken mich und meine Petting- und Fick-Künste, die der Grund für Hasal´s Ekstase waren, zuordnen."

Anerkennende, zu mir hochschauende, neidische Blicke der männlichen Hotelgäste und sehnsüchtige, lüsternde und begehrende Blicke ihrer Frauen mussten mir sicher sein. In den Augen der Frauen würde ich die Frage lesen können:

„Warum ist der wilde, ungezügelte Stecher nicht mein Mann oder wenigstens mein Teilzeit-Lover?"

Hasal ließ sich völlig gehen und war entweder von Natur aus sehr ungehemmt oder der Sekt hatte seinen Beitrag dazu geleistet. Ihr Stöhnen und ihre frivolen Befehle waren Musik in meinen Ohren. Ein schöneres und ehrlicheres Kompliment, als diese gestöhnten Kommentare hatte mir noch keine andere Frau während meiner Ausübung der Liebeskunst gemacht. Ihre Befehle waren kurz, knapp und kamen direkt auf den Punkt. Hasal war in Ekstase und ich in meinem Element. Sie gab sich hemmungslos und laut ihrer Lust hin. Die Bewegungen wurden schneller und intensiver, ihre Atmung stärker und lauter und beim Fingern und Lecken wäre ich fast gekommen, so geil wurde ich dabei. Hasal atmete schneller und schneller, ein leiser, etwas unterdrückter Schrei und ... sie war erlöst.

Nachdem Hasal ihren „kleinen Tod" durchlebt hatte, ruhten wir uns einen langen Moment auf dem Rücken liegend aus. Wir lagen solange nebeneinander, bis Hasal die Initiative ergriff und sich über mich beugte. Sie steckte mir ihre feuchte Zunge weit in den Mund und küsste mich, als wollte sie mich für die spezielle Wellness-Behandlung kurz zuvor belohnen. Sie liebkoste mich und zog mich dabei langsam aus. Erst meinen Strickpullover, dann meine Jeans, die an einer markanten Stelle besonders feucht geworden war, und zuletzt zog sie mir meine Shorty-Pants erst mit den Zähnen zubeißend, dann unter Zuhilfenahme ihrer kleinen, grazilen Hände langsam aus. Mit ihrer Zunge und ihren Lippen schenkte sie mir die gleiche Aufmerksamkeit wie ich ihr eine Sequenz zuvor. Sie leckte und küsste meine Arme, meine Brust, meinen Bauch, meine Beine und zu guter Letzt auch meinen ausgewachsenen kleinen Bo. Sie leckte meine Eichelspitze, zog die Vorhaut weit nach hinten, steckte sich meinen Pimmel tief in den Mund und „schraubte" mit den Händen meine Vorhaut hoch und runter. Zwischendurch leckte sie die Unterseite meines Schaftes zwischen meinen Eiern hinunter an der Sacknaht bis zu meinem Anus. Sie lutschte mal an dem linken, mal an dem rechten Ei, steckte sie abwechselnd in den Mund und saugte zwischendurch so kräftig daran, dass ich es etwas mit der Angst zu tun bekam. Dann ließ sie meine Eier in Ruhe und machte bei meiner einäugigen Schlange weiter. Hoch und runter streifte sie das wehrlose Reptil mit ihren zarten Händen und ließ meine Schwanzspitze mal unter der Vorhaut verschwinden und mal wieder aufblitzen. Als mein Dödel so hart war, wie es härter wohl nicht mehr ging, kniete sie sich so über meine Beine, dass sie mir ein Kondom überziehen konnte, und setzte sich auf den kleinen, marmorharten Racker.

Da türkische Männer nach meinen Beobachtungen eher zum Kleinwuchs neigen und ihre Liebeskeulchen demzufolge auch etwas kleiner sein dürften, war sie einen so großen und vor allem dicken Liebesknochen wohl nicht gewohnt. Der Blick in ihre großen, braunen Augen und das quiekende, laute Stöhnen bei der Penetration verriet mir, dass das für sie eine neue Erfahrung war. Sie führte sich mein bestes Stück erst nur ein bisschen und dann mit jeder Auf- und Ab-Beckenbewegung ein Stückchen tiefer in ihre kleine Muschi ein. Als ich komplett in ihr drin war, dachte ich nur:

„Nach diesem Nachmittag kannst du auf dem Nachhauseweg ruhig tödlich verunglücken, denn einen schöneren Nachmittag wird dein Leben für dich wohl nicht mehr bereithalten."

Alles, was nach diesem Nachmittag kommen würde, konnte nur noch mit mittelmäßigen Kompromissen einhergehen. Auf mir saß eine junge, exotische und sehr erotische Frau, deren federleichter und zierlicher Körper auch als noch viel jünger durchgegangen wäre. Hätte sie mir vorher gesagt, dass sie nur vierzehn oder fünfzehn Jahre alt sei, ich hätte es ihr ihrem Body nach zweifellos geglaubt. Und auch, wenn es so gewesen wäre und ich dabei wegen Verführung einer Minderjährigen den Knast riskiert hätte, das wäre es mir in diesem Moment wert gewesen. Ich war in dem Moment vom Glück erfüllt. Hasal ritt auf mir wie eine Dressurreiterin und verwöhnte dabei wieder einmal meine Ohren mit Klängen und Zitaten aus schlechten Pornofilmen. Nur, wenn die Töne aus ihrem sinnlichen Mund kamen, hatten sie eine völlig andere Qualität. Wo sie das wohl her hatte?

Ich fasste ihren kleinen sonnengebräunten Knackarsch mit beiden Händen und half ihr bei den Auf- und Abwärtsbewegungen ihres Beckens. Manchmal war ihr Becken so in Rage, dass mein

Schwanz bei der Aufwärtsbewegung aus ihrer Muschi herausrutschte und im nächsten Moment drang er senkrecht und hammerhart bei der Abwärtsbewegung wieder tief in sie hinein. Als ihre Lustkurve auf dem Zenit war, konnte ich es nicht mehr zurückhalten. Sie ließ einen hemmungslosen Schrei heraus, der wohl nicht nur im Flur auf der vierten Etage sondern auch noch auf Etage drei und fünf zu hören war, und ich stöhnte vor Erleichterung beim Abspritzen, entsprechend meiner Mentalität, deutlich diskreter. Noch eine Minute länger und mir wäre von dieser sportlichen Einlage die Kondition ausgegangen.

Erschöpft ließ sie ihren Oberkörper auf mich fallen und wir streckten unsere Arme von uns. Die totale Entspannung machte sich in unseren Körpern breit.

Nachdem wir uns etwas von der Actioneinlage erholt hatten, unterhielten wir uns ein wenig und ich streichelte unentwegt Hasals schöne, junge, sonnengebräunte Haut. Nach einer Weile gingen wir in das neue und moderne Bad mit der sehr großen Duschtasse, die doppelt so groß war wie üblich. Wir duschten erst lauwarm und dann abwechselnd heißer und auch wieder etwas kühler. Ohne uns hinterher richtig abzutrocknen, gingen wir nackt auf den Balkon. Von unten konnte man uns so durch die transparente Balkonbrüstung gut erkennen aber es störte uns nicht, da uns hier sowieso kein Schwein kannte.

Hasal rauchte eine Zigarette, und anschließend legten wir uns wieder auf das Bett. Hasal lag auf dem Bauch und ich konnte nicht anders, als sie zu streicheln. Ich ließ meine Hand über ihren Körper wandern, ihre kleinen, kurzen Härchen stellten sich auf und sie bekam eine leichte Gänsehaut. Mit kreisenden Bewegungen massierte ich gefühlvoll ihren Nacken, ihre Schultern, ihre Wirbelsäule, ihre Hüften, ihre Taille. Ich strich langsam über jeden einzelnen ihrer Wirbelknochen vom Nacken bis zu ihrem Steiß und über ihren zuckersüßen, knackigen Hintern, ihre Beine hinunter bis zu den Füßen und wieder hinauf. Ich legte mich so auf Hasal, die noch in Bauchlage auf dem Bett lag, dass ich ihr erst den Nacken küssen konnte, um mich dann ganz langsam nach unten zu arbeiten. An ihren Oberkörperseiten küsste ich mich langsam runter zu ihrer Taille, über ihre kleinen Popobacken, die Innenseiten ihrer schlanken Beine zu ihren kleinen Füßen und langsam wieder hoch. Bei ihrem kleinen, knackigen Arsch angekommen, fasste ich ihre beiden Pobacken mit beiden Händen und zog sie etwas auseinander, um mit meiner Zunge besser durch ihre Po-Ritze lecken zu können. Ich leckte um ihr kleines, zusammengekniffenes Po-Loch und züngelte ihre Po-Ritze hoch zum Steiß und runter bis zu ihrer feuchten Mumu. Wieder an ihrem Anus angekommen, spitzte ich meine Zunge und drückte ihr diese in den After. Langsam wurde Hasal in diesem Bereich etwas lockerer und sie löste die Anspannung in ihrem Schließmuskel. Nun konnte ich mit meiner Zunge etwas weiter eindringen. Mit dem Zeigefinger drang ich zeitgleich langsam in ihre immer feuchter werdende Muschi, während ich dabei mit der Zunge ihr Po-Loch verwöhnte. Mit dem Zeigefinger massierte ich in Richtung ihrer Bauchdecke den Punkt, der nach dem deutschen Arzt Ernst Gräfenberg benannt wurde: ihren G-Punkt. Hasals Atmung wurde wieder etwas lauter und intensiver. Sie atmete tief ein und lang wieder aus. Mit der intensiveren Massage ihres Scheideninneren stieg ihre Lustkurve steil an. Und da waren sie wieder, die kurzen Sätze mit den immer gleichen zwei Worten:

„Oooh, Baby – oooh, Baby … "

Und nachdem ich meinen Zeigefinger und etwas später auch meinen Mittelfinger in ihre Muschi steckte und wieder herauszog und die Rein-Raus-Bewegung intensivierte, wechselte sie von ihren Zwei-Wort-Sätzen zu den Vier-Wort-Sätzen:

„Oooh, Baby, … fick mich! … Oooh, Baby, … fick mich! … "

Ich wollte sie nicht zu lange betteln lassen und tat, was sie mir befahl. Ich fickte sie.
Auf allen vieren, wie die Tiere, nur mit viel mehr Genuss, kniete ich aufrecht hinter ihr. Sie kniete ebenfalls und stützte sich auf den flach auf dem Bett liegenden Unterarmen ab. Damit war der Winkel für die Penetration in ihre zierliche Vagina optimal gewählt. Ich fasste ihr Becken mit beiden Händen und stieß meinen Bo immer wieder langsam und tief in ihre Lustgrotte und zog ihn fast ganz wieder heraus, um ihn im letzten Moment wieder tief hinein zu schieben. Sie war so schlank und ihr Körper dennoch so weiblich geformt. Der Anblick ihres grazilen Körpers, während ich sie von hinten nahm, war eine Augenweide. Sie genoss es. Ich genoss es. Ihr Stöhnen wurde stetig lauter und ihre Ausrufe ebenfalls. Ihr zappelnder Arsch

klatschte immer und immer wieder vor meine Lenden. Das Geräusch des Klopfens von Fleisch auf Fleisch machte uns nur noch geiler. Nachdem ich mich lange zurückgehalten hatte und ihr den nahenden Höhepunkt anmerken konnte, setzte ich zum Endspurt an und verdoppelte die Schlagzahl. Kurz bevor Hasal und mir die Puste ausging kamen wir beide zeitgleich zu unserem Höhepunkt. Sie stieß einen lauten, langen Lustschrei aus, der in einem entspannten „Hmmm" ausklang.

Ich seufzte laut und lang, als mein Samen meinen Körper hinter sich ließ und mein Butter-Bolzen abspritzte. Ich ließ meinen Schwanz noch in Hasal und wir ließen uns, wie zeitgleich abgeknallte Tiere, in Löffelchen-Position auf die Seite fallen. Der große Bo wurde langsam kleiner bis er aus Hasals feuchter und nimmersatter, sportiver Fitness-Zone herausflutschte. Wir brauchten eine Pause.

Entspannt und uns mittlerweile sehr vertraut geworden, lagen wir eine Weile in der Position auf dem Bett und Hasal nickte in meinem Arm liegend ein. Ich war nach den zurückliegenden Aktionen zwar auch müde geworden aber da ich noch voller Adrenalin war und meine Gedanken wie mehrere Flipperkugeln gleichzeitig durch meinen Kopf schossen, konnte ich in diesem Moment dennoch nicht schlafen. Ich schaute Hasal beim Ausruhen zu und hielt sie dabei fest umklammert in meinen Armen.

Nach einiger Zeit wurde Hasal wieder wach. Beide gingen wir in das Badezimmer und stellten die Dusche auf schön warm und genossen den künstlichen Monsunregen aus der übergroßen Brause. Ich seifte Hasal am ganzen Körper ein und sie mich. Beide duschten wir uns gegenseitig das schaumige Duschgel wieder herunter. Unter der Dusche umklammerten wir uns und Hasal flüsterte mir ins Ohr:

„Nimm mich!"

„Wer? ... ich schon wieder?" spaßte ich und grinste breit übers Gesicht. Hatte ich doch schon in kurzer Zeit zweimal nacheinander erfolgreich abgespritzt und war seit Jahren, mal abgesehen von den Sequenzen mit Stella in Ibbenbüren, nur kurze Quickies ohne Wiederholung am selben Tag und dann auch nur alle paar Monate mal gewohnt. Meine Frage, ob sie mit der Aufforderung, sie erneut zu nehmen, denn nun mich meinte, beantwortete Hasal mit den Worten:

„Ja, ... schon wieder du, ... du wilder Stecher. ... aber dieses Mal anders!"

„Wie anders?" wollte ich - mich dumm stellend, die Antwort allerdings schon ahnend - von ihr wissen.

„Du weißt schon, was ich meine. ... Bo ... nimm mich ... hier unter der Dusche ... von hinten!"

„Aber mit Vergnügen meine kleine, orientalische Göttin. Wenn es weh tut, sag es mir rechtzeitig!"

Ich drehte mir Hasal so zurecht, dass sie mit ihrem Rücken und natürlich mit ihrem kleinen Pfirsicharsch zu mir stand. Hasal nahm ihre Arme hoch und drückte ihre offene Handinnenflächen gegen die gefliese Duschwand und stellte ihre Füße in Schulterbreite nebeneinander, als wollte sie sich durch einen Cop einer Leibesvisitation unterziehen lassen. Dabei machte sie ein Hohlkreuz und streckte ihr bezauberndes, kleines Brötchen so aus, dass es mich sehr wahrscheinlich schon beim bloßen Anblick zur Ejakulation gebracht hätte, wären da nicht schon meine beiden Orgasmen an diesem späten Vormittag gewesen.

Langsam züngelte ich unter der laufenden Dusche von ihrem Nacken hinunter über die Flanken ihres Brustkorbes über jede einzelne Rippe, entlang ihrer schmalen Taille, über ihre wunderschön geformten Hüften, die aber auch keine Spur von irgendwelchen Fettablagerungen aufwiesen, bis zu ihrer Po-Ritze. Am Steiß angekommen, züngelte ich mich wieder hoch bis zu ihrem Nacken. Mit der rechten Hand glitt ich nun über ihren dauergefluteten Körper über die einzelnen Wirbelknochen bis hinunter zu ihrem Steiß. Mit meinem Mittelfinger streichelte ich ihr langsam in der Poritze hinunter bis zu ihrem After, den ich dann leidenschaftlich und gefühlvoll massierte. Der anfängliche Widerstand des Schließmuskels, der sich noch ein bisschen gegen die Penetration wehrte, löste sich langsam und sie ließ meinen Mittelfinger erst ein wenig und dann immer ein Stückchen mehr in sich eindringen. Ich massierte nun mit Mittel- und Zeigefinger ihren Anus und steckte ihr vorsichtig erst einen, dann beide Finger in ihre kleine, rosafarbene Rosette. Es schien Hasal sehr zu gefallen, denn nach einer etwas intensiveren Massage ihres Schließmuskels, öffnete sich ihr Poloch so entspannt, dass auch noch der Ringfinger genügend Platz in ihrer empfindlichen Tabuzone fand.

Ich zog langsam unter dem ansteigenden Stöhnen Hasals meine drei Finger aus ihrem Anus und ging in die Hocke, um mit meiner Zunge dort weiter zu machen, wo ich mit den Fingern aufgehört hatte. Ich griff mit beiden Händen ihre schönen, knackigen Po-Backen und zog sie seitlich etwas auseinander. Nun konnte ich mit der Zunge ihr frisch geduschtes Popoloch lecken und kreiste erst um ihren Anus herum, um ihr dann meine Zunge reinzustecken. Dabei zog ich ihre Arschbacken noch ein bisschen weiter auseinander. Nachdem sie mir durch ihre rhythmischen Atemlaute und die mir mittlerweile so vertrauten, erregten Geräusche zu verstehen gab, dass es ihr sehr gefiel, legte sie wieder mit ihren kurzen, na, ich nenne es mal „frivolen Befehlen" los:

„Oooh, Baby, ... fick mich!"

Hasal befahl und ich gehorchte! Ich zog mir schnell die Socke für den „feigen Nahkampf von hinten" über und ließ etwas Spucke darauf tropfen damit die Latex-Lümmel-Tüte beim Einführen etwas besser hineingleiten konnte. Langsam und sehr behutsam massierte ich ihr erst wieder mit dem bespeichelten Mittelfinger ihren Anus. Auch dabei kniff sie ihren Schließmuskel erst wieder fest zusammen, als ich den Massagefinger vorsichtig ein bisschen in sie einführte, um dann damit zu beginnen, meinen hinterhältigen Butterknochen von hinten und mit viel Gefühl in ihr zu versenken.

Langsam presste ich meinen Schwanz, gegen ihren anfänglichen Widerstand des Schließmuskels, in ihre zauberhafte Rosette. Rosette bedeutet im Französischen „kleine Rose". Besser hätte ich ihr kleines, hellrosa Poloch auch nicht beschreiben und betiteln können. Ich drückte ihr also meinen Schwanz in ihr Röslein, bis meine Eichel in ihrem Körper verschwunden war. Nach der Versenkung meiner Eichelspitze presste sie ihren Schließmuskel festzusammen und stöhnte dabei genussvolle Laute. Mit ihren Beckenbewegungen gab sie den Takt und die Tiefe des weiteren, stoßweisen Eindringens vor. Als mein kleiner Rosettenkavalier komplett in ihr verschwunden war, stöhnte sie ein lautes und leidenschaftliches langes „Aaaaaaaah" aus und ihre Bewegungen waren erst vorsichtig und ganz langsam und wurden dann immer schneller und schneller.

Mit meiner linken Hand massierte ich beim Arschficken ihre schönen, kleinen und sehr knackigen Brüste, spielte an ihren erregten und weit abstehenden, harten und erregten Nippeln und mit der Rechten verwöhnte ich ihre Klitoris. Die war schon vorher von der analen Penetration, geil wie Hasal war, angeschwollen. Mit ihren Brüsten, deren Brustwarzen sehr schön fest waren, und ihrer Vagina in den Händen vögelte und stimulierte ich sie solange, bis sie kam. Kurz darauf spritzte auch ich meinen Saft in ihren latexgummierten Darm, also in das Präservativ. Hasal kniff ihren kleinen Pfirsicharsch ganz kräftig zusammen, presste mir mit ihrem festzupackenden Schließmuskel den letzten Rest Sperma aus der Leitung und genoss ganz offensichtlich den Moment der darauf folgenden Entspannung. Ich tat es auch.

Nach diesem animalischen Akt duschten wir beseelt und mehr als nur zufrieden zu Ende, rubbelten uns anschließend gegenseitig ab, legten uns anschließend auf das Bett und belohnten uns für die gute Kooperation mit einem weiteren Gläschen Sekt und naschten von den mitgebrachten Süßigkeiten. Hasal lag noch eine ganze Weile auf dem Bett in meinem Arm. Ich kraulte ihr langes, schwarzes Haar, ihre Schultern und ihren Rücken, sie mir die Brust, den Bauch, die Lenden und ab und zu auch den braven Rosenkavalier und meine Eier, die nach diesem verfickten Tag und dreimaligem Abspritzen nicht größer und nicht schöner als alte, vertrocknete Rosinen aussahen.

Zum Ende des Nachmittages entschieden wir uns gemeinsam für den Ausklang dieses schönen Tages, erfrischten uns im Bad, zogen uns wieder an, verließen das Hotelzimmer fast so, wie wir es einige Stunden zuvor vorgefunden hatten, und checkten aus. An der Rezeption standen keine Hotelgäste Spalier, um unsere Ausdauer, Fantasie und Liebeskünste, die über die Fluren und szenenweise auch über die Etage hinaus zu hören gewesen waren, mit stehenden Ovationen zu huldigen. Aber das war mir nach diesem fantastischen, erotischen Vor- und Nachmittags-Abenteuer auch ziemlich egal. Ich hatte meine Erfolgserlebnisse gehabt und konnte mich an keinen Tag erinnern, an dem ich mich schon einmal besser gefühlt hätte.

Wir gingen zurück zum Parkplatz und fuhren wieder nach Osnabrück. Unterwegs fragte ich Hasal, ob sie immer so ausdauernd wäre, da viele Frauen nach so viel Sex schon viel früher überpaced wären. Sie schaute etwas überrascht, da es für sie wohl völlig normal war, einen so ausdauernden Tag mit einem Mann zu haben.

Am Bahnhof angekommen, verabschiedeten wir uns im Auto, da ich im Feierabendverkehr keinen Parkplatz finden konnte. Wir küssten uns auf die Wangen und auf den Mund und bedankten uns gegenseitig für den verrückten, hocherotischen und schönen Tag. Hasal stieg aus meinem MB aus und lief zügig in das Bahnhofsgebäude, um ihren Zug nicht zu verpassen. Ich schaute ihr noch hinterher, bis sie mit den Massen der Fahrgäste zu einem amorphen Farbenmeer verschmolz.

Vom Glück beseelt durch diese knisternden Erfahrungen, die ich wohl nie wieder vergessen werde, fuhr ich wieder brav nach Hause.

Am nächsten Vormittag schrieb ich Hasal folgende Zeilen:

„Hi Hasal, ich möchte mich bei dir noch einmal für diesen wunderschönen, kribbelnden, erotischen und sehr unterhaltsamen Tag gestern bedanken. Du bist eine ganz besonders süße, sehr, sehr, sehr gutaussehende und charmante junge Frau. Ich bin glücklich, dass wir uns durch Zufall auf dieser chaotischen TABOO-Seite getroffen haben. Ich hoffe, dass es dir auch so gut gefallen hat. Wenn nicht, dann kannst du es ruhig sagen. Wenn ich zu aufdringlich oder zu grob war, dann lass es mich bitte wissen. Ich freue mich über konstruktive Kritik und kann auch gut damit umgehen ;-) Das ist bei vielen Männern sicher nicht so selbstverständlich :-(Wenn du einmal eine Wiederholung dieses Tages mit mir haben möchtest, dann schreibe mir einfach. Ich bin gern dabei. Viele liebe Grüße, dein Bo ... und auch von dem kleinen Bo ;-) "

Gegen Abend antwortete sie:

„Hey Bo ;-) Sorry, dass ich erst so spät schreibe! Freut mich sehr, dass es dir gefallen hat :-) mir eben so ;-) Wie gesagt, das war nur ein Date! Das war das erste Mal, dass ich mir sowas zugetraut habe! Am Anfang war es etwas komisch, aber nachher war alles ok! Also, wenn du willst, können wir uns weiterhin treffen, aber auf eine andere Art und Weise! Es gibt viele Jungs, mit denen ich meinen Spaß haben kann, wenn ich will! Aber mach ich nicht! Ich hatte schon mal vor, vor Kurzem, so einen Job anzufangen, weil ich finanziell total am Ende bin! Deswegen meinte ich das jetzt auch mit der anderen Art und Weise! Ich hoffe, du kannst mich verstehen! Es fällt mir zwar schwer, aber ich habe keine andere Möglichkeit mehr! Mach´s gut ... :-)
PS: War alles okay bei dir ;-) "

Als ich die Mail auf FRATZEN-BIBEL las, war ich zuerst etwas verwirrt und blieb Hasal eine schnelle Antwort schuldig. Etwas später fragte sie:

„Keine Antwort? :-("

Ich antwortete ihr:

„Hi Hasal, eine Antwort bekommst du noch. Die dauert nur etwas länger, weil ich sie mir gut überlegen möchte. Lg Bo."

Am Abend antwortete ich Hasal auf ihre Fragen:

„Hallo Hasal, meine kleine Cleopatra. Deine Mail habe ich gleich heute Morgen gelesen und ich wollte dir eigentlich erst Morgen antworten, nachdem ich eine Nacht darüber geschlafen habe. Ich tue es aber jetzt schon einmal. Ich wusste nicht, dass es dir finanziell sooo schlecht geht. Das tut mir sehr leid für dich. War die Fahrt nach Osnabrück und zurück nach Bielefeld sehr teuer? Wenn ich mir den Preis in der Deutsche-Bahn-App so ansehe, dann bin ich etwas erschrocken. Was haben dich die beiden Fahrten eigentlich gekostet? Wenn ich dich richtig verstanden habe und du das, was wir gestern gemacht haben, professionell machen möchtest, dann kann ich dir als Mann nur davon abraten. Ich halte es für zu gefährlich, wenn du als kleine, zierliche und wehrlose junge Frau auf diese Weise Geld verdienen möchtest. Nicht alle Männer sind so nett und zärtlich, wie ich es gestern zu dir war. Wenn ein Mann für solche Dienste bezahlte, wird er sehr viel egoistischer sein, als ich gestern. Wer die Kapelle bezahlt, darf sich auch die Musik aussuchen. Wie möchtest du sicherstellen, dass du hinterher für deine Dienste Geld bekommst? Dazu bräuchtest du jemanden (einen Zuhälter oder so), der dafür sorgt, dass Kunden den Service auch tatsächlich bezahlen. Denn rein rechtlich hast du ja keine Möglichkeit, deinen Lohn einzufordern. Ohne offizielles Gewerbe hättest du dabei die Arschkarte. Ein Zuhälter, der sich darum kümmern könnte, ist allerdings auch keine Lösung, da der ja auch bezahlt werden möchte. Der könnte dich zwar eventuell vor gewalttätigen Übergriffen von Kunden schützen, dafür müsstest du allerdings damit rechnen, dass er dir öfter mal eine reinhaut und dich ungefragt vögelt. Das liegt in der Natur der Sache in diesem Gewerbe. Solltest du es auf eigene Faust versuchen, müsstest du damit rechnen, dass ein Zuhälter-Ring in deiner Gegend auf dich aufmerksam wird. Da die alle auf illegaler Basis arbeiten und auch nicht vor brutaler Gewalt zurückschrecken, würden sie dich, ob du willst oder nicht, dazu zwingen, für sie auf den Strich zu gehen oder du müsstest in einem Party-Club mit Flatrate-Vögel-Tarif für jeden Vollpfosten den Arsch hinhalten. Zwanzig Mal am Tag und öfter. Billige Konkurrenz würden die Mafiosi nicht dulden. Für den geringen Lohn, den du dann noch bekommen würdest, würde es sich für dich nicht mehr lohnen, diesen Job zu machen.

Aus dem Teufelskreis kämst du wohl nie wieder raus. Du hast mir letzten Freitag geschrieben, dass Analverkehr für dich nicht in Frage käme. Ich hatte mir auf deinen Wunsch hin, es dann doch zu tun, sehr viel Zeit gelassen und bin sehr behutsam mit deiner empfindlichen analen Zone umgegangen. Ein Kunde oder Zuhälter würde darauf scheißen und dir in deinen zauberhaften, kleinen Knackarsch ficken, mit oder ohne dein Einverständnis und vor allem ohne jede Rücksicht auf deine empfindlichste Körperregion. Das Gleiche gilt für das Blasen ohne Gummie mit Abspritzen im Mund. Willst du das wirklich? Was würde deine Familie dazu sagen und was deine Oma, wenn sie eines Tages dahinter kämen? Du kannst ja nicht über Monate oder Jahre davon leben, ohne dass einmal jemand nachfragt, womit du dein Geld verdienst. Ein Leben als Hure ist nicht das, was du wirklich möchtest.

Es kommt dir vielleicht seit gestern so vor, als könnte man so mit wenig „Arbeitszeit" schnell zu viel Geld kommen, aber ich denke, da täuscht du dich. Es ist auf die Dauer ein sehr unschöner Job mit vielen Gefahren. Und dieser Job kann auch tödlich ausgehen, wenn du auf den falschen (brutalen) Freier oder Zuhälter triffst. Das Leben ist kein Wunschkonzert. Hört sich doof an, ist aber so. Wenn man zu Geld kommen möchte, wird man auch zwangsläufig dafür arbeiten müssen. Das schnelle, sichere Geld gibt es nicht. Mir zum Beispiel geht es heute recht gut. Dafür bin auch 10 Jahre zur Realschule gegangen, ich habe eine Handwerks-Ausbildung (3 Jahre) absolviert, eine Umschulung zum Sesselfurzer (2 Jahre) über mich ergehen lassen, war 18 Monate Zivi in einem Rettungswagen, war auf der Fachoberschule (1 Jahr) und studierte Ingenieurwesen (4 Jahre). Anschließend zahlte ich viel Lehrgeld in den ersten Jahren als selbständiger Ingenieur.

Das Geldverdienen fing für mich eigentlich erst vor ca. acht Jahren an, seitdem ich für eine größere Firma als selbständiger Makler im Immobilien-Verkauf tätig bin. Vorher hatte ich einen Ingenieurbüro-Partner, der mich durch Betrügereien und Veruntreuung von Firmengeldern fast in den kompletten Ruin geführt hätte. Meine sehr hohen sechsstelligen Schulden, die ich ihm zu verdanken hatte, habe ich durch viel Arbeit und Überstunden an Banken und andere Gläubiger zurückgezahlt. Das Schicksal hat das Arschloch bereits bestraft. Er hat heute einen schönen und hoffentlich unheilbaren Hodenkrebs ;) .

Ich kann dir nur empfehlen, auch wenn es uncool klingt, eine vernünftige Ausbildung zu machen und durchzuziehen. Die Bezahlung ist zwar zu Beginn nicht so toll, aber du musst an deine Zukunft denken. Du hast mehr von deinem Leben, wenn du unabhängig bist. Dazu gehört ein Job, mit dem du dich selbst versorgen kannst. Andernfalls wirst du irgendwann von einem Mann abhängig sein und der könnte dann über dich verfügen, so wie du es wahrscheinlich nicht möchtest. Was uns beide angeht, da müsste ich noch ein paar Mal drüber schlafen. Für mich wäre es nicht das Gleiche, wenn ich für die Dienste einer Frau zahlen müsste. Es stört mich nicht, wenn ein solcher Tag mit Kosten verbunden wäre (für ein Hotelzimmer oder was auch immer). Aber wenn ich für den Sex bezahlen müsste, dann hätte ich, glaube ich, ein Problem damit. Das wäre für mich eine völlig neue Situation. Das muss ich mir nochmal in

Ruhe überlegen. Ausgeschlossen ist es aber auch nicht. Ich hoffe, dass du dir diese Mail mehrmals durchliest, da mir viel an einer schöneren Zukunft für dich liegt.

Ich hoffe, dass ich dir hiermit etwas weiterhelfen konnte. Verkaufe dich nicht so billig. Das Leben hält für dich auch noch schönere Tage bereit. Glaube mir. Ich verfüge über mehr Lebenserfahrung, als du jetzt vielleicht noch annimmst. Ich bin zehn Jahre älter, als ich dich bis dato glauben ließ. Entschuldige bitte die kleine strategische Notlüge.
Viele liebe Grüße, dein Bo ;-* "

Am nächsten Tag bedankte sich Hasal bei mir für die Mail mit der langen und offenen Antwort. Meine Einwände hatte sie sich noch mal zu Herzen genommen und sie versprach mir, sich die Idee wieder aus dem Kopf zu schlagen. Für meine Notlüge bezüglich meiner Altersangabe hatte sie Verständnis und lobte mich für meine äußere Erscheinung, da sie mir die 34 Jahre tatsächlich abgekauft hatte. Leider löschte Hasal einige Tage später ihre FRATZEN-BIBEL-Seite. Ich hatte zwar noch ihre Handy-Nummer, aber da ich davon ausging, dass sie den Kontakt doch nicht mehr wollte, stellte ich ihr auch nicht nach. Vielleicht war ihr das Outing bezüglich ihrer finanziellen Situation oder ihrer Geschäftsidee, sich zu prostituieren, auch etwas peinlich. Zum Stalker wollte ich auch nicht werden, auch wenn die Versuchung, in diesem ganz speziellen Fall, es wert gewesen wäre. Ich habe Hasal nie wieder gesehen – außer natürlich in meinen vielen feuchten und erotischen Tagträumen. Ihre Handy-Nummer habe ich jedoch noch. Wer weiß, ob ich die noch mal brauche.

Ich chattete in diesem Sommer 2011 mit sehr, sehr vielen Frauen im Umkreis von ca. 200 Kilometern. Wobei mir eine Entfernung von über 200 Kilometern schon zu weit für ein Date gewesen wäre, wenn ich die Damen zu Hause besuchen müsste, da ich ja hinterher auch noch wieder etwa zwei Autostunden Rückweg vor mir hätte. Ein Treffpunkt mit mobilen Frauen, also welche mit eigenem Auto, auf der Hälfte der Strecke wäre akzeptabel gewesen. Mein Hauptinteresse galt also den Frauen bis ungefähr 100 Kilometer Entfernung. Das machte rein logistisch alles etwas einfacher und würde somit auch nicht unnötig von dem Vorspiel der jeweiligen Auserwählten abgezogen werden müssen. Das Zeitfenster für ein Date war für mich stets durch meine gewöhnliche Arbeitszeit vorgegeben. Das Tête à Tête musste sich also zwischen ca. 8:00 und 17:00 Uhr, in Notfällen auch mal bis zwei oder drei Stunden später abspielen. Alles andere hätte mich zu Hause in Erklärungsnot gebracht. Mit vielen Frauen sprach ich erst über ganz banale Dinge, machte ihnen ein paar Komplimente, horchte sie ein wenig aus, um abzu-checken, ob sie Gespielinnen für mein nächstes erotisches Abenteuer werden könnten. Oder ob eventuell nicht angegebene Lebenspartner oder vielleicht auch ein vorhandenes kleines Kind aus einer älteren Beziehungen unser Date vereiteln könnten. Früher oder später kamen wir stets auf meine Lebenssituation zu sprechen.

Es war leider fast jedes Mal dasselbe. Kaum sprach ich von meiner „offenen Beziehung" - die ja in Wirklichkeit nur einseitig offen war, nämlich von meiner Seite -, schon hatte ich die Arschkarte gezogen. Entweder brachen die Frauen, nach vielen Beschimpfungen und nachdem sie sich verbal ausgekotzt und ihre schlechten Erfahrungen mit anderen Männern auf mich projeziert hatten, den Chat-Kontakt sofort ab oder ich hatte endlose Diskussionen mit Frauen, die mich zwar verstehen konnten, aber dennoch nicht bereit waren, als Lückenbüßer herzuhalten oder die sich für einen One-Day-Stand schlicht und einfach zu schade waren. Ich bekam gebetsmühlenartig Ratschläge, die ich gar nicht hören wollte und mittlerweile schon über hatte, und viele wollten mir Hoffnung machen, dass sich das Problem irgendwie lösen ließe.

Andere schlugen mir vor, mich sofort scheiden zu lassen, da eine Beziehung ohne Sex keine Zukunft hätte. Aber meine Einstellung dazu wollte ich nicht ändern. Meine kleine Familie stand für mich immer noch an erster Stelle und es ging mir doch nur um ein paar Stunden guten Sex und nicht um eine längere Affäre oder gar die Liebe des Lebens. Ich suchte doch nur den kurzen Urlaub vom Alltag ... die Abwechslung.

Und so blöd es sich vielleicht auch anhören mag, aber die neue, positive Energie und die Chemie, die sich während der Verliebtheit im Körper breit machte, nahm ich mit in meine langjährige Beziehung. Ist ein Mann erst einmal richtig verliebt, dann ist er auch sehr viel aufmerksamer. Nicht nur der neuen Beute, sondern auch seiner eigenen, „gebrauchten" Frau gegenüber. Natürlich ist er in diesem speziellen Fall auch ganz oft mit den Gedanken bei der neu erwählten Gespielin - gar keine Frage -, aber er ist in dem über mehrere Tage oder Wochen andauernden Zeitraum auch anders als sonst. Er ist positiver, optimistischer und besser gelaunt. Die Aussicht auf ein bevorstehendes, neues, erotisches Abenteuer wirkte sich also auch positiver auf den gesamten Alltag zu Hause und am Arbeitsplatz aus.

Ich versuchte, beim Chatten eine zweite Realität von mir aufzubauen. Die vielen Absagen, die ich bekam und deren eigentliche Gründe stets meine angeknackste Beziehung zu meiner Frau und mein geplanter Seitensprung waren, gingen mir schlichtweg auf den Sack. Es hatte mich in den zurückliegenden Wochen viel zu viel wertvolle Freizeit und auch Arbeitszeit gekostet, endlose Debatten über meine Untreue mit zum Teil noch völlig unreifen, jungen und naiven Frauen auszustehen. Es lief auch stets auf dasselbe Muster hinaus. Entweder beendeten die Chat-Partnerinnen oder ich irgendwann entnervt den Kontakt oder sie hatten irgendwann Verständnis für meine Situation, waren auch schon fast bereit, sich mit mir zu treffen, und bekamen dann aber, wenn es soweit war, doch noch Muffensausen. Manche hatten auch ein Problem damit, dass ich mit einem Seitensprung nicht nur meine Frau, sondern auch meine kleine Tochter hintergehen würde. Es war ein immer wiederkehrender Teufelskreis.

Zwischenzeitlich hatte ich die kreative Idee, anstatt auf die Toleranz der Damen einmal auf deren Mitleid zu setzen. Ich hatte mir eine Geschichte zurechtgelegt, nach der meine Frau seit einem tragischen Autounfall im Rollstuhl säße und vom Steißwirbel abwärts gelähmt sei. Ihre körperlichen Einschränkungen hätten das Sexleben somit unmöglich gemacht. Gefühle unterhalb ihrer Gürtellinie - geschweige denn ein Orgasmus - wären also nicht mehr möglich. Da aber die innige Beziehung zu meiner behinderten Frau viel zu tief wäre und ich meine Frau mit Behinderung und einem Kind schon aus gesellschaftlichen und sozialen Gründen nicht einfach so abstoßen könne, bliebe mir als Ausweg nur noch die Option auf eine Mätresse. Mit einer zweiten Frau - nur für das Bett - hätte ich mich als Mann ausleben können, ohne die Ehe zu gefährden. Ich dachte, dass ich auf diese Weise nicht nur das Mitleid der Eingeweihten entgegengebracht bekäme, sondern auch noch die Hochachtung dafür, dass ich meine körperlich benachteiligte Frau nicht im Stich ließ.

Nach längerem Zögern, diese geschmacklose Masche einmal auszuprobieren, hatte ich diese als absolut nicht umsetzbar erachtet und wieder verworfen. Schon der Gedanke daran, dass ich auf einem Hotelzimmer oder bei einer Mätresse zu Hause dieses Thema irgendwann einmal würde erörtern müssen, ließ mich daran zweifeln, hinterher noch mal einen hochzukriegen. Zu tief säßen das schlechte Gewissen und die Schuldgefühle bezüglich der abstoßenden Geschichte. Und von einem Date ohne Ständer hätte ich in der Situation leider auch nichts.

Aber wie konnte ich den neuen, potenziellen Freundinnen klar machen, dass ich stets ein begrenztes Zeitfenster für das Chatten und ein Treffen hatte. Mein Familienleben machte es mir unmöglich, ungestört am Wochenende von zu Hause aus mit neuen weiblichen Bekanntschaften zu chatten oder mich mit ihnen zu treffen. Ich brauchte eine andere, eine neue Vita. Also beschloss ich, meinen tatsächlichen Familienstand für die Zukunft zu modifizieren. Es war beim Flirten sehr viel einfacher, wenn man sich als alleinstehender Workaholic ausgab, statt als Familienoberhaupt mit nur wenig Zeit zum Chatten und für Seitensprünge. Für meine neue Beute wollte ich nicht mehr der frustrierte Ehemann und untreue Papi sein, sondern der beruflich erfolgreiche Single, der noch zu haben wäre.

Also war ich fortan als Single an Wochenenden stets mit irgendwelchen Kundenterminen oder Messen oder ähnlichem beschäftigt. Und da ich abends auch schlecht dem realen Familienleben fernbleiben konnte, hatte ich offiziell in der Zeit auch schon immer etwas vor. Sport-Training, Volkshochschulkurse, Sauna- oder Herrenabende mit Freunden und Kollegen oder so. Die potenziellen Gespielinnen sollten mein Doppelleben nicht entlarven können. Es erwies sich als ziemlich anstrengend, die falschen Informationen über mich glaubwürdig zu transportieren. Jeder Lüge über meinen Status quo folgten zwangsläufig weitere Falschaussagen. Da musste ich schon sehr konzentriert chatten, um beim Lügen nicht aufzufliegen.

Nach vielen weiteren Kontaktaufnahmen auf TABOO lernte ich eines Morgens, während der Arbeitszeit im Büro, Lilly kennen. Sie hatte nur ein einziges Foto auf ihrer Profilseite. Eine Aufnahme von einem Teil ihres Gesichtes, von der Seite fotografiert. Die grüne Leuchte auf ihrer Profilseite verriet mir, dass sie online war, und somit kopierte ich erst einmal meine Standard-Anmach-Formel aus einem gespeicherten Word-Dokument in das Chat-Textfeld, änderte den Text auf ihre Parameter ab und schickte folgende Botschaft in das schöne und flache, aber leider auch ziemlich langweilige Ostfriesland, dorthin, wo sie wohnte:

„Hi Lilly, na, du bist ja eine ganz besonders süße, junge Frau :-) Was macht so eine süße und gutaussehende, junge Frau wie du hier auf TABOO? Dein Postkasten ist doch bestimmt jeden Tag überfüllt ... oder? Wenn du wirklich noch online bist, dann schreibe doch mal zurück. Ich würde mich sehr freuen, wenn ich mehr über dich erfahren könnte. Viele liebe Grüße, Bo :-) "

Lilly antwortete einige Minuten später mit den Worten:

„Hey du :) Danke für die Blumen ;) Ja, was mache ich bei TABOO? Die Frage könnte ich doch glatt an dich zurückgeben ^^ Ja, doch, habe so einige Mails, aber auch sehr viel Müll dazwischen, wo ich gar nicht drauf reagiere. Lg Lilly"

Die daraufhin folgende Unterhaltung zog sich über mehrere Tage hin, da wir uns bei den ersten Flirts aus beruflichen Gründen zeitversetzt schrieben. Mal war sie online und ich anderweitig beschäftigt, mal war es anders herum. Und somit lernten wir uns Stück für Stück und Tag für Tag etwas näher kennen. Wir tauschten uns über unsere Freizeitaktivitäten aus. Ich berichtete davon, dass ich in der Vergangenheit schon einige Sportarten wie Tischtennis, Badminton, Kampfsport, Tanzen im Club, sowohl lateinische als auch Standardtänze, Trekkingrad fahren und nordic walking ausprobiert hatte. Vor ein paar Jahren war ich gottverdammter Atheist auch schon mal zwei Wochen auf dem berühmten Jakobsweg in Nordspanien gepilgert. Sie fand mich und meine Aktivitäten interessant. Ich verhörte Lilly, wie gewohnt, um alles für mich wichtige aus ihr herauszuquetschen. Ich fragte Lilly nach ihrem

Grund, warum sie bei TABOO war. Ich erfuhr von ihr, dass sie als Hundetrainerin arbeitete, zu der Zeit solo war und auf der Suche nach einem neuen Freund. Sie wohnte zusammen mit ihrem Münsterländer, der auf den Namen „Racker" hörte, in einer kompakten drei-Zimmer-Wohnung in Westoverledingen im ostfriesischen Landkreis Leer. Ich machte ihr Komplimente für ihr Aussehen, das ich nur von ihrem Profilfoto kannte und versuchte von Lilly noch mehr Fotos zu bekommen. Nach langem hin und her bekam irgendwann ein zweites. Sie veröffentlichte es aber nicht bei TABOO sondern, schickte es mir an meine Mail-Adresse „bo-banani@gmx.de".

Sie sah sehr schlank und sportlich aus. Sie war ungefähr 1,75 m groß, wog unter 60 kg, hatte blondes, halblanges, offenes Haar und zwei stahlblaue Augen, deren Blick so durchdringend erschien, dass man annehmen musste, dass sie einem damit bis auf den Grund der Seele schauen konnte.

Durch das zeitversetzte Chatten waren mittlerweile mehrere Tage verstrichen und der Smalltalk begann mich zu langweilen. Ich wollte mal langsam zu Potte kommen und startete den Angriff auf ein erotisches Date. Wir unterhielten uns an einem Abend an dem ich sturmfreies Haus hatte, da meine Frau mit mehreren Freundinnen zum Essen ausgegangen war. Diese Gelegenheit, mich ungestört etwas intensiver mit Lilly unterhalten zu können, wollte ich nutzen, um sie klarzumachen.

Ich berichtete Lilly davon, dass ich einige Wochen zuvor auf einer Autobahn bei Leer mit statt 100 Stundenkilometern mit 135 in eine Radarfalle gekachelt war, und dass ich für das Knöllchen genauso gut mit ihr hätte Essen gehen können. Sie stimmte mir zu und daraufhin fragte ich sie, ob wir uns nicht einmal real treffen könnten. Sie stimmte auch dieser Frage zu und ich begann meine Strategie, sie zu einem Sex-Date zu überrumpeln. Zuerst stimmte ich einen konkreten Termin mit ihr ab, der schnell gefunden war, und dann fragte ich sie, was wir denn zusammen unternehmen könnten. Daraufhin folgte wie schon erwartet die weibliche Standard-Antwort: „ ... einen Kaffee trinken gehen". Mehr viel ihr dazu leider nicht ein.

Da mir die Aussicht auf nur einen Kaffee die weite An- und Rückreise selbstverständlich nicht genug und mein eigentliches Ziel ein Schäferstündchen war, schlug ich Lilly, wie schon mehrfach erprobt, die einzelnen Tagespunkte zu unserem Treffen vor. Ich begann mit der Aufzählung so, dass jeder Punkt mit einem " ... und dann ... " endete, sodass Lilly mit einem " und dann?" nachfragen sollte und es auch tat. Es ergab sich folgendes Gespräch, dass ich mit den Worten begann:

„Also, ich komme zu dir nach Hause ... und dann ... "

„ ... und dann?"

„ ... dann gehen wir zwei einen Kaffee trinken ... und dann ... "

„ ... und dann?"

„ ... dann spazieren wir ein wenig ... "

„ ... und dann?"

„ ... dann gehen wir wieder zu dir ... und dann ... "

„ xD ... ja? ^^ ... und dann?"

„ ... und dann zeigst du mir deine drei-Zimmer-Küche-Bad-Wohnung, weil ich ja sehr Architektur-interessiert bin, ... und dann ... "

„ ... und dann? ^^ "

„ ... und dann zeigst du mir, wo du nachts deinen gelungenen Schönheitsschlaf schläfst ... und dann ..."

„ ... ja, und dann? ... "

„ ... dann setzen wir uns auf deine Bettkannte, legen unsere Hände in unseren Schoß, du deine in deinen, ich meine in meinen ... und dann ... "

„ ... uuuund ...?"

„ ... und dann warten wir mal ab, wer sich von uns beiden am besten im Griff hat ;-) ... mit gehangen mit gefangen!"

„ xD, okay ^^ Das werden wir dann ja sehen ;) Ja, ja, mit gehangen mit gefangen ;) Ist klar ^^"

„Du hast es nicht anders gewollt. Ich wollte dich ja davor schützen. Jetzt hast du den Salat"

„Ja, ... genau, ... na, wir werden es ja dann sehen ;-) "

„Bist du dabei?"

„Kommt drauf an, wie du mir an dem Tag so gefällst ;) Bis jetzt kann ich ja nicht meckern :D"

„Okay. Das ist natürlich klar. Die gegenseitige Sympathie an dem Tag muss natürlich Voraussetzung sein. Sonst macht es uns keinen Spaß."

Und schon hatte ich wieder mal ein Date im Sack. Na, da war ich ja mal gespannt, was das so wird und ob die smarte Lilly aus dem hohen, kühlen Norden auch noch richtig auftaut und heiß werden kann. Mit einer Frau aus Ostfriesland hatte ich noch nie etwas.

Am nächsten Morgen, ich hatte schon alle logistischen Vorbereitungen für einen freien Abenteuertag in der darauf folgenden Woche getroffen und einen Mitarbeiter für meine Vertretung organisiert, da erhielt ich im Büro folgende Mail von Lilly:

„Hey Bo, guten Morgen. Ich denke, ich muss noch etwas sagen. Es kann sein, dass dein Interesse an einem Treffen dadurch weg ist, was ich schade finden würde. "

„Na, was ist es denn?", fragte ich neugierig zurück.

„Also, sorry, mein Kater war gestern auf den Tasten -.- ich bin kein Typ Frau, der beim ersten Treffen mit einem Mann ins Bett springt. Ja, das wollte ich dir eigentlich nur noch sagen. Ich bin hier, weil ich was Ernsteres suche. Ob ich es hier finde, keine Ahnung. Aber für ein Abenteuer bin ich eher nicht zu haben … hmm."

„Nun ja, das kann ich natürlich verstehen. Du kennst mich ja auch kaum. Ich vermute mal, dass dein Interesse an mir schwinden wird, wenn du mehr über mich erfahren würdest ;-(", begann ich meine Beichte.

„Wieso denkst du das?"

„Weil du meine aktuelle Lebenssituation nicht kennst."

In dem Moment klingelte in meinem Büro das Telefon und ich vertagte unsere Unterhaltung auf den Abend, da ich an diesem besagten Abend wieder einmal sturmfreies Haus hatte und somit ungestört chatten konnte.

Als meine Frau abends gegen acht das Haus verließ, schrieb ich Lilly an, um unsere Lebenssituations-Updates auszutauschen:

„So, Lilly, … dann lege ich mal los. Ich bin seit 18 Jahren vergeben und davon seit sechs Jahren verheiratet. Seit letztem Jahr habe ich eine Wunschtochter. Zu TABOO bin ich gekommen, da es zwischen meiner Frau und mir phasenweise nicht so besonders lief.

Meine Frau hatte über einen langen Zeitraum, der noch anhält, keinen Bock auf guten Sex. Mal ein Quicky war für sie okay, aber wenn Leidenschaft und Ausdauer gefragt waren, dann hatte sie dazu keine Lust. Aus dem Grunde hatte ich vor zwei bis drei Monaten damit angefangen, hier auf TABOO zu flirten. Mit einem Flirt hatte ich mich auch schon einmal getroffen", gab ich zu und wollte aber mit dem zweiten Date einer Frau gegenüber nicht prahlen. Ich fuhr fort:

„Wir hatten vorher die Details besprochen, zum Beispiel, dass es eine einmalige Sache sein sollte, was wir an dem Tag genau machen wollten und so. Sie war schon mehr als ein Jahr solo und somit, genau wie ich, hungrig auf ausgedehnten und intensiven Sex ;-) . Also hatten wir uns zusammen im Internet ein schönes Hotel ausgesucht, haben uns dort getroffen, sind spazieren gegangen, um uns besser kennenzulernen und um abzuwägen, ob wir das Abenteuer auch wirklich angehen wollten. Dann haben wir ein paar sehr leidenschaftliche Stunden im Hotel verbracht. Heute schreiben wir uns noch gelegentlich. Durch das viele heimliche Chatten ist meine Frau dann irgendwann etwas eifersüchtig geworden und hat ihre Einstellung zum Sex wohl nochmal überdacht.

Seitdem ist es fast wieder so wie früher, als wir noch frisch verliebt waren. Soweit alles gut. Aber durch den Seitensprung bin ich leider auf den Geschmack gekommen :-) . Der Tag war so toll, dass ich eine Wiederholung gut vertragen könnte. Immer nur die selbe Frau (und ich derselbe Mann natürlich) seit 18 Jahren, da passiert nichts wirklich Neues im Bett. Ganz schön stumpf von mir, nicht wahr, Lilly? Ich erwarte nicht, dass du in deinem zarten Alter Verständnis für ein solches Verhalten hast, aber ich denke, in ein paar Jahren oder nach einer längeren Beziehung über zehn Jahren wirst du es mit anderen Augen sehen. Ich hätte dir diese Infos heute ohnehin geschrieben. Aber gestern wollte ich die knisternde Stimmung beim Flirten nicht ruinieren ;-) Tja, also, der Prinz auf dem

Pferd kann ich in deinem Leben wohl nicht sein ;-(Sorry. Was geht dir nun durch den Kopf?"

Lilly antwortete: „Also, das Lustige (sorry, wenn ich es so bezeichne), als du mir heute Morgen sagtest, dass ich mit deiner Lebenssituation wohl nicht klar käme, wusste ich, dass du eine Frau hast ... und vielleicht sogar ein Kind ..."

„Okay. Das war das Lustige und was ist das Unlustige daran ... ?"

„Das Unlustige daran ist, dass ich denke, dass ich dir auch einiges verschwiegen habe, was vielleicht, aber auch nur vielleicht, für unser eventuelles Treffen wichtig wäre."

„ ... und was wäre das, Lilly?"

„Du wirst das Gespräch beenden, wenn ich es dir nun sage."

„Sag es einfach! No risk, no fun,"

„Versprochen, dass du nicht einfach so ohne ein Wort das Gespräch beendest?"

„Versprochen! ... und darauf erbrochen ;-) ... sag es!"

„Es ist komisch und ich mag dich irgendwie. Deshalb sage ich es dir.
Also ich ... hmm ... ich hatte viele Probleme in meinem Leben, womit ich dich jetzt sicher nicht voll heulen will, aber ich bin multipel. Ja, das sollte man(n) schon wissen."

„Meinst du die Krankheit?"

„Ich habe keine Multiple Sklerose, wenn du das meinst, sondern eine Multiple Persönlichkeitsstörung. Heute auch unter ´Dissoziative Identitätsstörung´ bekannt."

„ Aha ... und wie wirkt sich die aus?"
„Das ist schwer zu erklären, also, ich habe vier Monate Therapie hinter mir und meine Krankheit bedeutet, dass ich viele Persönlichkeiten in mir habe, die halt ab und an die Kontrolle über mich übernehmen, wovon ich dann nichts mitbekomme. Mir fehlt

dann die komplette Zeit. Sie haben andere Namen, ein anderes Alter, sogar andere Augenfarben und Allergien."

„Interessant. Und wie oft kommt so etwas im Alltag vor? Merkt dein Racker das auch? Und ist er dann nicht verwirrt?"

„Es ist oft situationsbedingt, eine zum Beispiel ist dafür zuständig, die Arztbesuche zu machen, eine andere springt für mich ein, wenn ich bedroht werde, oder sie kommen einfach, weil jemand einen Kaffee trinken möchte. Racker merkt das sofort. Er kennt es nicht anders. Die Krankheit kann nur bis zum zweiten Lebensjahr entstehen. Es gibt einige, da gehorcht er sogar besser, und einige, auf die reagiert er gar nicht."

„Interessant und wie gehst du damit um? Habe ich schon mit einer der anderen gechattet? Oder nur mit dem Original?"

„Ich habe in der Klinik gelernt, damit umzugehen. Es werden mittlerweile fast alle wichtigen Dinge im Tagebuch notiert. Zum Beispiel, wenn jemand beim Arzt war oder so. Da fehlt mir dann zwar noch Zeit, aber ich weiß wenigstens, was damals war. Nein, du hast auch schon mit anderen geschrieben."

„Das ist seltsam und interessant zugleich. Hat diese Störung für dich auch etwas Gutes? Oder nur Nachteile? Also ich fände es gut, wenn morgens ein anderer für mich ins Büro fahren würde und ich davon nichts mitbekäme ;-) . Wissen viele in deinem Umfeld davon?"

„Nein, auch Vorteile. Zum Beispiel: Ich kann kein Mathe ^^ . Jemand anderes von uns kann es sehr gut und hat die Prüfung mit einer 2 bestanden. Ich brauche zum Beispiel auch wenig Schlaf. Ich arbeite tagsüber und nachts macht manchmal eine andere Babysitting oder so ;) . Ja einige wissen davon. Müssen sie auch. Stell dir mal vor, meine Freundin ist mit mir einkaufen und plötzlich kommt ein Fünfjähriger und möchte einen Teddy ^^ . Wie willst du das erklären? ;) "

„Du willst mich jetzt auch nicht veräppeln?"

„Nein, wirklich nicht! Lies doch im Internet nach -.-
Über so etwas mache ich keine Späße. Niemals in meinem Leben. So, wie das Krankheitsbild entsteht, das wünsche ich keinem."

„Sorry. Okay. Das werde ich hinterher schon aus Neugier machen. Was ist der Auslöser gewesen?"

„Eine ‚Dis' kann nur durch schwersten, meist rituellen, sexuellen Missbrauch im Alter von bis zu zwei Jahren ausgelöst werden. Die meisten sagen, bis zum Alter von fünf Jahren. Aber meine Psychologin aus der Klinik sagte, dass es nur bis zum zweiten Lebensjahr entstehen kann."

„Ach du Scheiße. Dann gehörst du zu den bedauernswerten Kleinen, die das erleben mussten?"

„Ja, aber bedauernswert? Nein, ich selber habe davon nichts mitbekommen, dafür habe ich mich ja gespalten. Damals hieß es, entweder sterben oder spalten. Und ich konnte zum Glück Zweiteres. Wie gesagt, ich habe null Erinnerungen an solche Fälle, dafür sind all die anderen Personen entstanden."

„Und weißt du wer es war? Dein Vater, Onkel oder so?"

„Ja, ich habe alles in der Therapie erfahren. Meine Oma war in einer Sekte und hat mich da an andere Sektenmitglieder ‚ausgeliehen'. Und die haben mich dann vergewaltigt."

„Was? Deine Oma? Wie gehst du heute mit deiner Sexualität um? Ist sie anders als bei deinen Freundinnen? Hattest du in der letzten Zeit einen Freund?"

„Ich denke schon, dass sie anders ist. Ja, ich hatte ziemlich lange einen Freund, der wusste natürlich auch von meiner ‚Krankheit' und ich selber habe vom Sex anfangs nichts mitbekommen. Dafür ist bzw. war immer jemand anderes von mir da. Mit der Zeit habe ich aber gelernt, dass es nicht nur schmerzhaft sondern auch schön sein kann. Aber bevor es zum Sex kommt, braucht es sehr viel Vertrauen."

„Ja, das kann ich natürlich verstehen. Somit sind dann One-Day-Stands auch wohl nicht dein Ding, oder?"

„Nein, eher nicht ;)"

„Mit wem hatte ich gestern noch gleich gechattet?"

„Gestern hattest du das Vergnügen mit Mandy. Sie ist für den Sex zuständig gewesen ... ;) "

„Echt? Und wen gibt es dann noch alles? Wie würdest du Mandy beschreiben? Flirtet sie gern? Verführt sie gern? Oder lässt sie sich lieber verführen und bleibt dabei zurückhaltend? Oder ist sie aus Prinzip distanziert?"

„Ooh, da gibt es eine Menge^^:
Uschi ist fünf und, na ja, ein Kind eben ;) .
Jacky ist 17 und hat so die Beschützer-Funktion. Sie ist weiblich, aber mehr so männlich drauf.
Yvonne ist 16 und für die Behördengänge zuständig.
Piggy ist 19 Jahre und hat noch Täterkontakt, der jetzt aber gerade dabei ist, gebrochen zu werden.
Manu ist vier und ziemlich traumatisiert.
Bella ist 12 und PC-Freak. Sie kennt sich gut mit Computern aus und somit auch mit Mathe ^^
Mandy ist 21 und ja, sie flirtet gerne. Und wenn sie merkt, dass Interesse da ist, wartet sie gerne auf den ersten Schritt. Aber dann legt sie ziemlich los."

„Oha;) ... Wie kann ich mir die vielen Persönlichkeiten vorstellen? Haben sie unterschiedliche Stimmen oder Motoriken?"

„Ja, andere Stimmen, ein anderes Auftreten und andere Vorlieben, Interessen, Klamotten, Style usw."

„Interessant. Aber du hast für Uschi, die Kleine, keine besonderen Klamotten, oder?"

„xD , einen Schlafanzug, ja, doch. Aber natürlich nur, wenn keiner da ist ;) "

„Wer hat ihnen die Namen gegeben?"

„Die hatten sie von Anfang an. Insgesamt sind wir 35 ^^ "

„Und woher weißt du, wie alt sie sind? Werden sie auch älter oder bleiben sie so alt, wie sie heute sind?"

„Durch das Kennenlernen. Wir haben in der Therapie eine sogenannte innere Landkarte erstellt, wo sich jeder, der da ist, eingetragen hat mit Alter und Namen. Nein, die meisten bleiben so alt, wie sie waren … also damals, als sie entstanden."

„Es ist für mich nicht einfach, mich da hineinzudenken. Wie ist dein Freund damit umgegangen?"

„Ist es wohl auch nicht. Meine Psychologin sagte mal: ‚Eine Unterhaltung mit einem Multiplen ist, wie wenn ein Mensch unsichtbar die Plätze wechselt!'."

„War es ihm, deinem Freund, unangenehm? Oder konnte er damit gut umgehen?"

„Der ist gut damit umgegangen. Er war für jeden da und hat es so akzeptiert, wie es ist. Er hat mich eben so kennengelernt. Ich bin mal kindisch, mal sehr weiblich, mal männlich, mal lieb, mal böse. … eben sehr wechselhaft und vergesslich ;) "

„Warum ist die Beziehung dann doch auseinander gegangen?"

„Die ist durch den Therapie-Aufenthalt kaputt gegangen. Ich war vier Monate da und nur am Wochenende zu Hause. Und in der Zeit war nichts mit Sex, weil auch viel an Trauma-Arbeit gemacht wurde. Damit konnte er leider nicht umgehen und er fragte mich, ob er fremdgehen dürfe. Ich sagte: „ Nein!" und somit war es aus."

„Wie oft am Tag oder in der Stunde wechseln die Persönlichkeiten?"

„Also das ist schwer zu sagen. Mal jede Stunde, mal nur fünf Mal am Tag, mal bin ich drei Tage nicht da."

„Das ist bitter, aber auch nachvollziehbar. Wie alt war er?"

„25 Jahre jung ;) Ja, ich hatte es mir anders gewünscht. Aber es ging wirklich einfach nicht in der Zeit."

„Du sagtest gerade, dass du in der Therapie die Namen erfahren hast. Die Persönlichkeiten waren aber schon vorher da? Ohne Namen?"

„Nein, also, in jedem Alter, wie sie sind, ist mir was passiert, wie zum Beispiel eine Vergewaltigung oder eine andere schlimme Sache, und da sind die entstanden, inklusive Namen. Vor der Therapie kannte ich nur Jacky. Ich wusste ihren Namen und ihr Alter und dachte, ich wäre total verrückt. Sie kannte ein paar mehr und ja, das kam dann in der Therapie heraus."

„Seit wann ist die Beziehung vorbei?"

„Die Beziehung ist seit Juni vorbei. Ich bin am 27. Juli erst aus der Klinik wieder raus."

„Also alles noch ganz frisch?"

„Ja, kann man so sagen ;) "

„Die Vergewaltigung, wann war die?"

„Es gab viele. Ich war vier Jahre mit einem ziemlich brutalen Mann zusammen. An eine kann ich mich erinnern. Da war ich 14 Jahre alt. Von einem Klassenkameraden. Das ist aber auch das Einzige, was ich weiß."

„Der brutale Mann war aber nicht der letzte Freund? ... oder doch?"

„Nein, der davor ;) "

„Und der wusste auch von der Spaltung?"

„Ja ... und hat sie gut für sich ausgenutzt."

„Was für ein Arsch ;-("

„Ich wusste es damals ja noch nicht einmal. Also nicht so, wie er. Aber ... egal ... er ist ein Arsch und eine Anzeige kommt irgendwann schon noch ;) "

„Deine Oma, wurde die auch bestraft oder lebt sie schon nicht mehr?"

„Sie lebt noch. Ich habe jetzt noch vier Jahre Zeit, sie anzuzeigen."

„Und was sagt sie heute dazu?"

„Ich habe keinen Kontakt mehr zu ihr. Zum Glück. Ich komme ja aus Bremen. Da war das damals alles."

„Ach so. Wenn du mit den Hunden trainierst, hast du dann auch die Spaltungen?"

„Ja ^^. Jacky kann sehr gut mit Hunden und übernimmt fast die ganze Arbeitszeit ;) "

„Was macht Mandy gerade? Chattet sie mit mir?"

„Nein, sie nicht. Aber auch jetzt gerade nicht Lilly. Ich kann dir gerade nicht sagen, was Mandy macht. Ich habe nicht so den Kontakt zu ihr."

„Wer schreibt dann mit mir?"

„Ich bin Yvonne und eigentlich, wollte ich nur eben kurz eine rauchen."

„Und weiß Lilly, dass wir chatten und was wir chatten?"

„Nein, ich mag es nicht so gerne, wenn die anderen mir über die Schulter gucken. Aber ich bin auch erst seit ca. 5 Minuten da."

„Und wenn ich morgen mit Lilly chatte, weiß sie dann, was wir besprochen haben? Habe ich überhaupt schon mit Lilly gechattet?"

„Nein, die Minuten weiß sie dann eher nicht mehr. Ja du hast schon mit Lilly gechattet. Sie hat dir immerhin von uns erzählt."

„Was macht Lilly jetzt?"

„Gute Frage. Vielleicht mit den anderen reden oder auch einfach nur so, als wenn du in Ohnmacht fällst."

„Und Mandy?"

„Sorry, also kein Plan, was Mandy so macht. Tja ... und jetzt?"

„Ich bin etwas verwirrt, muss ich zugeben."

„Hmm ... sorry."

„Du brauchst dich nicht zu entschuldigen ;) Es ist für mich nur sehr fremd. Ich hatte noch nie mit gespaltenen Persönlichkeiten zu tun."

„xD. Das hat man auch nicht so oft, denke ich."

„Und ich weiß nicht, ob ich dir gerade mit meinen Fragen helfe oder das Gegenteil erreiche?"

„Nein, also mit deinen Fragen richtest du keinen Schaden an ;) Keine Sorge. Das würde dir dann schon gesagt werden ^^."

„Darf ich dir noch ein paar intime Fragen stellen und wer beantwortet sie mir dann?"

„xD. Leg los ^^. Irgendwer wird dir schon antworten ;) "

„Wie hältst du es mit Selbstbefriedigung? Hast du dazu manchmal Lust?"

„Ohne Mann bleibt einem kaum etwas anderes übrig. Nicht wahr?"

„Das ist richtig. Und dafür ist dann Mandy zuständig? Wie denkt Lilly dann darüber?"

„Ja, ich, … aber auch nur, wenn ich Lust dazu habe. Wie sie darüber denkt, ist mir relativ egal, ist meine Sache und nicht ihre."

„Kommt es oft vor?"

„Je nach Lust und Laune *grins*."

Just in dem Moment hörte ich, wie meine Frau die Eingangstür aufschloss, und würgte die Unterhaltung kurzerhand ab:

„Ich muss jetzt leider aufhören. Meine Frau kommt gerade nach Hause. Aber wir können gern ein anderes Mal weiterchatten. Bis bald. Gute Nacht. Süße ;-* "

„Gute Nacht :-* ", verabschiedete sich Lilly.

Nach einer fast schlaflosen Nacht, in der mir Lillys Schicksal noch viel Kopfzerbrechen bereitet hatte, nahm ich nach einem arbeitsreichen Tag am späten Abend wieder Kontakt mit ihr auf:

„Hi Lilly … na, da hatte ich aber eine schlaflose Nacht nach unserer Unterhaltung gestern."

„Hi, Bo. Tut mir leid, dass du nicht schlafen konntest."

„Hast du überhaupt noch Lust, mich persönlich kennenzulernen? Nun, wo du meine familiäre Situation kennst?", wollte ich wissen.

Lilly bejahte die Frage anfangs, da ich ihr immer noch sehr sympathisch war. Nach einer längerer Unterhaltung über ganz banale Dinge aber auch über ein paar weiteren Details zu ihrer Identitätsstörung, sahen wir von unserem Vorhaben „Sexdate" ab. Lilly hatte die Befürchtung, dass sie sich in mich verlieben könnte. Davon hätten wir dummerweise beide nichts gehabt.

Wir chatteten noch ein paar Tage über belangloses und verloren uns irgendwann bei TABOO aus den Augen.

Ich hatte im Sommer 2011 noch sehr viel Zeit, um während der Arbeitszeit zu chatten. Mit vielen Frauen hatte ich mal mehr, mal weniger lange Unterhaltungen. Man brauchte als Mann schon sehr viel Ausdauer und Geduld, um auf diesem Portal auch mal einen Glückstreffer, also ein Date, einen One-Day-Stand mit einer reizvollen, jüngeren Frau zu landen.

Wie geil musste es hier für eine Frau sein, wenn ich den weiblichen Mitgliedern dieses Portals glauben durfte. Sie wurden jeden Tag aufs Neue von Dutzenden von Männern angeschrieben. Gut, da war selbstverständlich auch viel Proleten-Ausschuss dabei, aber der eine oder andere Flirt-Kontakt am Tag hatte doch sicherlich auch positive Seiten an sich.

Wenn eine Nymphomanin hier auf TABOO auf Beutesuche wäre, hätte sie bestimmt keinen Grund zu klagen. Eine Frau bräuchte lediglich ein passables Aussehen und schon gehörte ihr das weltweite Netzwerk. Und wenn die Frau dann auch noch etwas besser aussähe als der Durchschnitt, dann hätte sie jeden Tag einen Neuen haben können oder auch gleich mehrere und das sowohl nacheinander als auch gleichzeitig. Warum klappt das bei uns Männern nicht so einfach? Vielleicht, weil Frauen etwas mehr Stolz und Stil haben. Es ist wohl nicht ganz das Gleiche, ob ein Mann sein Fleisch in eine fremde Frau steckt oder eine Frau das unbekannte Fleisch in sich stecken lässt. Frauen sind einfach nicht so leicht herumzukriegen.

Männer sind von Natur aus schwanzgesteuert. Aber wen wundert es schon. Jeden Morgen werden sie von ihrer hammerharten Morgenlatte, die schon senkrecht im Pyjama steht, wenn er noch schlaff im Bett liegt, daran erinnert, dass das gute

Stück nicht nur zum Pinkeln da ist. Und wer schon vor dem Zähneputzen ans Vögeln denkt, der ist für den bevorstehenden Tag bereits geimpft.

Frauen sind in der Beziehung wohl eher etwas launischer. Sicherlich hängt es auch mit den unterschiedlichen Phasen im Laufe ihres Monats-Zyklus' zusammen. Chattete man zur Zeit des Eisprunges mit einer Fremden im Netz, so konnte es gut sein, dass sie für alle Abenteuer offen war. Drei Tage später erntete man dann aber nur Unverständnis für das erotische Angebot eines Treffens in einem Hotel. Frauen sitzen in der Beziehung am längeren Hebel. Würde eine gutaussehende Frau einen Mann auf offener Straße ansprechen und ihn fragen, ob er sie nicht mal kurz hinter einer Straßenecke oder bei sich zu Hause durchvögeln wollte, sie hätte richtig was wegzustecken.

Würde ein Mann auf offener Straße einer Frau dieselbe Frage stellen, so könnte er gewiss sein, sich noch am selben Tage grün und blau geschlagen, mit blutigen Eiern und mit einem Bündel von Strafanzeigen auf dem Schoß, sitzenderweise auf einer Bank in einer Untersuchungshaftzelle wiederzufinden. Vorausgesetzt, dass ihm mit seinen Schwellungen im Genitalbereich noch zum Sitzen zumute wäre. So ungerecht kann die Welt sein.

Mein Verlangen nach einer Wiederholung der erlebten, kleinen, knisternden und erotischen Abenteuer ließ mich nicht mehr los. Trotz Dutzenden von Absagen und gelegentlichen Beschimpfungen gab ich die Hoffnung nicht auf. Jeden Tag standen neue Kandidatinnen auf der Suchseite bei TABOO. Natürlich nicht nur neue, sondern auch die, bei denen man schon verkackt hatte oder die einem irgendwie schon bekannt und vertraut waren, weil man sie so oft hier sah. Und komischerweise hatte man von der einen oder anderen, die man nur von einem Foto kannte, schon die Schnauze voll, bevor sich die Gelegenheit bot, sie im Chat oder auch real kennengelernt zu haben.

Mit meinem langjährigen Freund Bruno, den ich schon zu Berufsschulzeiten kennengelernt hatte und der mir so vertraut war wie kein Zweiter, tauschte ich meine Erfahrungen in Sachen Chats aus. Von den konkreten Dates erzählte ich ihm jedoch nichts, da er meine Frau ebenfalls gut kannte. Er hätte mich zwar nicht bei ihr angeschwärzt, aber die Gewissenskonflikte wollte ich ihm ersparen. Er war schon immer Single und er war auch wohl dazu geboren. Irgendwie hatte er nie die Richtige gefunden oder auch gar nicht erst hartnäckig genug nach ihr gesucht. Irgendwie war er zu gut für diese Welt. Er war alles andere als aufdringlich. Er hätte eine Frau niemals überrumpelt oder eine Situation zu seinem Vorteil manipuliert. Niemals hätte er eine Frau, zum Beispiel an einem Trallafitti-Wochenende, wenn die sich im angesäuselten, alkoholisierten Zustand befunden hätte, einfach überrumpelt oder auch nur die Hilflosigkeit für sich ausgenutzt. Das wäre völlig gegen seine Natur und seine Prinzipien.

Er war, was das Äußere einer Frau anging, stets flexibel und kompromissbereit. Ganz anders als ich. In meiner noch jungen Sturm-und-Drang-Zeit war ich kein Kind von Traurigkeit. Bevor ich meine jetzige Frau kennengelernt hatte, hatte ich viele weibliche, attraktive Bekannte. Und wenn mir eine gefiel, dann hatte ich es sie auch wissen lassen. Und wenn ich einen Nebenbuhler hatte, dann war der auch schnell wieder ausgeschaltet. So viel Egoismus musste schon sein. Gelegenheiten, die sich mir boten, hatte ich nicht ausgelassen. Und wenn sich nach wenigen Tagen oder Wochen herausstellte, dass die Auserwählte doch nicht so kompatibel war, wie sie im ersten Moment erschien, dann hatte ich sie auch ganz schnell wieder zur Singlefrau degradiert. Ohh man, war ich ein Horn.

Bruno war da ganz anders. Er war stets zu ehrlich und aufrichtig. Hatte er mal eine Frau kennengelernt, dann war er aus Respekt vor ihr so unaufdringlich und rücksichtsvoll, dass sie es dummerweise als Desinteresse falsch deutete. Hätte er sein wahres Verlangen deutlicher nach außen getragen, wäre manche Beziehung für ihn sicherlich anders ausgegangen. Viele, die ihn flüchtig oder nur vom Sehen kannten, dachten, dass er schwul wäre. Er trug im Sommer gern sehr enge, figurbetonte T-Shirts oder Hemden und war oft etwas besser und von den Farben her mutiger und sportlicher gekleidet, als die meisten Männer unseres Alters. Er war - anders als ich - auch noch sehr sportlich. Er ging zeitweise in Fitnessstudios oder trainierte zu Hause. Er hatte eine sehr sportliche, männliche Figur und kannte alle Tricks einer gesunden und kalorienarmen Ernährung. Das konnte man seinem athletischen Körper ansehen. Er sah aber nicht so übertrieben muskulös aus, wie manche Arnold-Schwarzenegger-Verschnitte, denen die Grenzen der Ästhetik nicht bekannt waren.

Viele Bodybuilder sind meiner Meinung nach genauso krank wie magersüchtige Frauen. Ihre Schönheits-Ideale verselbständigen sich irgendwann. Die Figuren der Frauen werden immer schlanker und kindlicher und sie wollen immer jünger aussehen, was zweifellos bei Magersüchtigen auch psychische Gründe hat. Der Jugendwahn schlug schon immer um sich und hatte stets eine hohe Trefferquote. Wie oft habe ich schon eine Frau von hinten gesehen und mich sofort in ihre kurvigen Proportionen verliebt, ohne sie vorher von vorn gesehen zu haben. Und wie oft schon, musste ich erschrocken feststellen, dass leider nicht jede Frau von vorne hielt, was sie von hinten versprach. Das hatte schon manchmal etwas von Halloween oder Geisterbahn, wenn man beim Bummeln in der City eine von hinten gesehene Frau auf Anfang 20 schätzte und dann beim überholen feststellen musste, das die Gute bestenfalls noch Enkelinnen in dem geschätzten Alter haben konnte. Das klingt hart und menschenverachtend ... ist aber leider so.

Viele Frauen wollten schon immer jung, gesund, sexy, begehrenswert und schutzbedürftig auf Männer wirken. Die Modewelt verdient sich doof und dusselig daran, dass Frauen ihr Äußeres immer wieder in Frage stellen und versuchen, einen anderen Typ aus sich zu machen. Mit ständig wechselnden Outfits und Frisuren versuchen sie, den Männern, besonders auch dem eigenen Partner, immer wieder eine andere Frau zu präsentieren. Mal ist sie blond, langhaarig, trägt dazu kurze, eng anliegende Kleider und hochhackige Schuhe, und mal trägt sie das spontan brünett-getönte Haar kürzer, zieht sich passend dazu weitgeschnittene, sportliche Jeans und Shirts an. Sie versucht der Männerwelt durch ständig wechselnde äußere Erscheinungen zu suggerieren:

„Hey du, ich bin nicht die von gestern, die du schon kennst ... nein, ich bin jetzt eine ganz andere. Noch jünger, noch peppiger, also auch gesünder und attraktiver und somit auch interessanter für dich. Vergiss die von gestern und nimm mich!"

Allein dieser Wunsch nach ständigen Erscheinungs-Updates verschafft unserer Wirtschaft Abermillionen von Euro Umsatz im Jahr.

Die Männer hingegen möchten immer mehr das Aussehen eines muskulösen, unzerstörbaren, griechischen Gottes annehmen. Es ist die Unsicherheit, die sie mit der Muskelpracht überspielen wollen. Wahrscheinlich liegt es auch daran, dass Männer in jungen Jahren zwar viele kostspielige Wünsche haben, wie zum Beispiel schnelle, sportliche Autos, eine tolle stylische Wohnung oder gar ein eigenes Haus, um damit die Damenwelt zu beeindrucken. Dummerweise haben sie in dem Alter allerdings noch nicht das Vermögen erarbeitet, um sich und der Auserwählten diesen Luxus bieten zu können. Also wird das, was sie haben - der eigene Körper - in den Fokus gestellt. Zu Beginn bauen die Männer nur ein paar Muskeln auf, um sportlicher und attraktiver auf Frauen zu wirken.

So weit so gut. Doch da sie im Fitnessstudios nur mit anderen Dreibeinern trainieren - da ihnen ja noch die Aufmerksamkeit der Damenwelt fehlt - und irgendwann nur noch mit anderen Männern um die Wette hanteln und bankdrücken, wird das ursprüngliche Ziel, sportlich, schön und begehrenswert zu werden, um auf Frauen zu wirken, aus den Augen verloren und irgendwann mutieren sie zu völlig deformierten Witzfiguren, deren Armumfang größer ist als der Umfang der kleinen Murmel zwischen ihren Ohren, die zu allem Überfluss auf den überbreiten Schultern noch kleiner wirkt, als sie eh schon ist. Da muss man sich dann auch nicht wundern, wenn beim Betrachter der Eindruck entsteht, dass Bodybuilder es nicht nur im linken Bizeps haben, sondern auch noch im rechten ... und das war es dann auch schon. Wie ängstlich muss ein verhaltensgestörter Bodybuilder sein, dass er sich mit so viel Schweiß, Arbeit und unter Zuhilfenahme von pharmazeutischen Produkten - auf Kosten der eigenen Gesundheit - einen solchen Panzer antrainiert? Aus diesem Blickwinkel betrachtet, können einem die Supermännchen direkt leidtun.

Aber zurück zu Bruno. Wäre der gutaussehende, durchtrainierte Bruno, der die Grenze zwischen Ästhetik und Comicfigur gut kannte, wirklich schwul gewesen, so hätte es mich überhaupt nicht gestört. Homos hatten bei ihm und auch bei mir schon immer einen dicken Stein im Brett und sie sind uns auch sehr viel sympathischer als die vielen verlogenen Menschen, die aus eigener Unsicherheit abwertende Äußerungen über andersorientierte Mitmenschen machen oder sich, wie die eben beschriebenen, muskelgestärkten Kleingeister, den Arsch aufreißen, um noch unweiblicher oder wie sie meinen, noch männlicher zu wirken.

Witze zum Beispiel über Ausländer oder Juden sind politisch unkorrekt und das, meiner Meinung nach, auch völlig zu

Recht und sie sind zum Glück auch nicht mehr wirklich salonfähig. Das ist gut so. Warum allerdings ein Witz über Schwule, die ja zur Zeit des Dritten Reiches mit einem rosafarbenen Davidstern auf der Brust, ebenso wie die Juden mit dem gelben Stern, in die Gaskammern geführt wurden, heute noch so viele, laute Lacher findet, ist mir bis heute ein Rätsel. Dass sich sogar Menschen aus der Öffentlichkeit im 21. Jahrhundert gegen Homosexuelle stellen, ist unfassbar. Rechte Politiker oder die oftmals rechts-denkende katholische Kirche sind ja bekannt dafür, immer wieder in diese Kerbe zu schlagen und volksverhetzende Parolen gegen Homosexuelle auf die Wähler und Schafe loszulassen. Interessant ist dabei allerdings, dass, bedingt durch das Zölibat, gerade im Milieu der katholischen Kirche das höchste homosexuelle Aufkommen zu erkennen ist, und wenn man aktuellstem, investigativem Journalismus glauben darf, dann ist es im Sündenpfuhl Vatikan am Schlimmsten. Wie lange muss es noch dauern, bis auch diese Vorurteile endlich der Geschichte angehören? Fast 2.000 Jahre Christentum, aber auch andere religiöse Lehren, haben die Menschheit noch viel intoleranter gemacht, als sie es vorher, zur Zeit der Antike und davor, war. Was ist eigentlich der Grund für eine so ausgeprägte, weltumspannende Abneigung gegen Homosexuelle? Liegt es allein an der Praktik der sexuellen Vereinigung? Ist das Arschficken unter Männern so inakzeptabel, dass man es in fernen Ländern sogar unter Strafe stellen muss? Was ist denn schon dabei?

Analverkehr als Dienstleistung findet man in jedem gut sortiertem Puff!

Er ist noch nicht einmal für diese Gruppe unserer Gesellschaft patentiert. Wenn man harmlosen Pornos glauben darf, ist es noch nicht einmal unter Heteros unüblich, sein Ding auch mal durch die Lieferantentür eintreten zu lassen. Das ist doch heutzutage gängige Praxis in vielen Schlafzimmern. Im prüden Amerika soll angeblich jeder Dritte Analverkehr praktizieren. Vermutlich hat es damit zu tun, dass Analverkehr für einige Strenggläubige nicht direkt als sexuelle Handlung begriffen wird und somit auch vor der Ehe erlaubt ist.

Aber zurück zu Bruno. Schade an dem Umstand, dass Bruno oft für schwul gehalten wurde, war im Grunde nur, dass ihm mit dieser Fehleinschätzung vielfach die Möglichkeit genommen wurde, dass Frauen Interesse an ihm fanden. Frauen sprechen aus Prinzip keinen Schwulen an, zumindest nicht, um ihn dann zu bekehren oder um ihn als Partner zu erwählen. Somit blieben Bruno diese zusätzlichen Möglichkeiten versagt. Wenn ich mich mal mit Bruno traf, dann war es meistens bei ihm, sodass wir uns ungestört über unsere Chat-Kontakte austauschen konnten. Er zeigte mir die Mädels, mit denen er so in Kontakt stand, und ich ihm meine. Ich versuchte ihm ein paar Tipps zu geben, wie man Frauen charmant, aber nicht zu aufdringlich und das Ziel nie aus den Augen verlierend, anschreibt, um sich so von den vielen Flachpfeifen im Netz abzusetzen. Bruno zeigte mir seine Anmachsprüche, mit denen er den Kontakt mit dem anderen, fremden Wesen aufnahm. Er war beim Online-Flirten nicht ganz so wortgewand, obgleich er eigentlich sehr gut flirten konnte, wie ich immer wieder feststellen musste, wenn er zum Beispiel mal an einer Kaufhauskasse ungehemmt fremde Frauen ansprach. Er hatte immer eine passende Bemerkung parat, mit der er einer Frau ein Lächeln auf die Lippen zaubern konnte. Es waren aber keine auswendig gelernten Phrasen, sondern immer spontane Eingebungen, die in die jeweilige Situation passten. Das hätten sich viele Männer, schon aus Angst vor einem öffentlichen Korb, gar nicht erst getraut. Nur das Schreiben beim Chatten ging ihm nicht so gut von der Hand. Ich gab ihm Tipps und schrieb ihm ein paar Anmachsprüche auf, die das Interesse seiner Beute finden sollten. Durch den gelegentlichen Erfahrungs- und Ratschlags-Austausch halfen wir uns gegenseitig.

Bei einem abendlichen Treffen hatte mir Bruno mal ein paar Nacktbilder von den Frauen, mit denen er chattete, gezeigt. Richtige Nacktfotos von den Chat-Partnerinnen hatte ich noch nie bekommen und auf meine Frage, wie er denn daran gekommen war, weihte er mich in seine Taktik ein. Bruno hatte sich auf TABOO ein zweites - ein weibliches - Profil angelegt. Er hieß nun „Louisa" und hatte in seinem Profil ein paar sehr schöne Frauenfotos, die er sich aus irgendeinem anderen Profil von einer anderen Partnersuchseite heruntergeladen hatte. Auf die Urheberrechte an den fremden Fotos hatte er einfach mal großzügig geschissen.

Louisa war blutjunge 20, brünett, langhaarig, sehr schlank und sehr sexy und sie war eine Lesbe, oder besser gesagt, sie war bisexuell. Als Frau im Netz, die auf der Suche nach einer anderen Gleichgesinnten war, war es sehr viel einfacher, schnell an intimere Informationen und Fotos zu gelangen.

Bruno, Bruno, ... diese liebenswerte, aber durchtriebene Hacke. So schlich er sich also in die Herzen der jungen Damen ein. Dass ich da noch nicht selbst drauf gekommen war. Und was er da so mittlerweile an freizügigen Fotos gesammelt hatte. Respekt. Er hatte sich auf seinem Laptop mehrere Ordner anlegen müssen, um die Datenflut übersichtlich zu organisieren. Frauen in sehr spartanischem Outfit, im Sportdress, in erotischer Unterwäsche und jede Menge Fotos von Frauen ohne Unterwäsche. Und dann aber nicht nur in sitzender oder stehender, braver Position, sondern auch breitbeinig mit Blick auf die Pussies oder auf allen Vieren von hinten mit Blick auf die Rosette. Einige präsentierten sich vulgär in Posen, bei denen sie es sich mit den Fingern in der Möse selbst machten oder mit Dildos, mit Mösen-Mopets und allerlei anderen Utensilien. Andere hatten

Fotos mit Spuren von Sperma auf dem Körper und im Gesicht veröffentlicht. Ohh man, ohh man ....!

Und was die alles so über sich preisgaben - die vielen Geschichten, die sie zu erzählen hatten. Das war schon sehr erschreckend, mit welchen Erfahrungen die jungen Damen heutzutage konfrontiert wurden. Einige hatten schon Erfahrungen mit brutalen Partnern gehabt. Mal ein blaues Auge oder eine gebrochene Rippe zählte für einige in dem jungen Alter schon zum Standard in Sachen Beziehung. Zum Teil waren es jüngere Frauen aus unserer näheren Umgebung, die wir zumindest vom Sehen kannten oder auch schon früher an Wochenenden flüchtig kennengelernt hatten. Hier im Chat erfragte man als vermeintlich Gleichgeschlechtliche viele Details zum Sexleben, die man sich in der Realität nicht getraut hätte, zu erfragen. Auffallend war auch, dass es ziemlich viele Frauen - selbst in unserer prüden Region - gab, die nicht nur Erfahrungen mit Männern, sondern auch mit Frauen hatten. Na ja, wen wundert es, wenn die Männer in der Altersklasse so bekloppt waren. Da hätte ich mich als Frau an deren Stelle auch anders orientiert. Und ob die gleichaltrigen Jungs überhaupt wussten, worauf junge Frauen wirklich standen, hätte ich auch sehr bezweifelt. Heutzutage werden die meisten schon viel zu früh mit pornografischen Kurzfilmchen aus dem Internet aufgeklärt, die sicherlich nicht das widerspiegeln, was sich Frauen unter gutem Sex vorstellen. Da ist es wohl oft mehr die ungezügelte Männerfantasie, die da bei den Pornofilmchen Regie führte.

Die Offenheit, mit der die Frauen sich aber einer anderen Frau offenbarten, hatte mein Interesse geweckt. Nach dem Informations-Austausch mit Bruno erstellte auch ich mir eine zusätzliche Profilseite auf TABOO, auf der ich mich als Frau ausgab.

Ich hieß fortan „Laura", war 19 Jahre jung, 165 cm klein, blond, langhaarig, sehr sexy, sehr schlank, sehr sportlich und ich war bisexuell. Aber was brachte mir der Fake, wenn nichts dabei herumkäme außer ein paar Nacktfotos? Ich brauchte eine Taktik, mit der ich meine zweigleisig fahrende Beute dennoch treffen konnte. Ich versuchte mich also als Laura in die Herzen anderer Lesben oder bisexuelle Frauen zu chatten. Meine aufreizenden Frauen-Fotos waren so gut gewählt, dass fast jede andere darauf ansprang. Leider bekam ich aber nicht nur viele Anfragen von Gleichgesinnten, sondern auch von sehr vielen Dreibeinen. Diese ignorierte ich allerdings standhaft. Als Mann kamen die meisten Chat-Kontakte bei TABOO nur durch eigene Aktionen zustande. Nur sehr selten war eine Frau so kontaktfreudig, dass sie den ersten Schritt gemacht hätte.

Als Frau war alles viel, viel einfacher. Man brauchte die jungen Frauen nur ein- oder zweimal anzuschreiben und schon begann eine rege Unterhaltung. Bei jeder Konversation konnte man direkt zur Sache kommen. Da wurde nicht lange und diskret um die Sache herumgeredet, sondern Tacheles gesprochen. Geil! Frauen, die mir vor wenigen Minuten noch völlig unbekannt waren oder die ich zwar aus der näheren Umgebung vom Sehen kannte, die mich allerdings stets ignorierten, tauten in Windeseile auf und sprachen mit mir über ihre geheimsten Wünsche, Gelüste, Vorlieben, Erfahrungen und die Anekdoten, die sie zum Thema Sex zu erzählen hatten. Ich fragte die Interaktionspartnerinnen im Chat, was sie an Frauen mochten und, wenn sie bisexuell waren, auch an Männern. Es erstaunte mich zu lesen, dass ganz viele Frauen sich beim Blasen sogar gern das Sperma in den Mund spritzen ließen und es auch noch total erotisierend fanden. Da hatte ich bis dato überwiegend andere Erfahrungen gemacht. Auch der Analverkehr war offensichtlich allgemein populärer als erwartet. Nach gar nicht allzu langen Gesprächen kam stets der beiderseitige Wunsch nach einem realen Treffen zur Sprache. Da ich aber dummerweise nicht die scharfe Granate von meinen Profilfotos war, sondern nur ein geiles Dreibein, versuchte ich stets die Damen für einen „flotten Dreier" zu begeistern. Das gelang mir zwar nicht immer, aber sehr oft.

Bei den darauf folgenden Unterhaltungen versuchte ich dann den auserwählten Frauen von meinem Flotten-Dreier-Partner - dem Bo, also mir - vorzuschwärmen, um diese schon mal auf ihn vorzubereiten. Die anderen bisexuellen Frauen machten seltsamerweise das Gleiche, denn meistens waren sie in einer heterosexuellen Beziehung und suchten hier die Abwechslung mit einer Gleichgeschlechtlichen. Ich dachte mir aber anfangs nichts dabei und fuhr mit meiner Strategie fort. Nachdem ich die Frauen für einen Dreier gewonnen hatte und Termin und Treffpunkt bei der Auserwählten bereits fixiert waren, erzählte ich, dass ich selbst - also Laura - zu dem geplanten Termin nicht kommen könne, aber Bo, der Dritte im Bunde, allein zu dem Treffen käme und dass ich kein Problem damit hätte, dass sich Bo schon mal vorab mit der neuen Bekanntschaft träfe und etwas herum vögelte. Und nach dem selbstlosen Vorschlag war dann Schicht im Schacht ... Scheiße. Alles umsonst. Entweder hatten mich die Frauen durchschaut oder ich war selbst auf so ein gestörtes Dreibein mit Fake-Profilseite getroffen.

Im Nachhinein befürchtete ich, dass alle bisexuellen Frauen auf TABOO lediglich genauso schlau oder dämlich waren wie ich. Vermutlich gab es auf TABOO nicht eine einzige bisexuelle Frau, sondern stets nur die Männer mit Fake-Profilseiten, die nur dieselbe Masche ausprobieren wollten.

Wenn ich hier schon nicht zu einem Date kam, dann konnte ich ja wenigstens noch ein bisschen Spaß haben und einen anderen notgeilen Mann verarschen. Ich ließ mich als Laura auch von Männern anschreiben, die natürlich auch nur auf das Eine aus waren. Ich flirtete mit ihnen und ließ sie in dem Glauben, dass ich mich sogar mit ihnen treffen würde. Vorher wollte ich von den Stechern aber noch Nacktfotos von Kopf bis Fuß sehen, um im Vorfeld abzuchecken, ob sich ein Treffen für mich als sportive Frau auch lohnte. Nach etwas Zögern bekam ich die auch. Ohh man. Nackte Typen mit heruntergezogenen Hosen oder auch ganz nackt, lasziv auf dem Bett liegend, in mehr oder weniger unerotischer Unterwäsche mit mehr oder weniger unerotischen Körpern, mit hängendem und stehendem Dödel, mit und ohne Sperma ... und und und. „Die armen Frauen", dachte ich immer nur.

Ein Mann, der ungefähr mein Alter haben durfte und der mir auch mehrere Nacktfotos schickte, kam mir aus meiner Vergangenheit irgendwie bekannt vor. Nach längerem Grübeln erinnerte ich mich daran, dass er mir mal vor vielen Jahren ohne triftigen Grund in einer Disco Prügel angedroht hatte. Er wollte sich mit mir kloppen, ohne Grund. Da das aber noch nie mein Ding war, hatte ich damals den Schwanz eingezogen und mich unauffällig verpisst. Die Retourkutsche dafür sollte er aber noch bekommen.

Ich flirtete lange mit ihm, erhielt viele Infos, wo er wohnte, dass er auf FRATZEN-BIBEL angemeldet war und vieles mehr. Auf FRATZEN-BIBEL fand ich ihn dann sehr schnell, da ich ja schon seine Fotos, seinen Vornamen, seine Mail-Adresse und seinen Wohnort hatte. Und da standen noch mehr Details zu seiner Person; außer anderem auch wo er arbeitete. Er war Maurer und arbeitete bei dem Bauunternehmen Hinnerk K. GmbH aus Rheine. Nachdem ich nun alle Infos über ihn hatte, schrieb ich ihm, dass ich seine schönen Nacktfotos auch an seine Kollegen und seine Frau, die ich unter seinen Freunden auf FRATZEN-BIBEL recherchiert hatte, weiterleiten wollte.

Ohh man ... war der sauer. Er bittete und er bettelte darum, dass ich das unterlassen sollte. Er flehte mich an und ich ließ ihn in dem Glauben, dass ich es doch noch täte. Er drohte mir mit einer Anzeige, drohte damit, dass er aus der Rockerszene käme und mich schon irgendwie mit Hilfe seiner ungepflegten, motorisierten und belederten Berserker-Freunde ausfindig machen und erwischen würde und und und. Ich pisste mir beim Chatten fasst vor Lachen in die Hosen. Wusste der Depp doch überhaupt nicht, dass er ein Phantom gesucht hätte. Meine Fotos für mein Laura-Profil hatte ich in einem Chat-Forum heruntergeladen und damit es niemals aufflöge, hatte ich Fotos einer kleinen Amerikanerin aus Florida genommen. Da hätte der dusselige, nicht fotogene Mörtelkellen-Schwinger aber lange suchen können. Irgendwann wurde mir aber auch der Spaß zu langweilig und ich meldete mich als Laura wieder ab.

Nachdem aus dem Treffen mit Lilly und ihren 34 Freundinnen (Jacky, Mandy, Bella, Yvonne & Co.) leider nichts geworden war, orientierte ich mich beim Chatten wieder auf den Bereich um Osnabrück herum. Ostfriesland war mir zu weitläufig und zu weit weg. Die Fahrerei dorthin und zurück hätte mich pro Date ca. drei bis vier Stunden im Auto gekostet. Das war mir unnötig zu lang. Der Raum Osnabrück war mir da schon wegen der räumlichen Nähe sympathischer.

Und eines Nachmittages, ich arbeitete und chattete ausnahmsweise mal zu Hause, da wurde mir auf TABOO eine unscheinbare Frau so ungefähr Mitte Zwanzig angeboten. Sie hieß Conny. Ihre Frisur sah irgendwie ein bisschen schief aus und ich war mir nicht sicher, ob es so aussehen sollte oder ob es nur die Ungeschicktheit beim Frisieren war. Ich tippte mal auf Letzteres. Ich schrieb sie an, da ich an dem Nachmittag schon einige deutlich hübschere Frauen angeschrieben, aber noch keine Rückmeldung erhalten hatte. Conny antwortete prompt. Wir small-talkten ein wenig und tauschten die ersten Infos über uns aus. Sie schrieb mir, dass sie mit Freundinnen einen Tag zuvor auf einem Junggesellinnenabschied gewesen war und dabei auch einiges getrunken hatte. Sie war noch nicht ganz ausgeschlafen (so sah sie auf ihrem Profil-Foto auch aus). Sie erzählte mir von ihrem Beruf. Sie war Pflegerin in einem Pflegezentrum für ältere Menschen mit Behinderungen.

Sie sprach von der Arbeit mit den Pflegebedürftigen und auch davon, dass diese Arbeit gelegentlich etwas gefährlich war. Auf meine Frage, wie sie das meinte, erzählte sie mir einige Anekdoten über ihre Erfahrungen mit den Menschen, die sie pflegte. Bei der Arbeit konnte es einer Frau schon mal passieren, dass sie von den

„geistig benachteiligten Patienten" festgehalten wurde und diese sich ihr sexuell nähern wollten. Einige Senioren mit geistigen Behinderungen hatten erstaunlich viel Kraft und wenn da mal einer eine kleine, wehrlose Pflegerin zu packen hatte, konnte das schon mal unschön ausgehen. Davon hatte ich noch nie gehört und mir auch noch nie Gedanken dazu gemacht.

Conny war eine kleine Frau, so ca. 1,60 m groß und 27 Jahre jung. Sie war oben herum ganz normal gebaut, ihr Becken war seitlich etwas ausladender, aber nur ein bisschen. Ihre Beine wirkten eher etwas kurz in Relation zu ihrem Oberkörper. Auf den vielen Fotos, die sie von sich gemacht und auf TABOO eingestellt hatte, konnte man es gar nicht so richtig sehen. Ich weiß nicht wie, aber sie hatte sich stets so fotografieren lassen oder sich mit Fernauslöser selbst fotografiert, dass es aus der jeweiligen Perspektive nicht so erkennbar war. Ihr Hobby war die Fotografie und davon verstand sie eine Menge.

Wir beide chatteten über zwei Wochen sehr intensiv miteinander. Vom ersten Tag an hatte ich versucht, sie zu einem Date zu überreden. Sie war eine harte Nuss. Ihr fielen immer wieder Ausreden ein, warum sie sich nicht so voreilig mit einem Mann treffen würde. Ich hatte aus meinen wahren Absichten auch nie ein Geheimnis gemacht. Ich erzählte ihr, wie allen anderen zuvor auch, wie es um mich bestellt war. Ich schilderte ihr meine familiäre Situation und sprach auch über den Frust, den ich wegen meiner in den letzten Jahren fast sex-losen Beziehung hatte.

Sie erzählte mir viel von sich. Von ihrer Mutter, die früh an den Folgen eines Brustkrebses verstorben war. Von Ihrem Vater, der bei einem Arbeitsunfall auf einer Baustelle ums Leben gekommen war. Von ihrer etwas jüngeren Schwester, die eine geistige Behinderung hatte und mit der sie in dem geerbten, etwas herunter gewohnten Haus ihrer Eltern wohnte. Sie selbst war als Frühchen zur Welt gekommen. Sie hatte schon einiges erlebt, von dem viele andere und ich zum Glück verschont wurden. Sie war wegen des frühen Todes ihrer Mutter schon sehr früh auf sich selbst gestellt und nachdem der Vater durch den tragischen Unfall auch noch als Familienoberhaupt wegfiel, stand sie nur noch allein mit ihrer jüngeren, aber mittlerweile erwachsenen Schwester da. Ihre Schwester ging tagsüber in eine Art Tagespflege, wo sie arbeitete und von wo sie zum Feierabend wieder nach Hause gebracht wurde. Tja, ihr Schicksal war schon ein hartes Brot. Bei aller Ernsthaftigkeit zur ihrer Vita hatte sie aber trotzdem ihren Humor nie verloren. Wir verstanden uns sehr gut und hatten nach zwei Wochen das Gefühl, gegenseitig schon fast alles über einander zu wissen.

Eines Abends lag ich mit dem Smartphone im Bett und chattete wieder mit Conny. Und an jenem Abend gab sie meinen penetranten Aufforderungen, sich mit mir zu treffen, nach. Wir hatten uns schon einige Male über unsere sexuellen Wünsche und Bedürfnisse unterhalten und ich wusste von ihr auch bereits, dass sie mal eine längere Affäre mit einem verheirateten Mann gehabt hatte. Sie war im Besitz einiger Sex-Toys, die sie auch sehr häufig ausprobierte, und sie wurde bei jeder Unterhaltung im Chat so feucht, dass sie sich „hinterher erst mal einen runterholen musste" (Originalton Conny beim Chatten). Meine Fernwirkung war also schon mal positiv. 3.548 Chat-Nachrichten schrieben wir uns in nur zwei Wochen bevor wir uns auf einen Date-Termin festlegten. Wir besprachen, wann wir uns wo genau treffen wollten, was wir mit ins Hotel nehmen könnten und wie der Tag so ungefähr gestaltet werden sollte. Ich hatte ja mittlerweile schon Routine darin, die To-do-Liste abzuarbeiten. Eigentlich wollte ich sie bei sich zu Hause in ihrem Bettchen vögeln, aber das hatte sie beharrlich mehrfach abgeschlagen.

Conny und der erlösende „la petite mort"

Unser Treffpunkt war ein Parkplatz vor einem kleinen Bahnhof in einem kleinen Ort im Emsland, der so unbedeutend war, dass ich mittlerweile vergessen habe, wie er hieß. Dort stiegen wir aus unseren Autos aus. Wie ich schon eingangs sagte, sah sie nicht so aus, wie ich sie aufgrund ihrer vielen Fotos visuell abgespeichert hatte. Auf den Fotos wirkte sie, als wäre sie ein etwas anderer Typ. Real war sie sehr schüchtern, ja sogar etwas ängstlich. Beim Mailen kam sie mir tougher vor, so als hätte sie mehr Haare auf den Zähnen. Ihre Beine und Arme waren proportional ein wenig zu kurz. Ich war etwas irritiert, aber ich wollte es mir nicht anmerken lassen, da ich ihre Vorgeschichte kannte, und versuchte meine leichte Enttäuschung zu überspielen. Wir sahen uns also an, umarmten uns und gaben uns einen Kuss auf die Wangen.

Wir stiegen in meine schwarze Sternchen-Karre und ich fuhr zu dem Hotel, dass wir uns ein paar Tage vorher im Internet zusammen ausgesucht hatten. Dort angekommen, fragte ich die Dame an der Rezeption, ob das Zimmer auch schon so früh am Morgen bereit zum Einchecken wäre, so wie wir es am Telefon besprochen hatten.

„NEIN!" lautete die Antwort ... war es nicht!
„Mist!", lautete mein ebenso kurzer Gedanke.

Also setzten wir uns eine Weile in das Café, in dem überwiegend ältere Gäste ihr Frühstück zu sich nahmen. Es war ein ländliches Hotel mit sehr rustikalem Ambiente und sehr rustikalen Gästen, die diese Unterkunft als Zwischenstopp auf einer längeren Fahrradtour nutzten. Wir bestellten uns einen Kaffee und plauderten ein wenig. Die älteren Gäste, die in der Nähe unseres Tisches saßen, konnten unserer Konversation und der Art, wie wir uns unterhielten, sehr gut entnehmen, dass wir uns vorher noch nie begegnet waren und jeden Moment auf ein Hotelzimmer gehen würden. Was sich die älteren Paare hinter vorgehaltenen Händen dazu erzählten, konnte ich leider nicht verstehen, aber ich konnte es mir schon denken und an ihren Blicken ablesen.

Dann, nach etwa einer halben Stunde, kam die Erlösung. Die Dame von der Rezeption brachte uns den ersehnten Zimmerschlüssel und wir machten uns auf den Weg dorthin.

Auf dem Zimmer angekommen, legten wir unsere Taschen und Jacken auf die Stühle. Ein großes metallenes Bett im Burgschloss-Stil stand im Raum, mit der Kopfseite zur Wand, daneben die obligatorischen Nachtkonsolen. Ein großer Schreibtisch stand an einer Zimmerwandseite, daneben ein Kleiderschrank. An der Wand hing ein Flat-Fernseher. Neben dem Fernseher ging es durch eine Tür in das Dusch-Bad, das mit einer sehr geräumigen Dusche, einer Toilette und einem großen Waschtisch mit großen Ablagen ausgestattet war.

Während Conny eine große Digitalkamera aus ihrer großen, vollgestopften Tasche nahm und auf den Schreibtisch legte, verteilte ich die mitgebrachten Nahkampfsocken an allen strategischen Punkten: auf beiden Nachtkonsolen, am Fußende des Bettes, im Bad neben der Dusche und auf allen Fensterbänken. Also ... ich war so weit. ... aber Conny war noch sehr unsicher. Sie wusste nicht, wie sie sich verhalten sollte. Wohin mit dem Blick? Wohin mit den Händen? Sollte sie anfangen oder ich? In ihrem Kopf schien es kräftig zu rattern.

Ich machte uns die Flasche Sekt auf, die ich standardmäßig im Gepäck hatte, und schenkte uns zwei Gläser ein. Da es ein sonniger Sommermorgen war, zog ich die Vorhänge vor den Fenstern etwas zu. Sie dunkelten den Raum zwar kaum ab, aber dafür sah es schon etwas gemütlicher und intimer im Zimmer aus. Wir stießen an und nahmen einen Schluck. Conny brauchte noch etwas Zeit, um in dieser, für sie ungewohnten, Situation lockerer zu werden, und ich dachte mir, dass ein gepflegter Orgasmus für sie wahrscheinlich die beste Medizin in diesem Moment wäre. Also nahm ich sie an die Hand und wir setzten uns auf das Bett.

Wir nippten noch einmal an dem Glas, ich stellte beide Gläser auf die Nachtkonsole und strich Conny durch das Haar. Wir streckten uns, auf dem Bett sitzend, die gespitzten Lippen zu und küssten uns leidenschaftlich. Wir wuschelten uns dabei gegenseitig in den Haaren und ließen unsere Hände am Kopf des jeweils anderen, den Nacken hinunter streichend, am Körper herabgleiten. Wir umarmten uns fest, ohne den Kuss zu unterbrechen. Ich kraulte Ihre die Rückenpartie über die lange Bluse, die bis über ihren Po reichte. Über ihre Leggings streichelte ich ihre Oberschenkel, Knie und Unterschenkel bis zu den Füßen. Ihre Ballerinas hatte sie zwischenzeitlich ausgezogen. Als ich meine Hände mit streichelnden Bewegungen wieder nach oben über ihre Innenseiten der Beine gleiten ließ, wurde ihre Atmung heftiger. Im Schritt war es sehr warm und es pulsierte.

Von oben beginnend knöpfte ich Conny einen Blusenknopf nach dem anderen auf. Ich streifte ihr die lange Bluse langsam über die Schultern und Arme herunter. Sie schaute immer noch ein bisschen verlegen und wich meinem Blick in ihre Augen aus. Ich öffnete ihren bordeauxfarbenen BH und streifte ihn ebenfalls langsam ab. Im Sitzen küssend, drückte ich sie vorsichtig in die Waagerechte. Ich ließ von ihren Lippen ab und berührte mit den meinen ihr Kinn, ihren Hals und glitt mit der Zunge über ihren Oberkörper. Ihre schönen, wohlgeformten Brustwarzen waren sehr erregt und fest. Gänsehaut überzog ihren ganzen Körper. Ich liebkoste ihre mittelgroßen Brüste, ihren Brustkorb, ihre rasierten Achselhöhlen, die Innenseiten ihrer Arme bis zu ihren Handgelenken, ihre Körperseiten und arbeitete mich nach unten bis zu dem Bund ihrer Leggings, den ich langsam nach unten abrollte.

Ihr bordeauxfarbenes Höschen, passend zum BH, lachte mich an. Ich streifte ihr die Leggings komplett über die Hüften von den Beinen und warf sie hinter mich auf einen Sessel (... die Leggings natürlich ...). Ich liebkoste ihren Bauchnabel oberhalb ihres Höschens, machte an den Außenseiten ihrer Oberschenkel weiter und arbeitete mich mal mit den gespitzten Lippen, mal mit der feuchten Zunge hinunter zu ihren Knien, Unterschenkeln und dem Spann ihrer Füße. Die rechte Wade und das äußere Fußgelenk zierten je ein noch frisches Tattoo mit orientalisch anmutenden Schriftzeichen und Ornamenten. Unten angekommen, änderte ich die Richtung.

An den Innenseiten ihrer Unterschenkel glitt ich mit dem Mund wieder nach oben, passierte ihre Knie und blickte wieder auf ihr Höschen, dass mittlerweile die immer mehr werdende Feuchtigkeit in ihrer Muschi nicht mehr zu verbergen mochte. Ich deutete einen Biss in dieselbe an und sie zuckte am ganzen Körper zusammen. Mit meinen Schneidezähnen biss ich vorsichtig in den Bund ihres Unterhöschens und zog ihr dieses vorsichtig herunter. Mit meinen Händen half ich nach, um das kostbare Stückchen Stoff nicht zu beschädigen. Nachdem sie also splitterfasernackt vor mir auf dem Bett lag, widmete ich mich dem kleinen Unterschied, der unsere konsumorientierte Welt am Drehen hält - ihrer Pussy.

Und was ich da plötzlich im Mund spürte, hatte ich so noch nicht erlebt. Conny war ein Glückspilz. Sie hatte eine erregte und heftig angeschwollene Klitoris, die so groß wie eine dicke Erbse war. So groß und so erregt hatte ich eine Klitoris bis dato noch nie gesehen, geschweige denn im Mund ertastet. Es genügten bei Conny nur sehr wenige Berührungen und sie war auf 180. Und das konnte man auf dem ganzen Flur des Hotels und sicherlich auch sehr gut auf der Frühstücksterrasse hören, von der immer mal wieder Stimmen und Gelächter durch das offene Fenster ins Hotelzimmer drangen.

Bei jeder Berührung ihrer Klitoris mit meinen gespitzten Lippen und meiner gierigen Zunge schnaufte Conny durch die Nase und machte Geräusche, die schon sehr speziell waren. Speziell und laut. Die Geräusche erinnerten mich an Tierfilme, wenn beispielsweise ein Nashorn mit den Hufen scharte und dabei laut schnaufte, bevor es auf sein Opfer losrannte. Ich genoss es. Hörte es sich doch für mich wie eine Art tosender Applaus an ... standing ovations. Ich spielte mit ihrer Lustkurve. Mal leckte und massierte ich mit dem Mund die empfindlichen Stellen ihrer großen und kleinen Schamlippen, mal saugte ich ihr erbsengroßes Liebeskügelchen durch meine zusammengepressten Lippen und zwischen den Zähnen in den Mund, um dann mit der Zunge energisch daran zu massieren.

Um ihr zwischendurch eine kurze Erregungs-Pause zu gönnen, leckte ich ihr entlang der kleinen und großen Schamlippen weiter nach unten in Richtung ihres kleinen Po-Loches. Ich umkreiste ihre rosafarbene Rosette und stieß ihr meine feuchte Zunge in ihren noch etwas zugekniffenen Schließmuskel. Auch diese Form der Verwöhnung schien Conny gut zu gefallen. Immer wenn Connys Erregungskurve unmittelbar vor dem Höhepunkt stand, drückte sie ihre Füße fest in die Bettmatratze und hob ihr Becken an. Sie bebte vor Geilheit und sie ließ es alle, auch die Gäste draußen auf der Terrasse, wissen. Und dann ließ ich sie kommen. Ihr Höhepunkt endete in einem etwas unterdrückten Schrei. Sie war erlöst. ... erst einmal!

Ich ließ ihr danach die Ruhe, die sie brauchte, um sich etwas zu erholen. Ich legte meinen Kopf auf ihren Venushügel und gönnte mir auch eine kurze Pause.

Nach einer kurzen Weile legte ich mich auf den Rücken neben Conny und ließ Conny mal machen. Etwas hastig zog sie mir alle Kleidungsstücke aus und übersäte dabei meinen Körper mit vielen kleinen Küsschen auf meinen Mund, mein Gesicht, meinen Hals, meine rasierte Brust, meinen Bauch, meine Lenden, meine Ober- und Unterschenkel und zuletzt natürlich auch meinen kleinen, aber dabei immer größer werdenden Bo. Sie leckte erst um meinen rasierten Genitalbereich herum, dann die Eichelspitze, dann die ganze Eichel, lutschte an dem Schaft hinunter bis zum Sack und an der Sacknaht noch weiter bis zu meinem Anus. Dann wieder langsam nach oben zur Speerspitze, um diese dann genüsslich in ihrem gierigen Mund aufzusaugen. Mit schraubartigen, langen Handbewegungen spielte sie beim Blasen „Mütze - Glatze - Mütze - Glatze" mit dem kleinen, feuchten und harten Prügel. Hoch und runter, rein in den Schlund und wieder raus. Sie hatte Spaß daran und ließ es mich spüren. Sie ging aus der liegenden Position auf alle Vier. Ich gab ihr, während sie noch eifrig am Blasen war, mit lotsenähnlichen Bewegungen zu verstehen, dass ich sie in die neunundsechziger Stellung (Blasen und Lecken zeitgleich) manövrieren wollte.

Sie lutschte immer noch heftig an meinem Fleisch, hob langsam ihr rechtes Bein über meinen Kopf und öffnete mir dabei den Blick auf ihre Vagina. Darüber strahlte mich ihre vom Saft ihrer Pussy befeuchtete, glänzende Rosette an. Ich genoss den Blick auf diese sehr intimen Körperregionen, die nicht jeder sehen darf, und fasste Conny mit beiden Händen an den Außenseiten ihrer Hüften an, um mich mit dem Kopf und meiner ausgestreckten Zunge ihrer Vagina und ihrem Po-Loch zu nähern. Ich war so geil, dass ich ihr die Zunge ganz weit erst in ihre Scheide und dann in ihr geiles Poloch stieß. Und weil ich ihren „Applaus" so gern hörte, verwöhnte ich wieder ihre großen und kleinen Schamlippen und selbstverständlich auch ihre Lusterbse. Und da war sie wieder ... die Musik in meinen

Ohren. Die gehauchte und gestammelte Lust, die ihrem, mit meinem Schwanz gefüllten, Mund entwich.

Wir küssten und wir leckten und wir massierten mit unseren Zungen und unseren Lippen unsere empfindlichsten Körperregionen. Wir sogen uns gegenseitig unsere Geschlechtsteile in den Mund und ließen sie wieder heraus flutschen. Auch mein Stöhnen wurde dabei immer lauter und leidenschaftlicher, bis ich es mir nicht mehr zurückhalten wollte. Ich leckte Conny so intensiv, dass sie laut ihren Höhepunkt kundtat, und spritzte ihr dabei den Saft des Lebens in ihren darauf wartenden weit aufgerissenen Mund. Sie ließ nichts danebengehen und leckte mir den Samen vom Stoßbolzen, so als wäre es die lieblich, süße Kakaoglasur von einem Softeis. Ich leckte ihr die Po-Ritze und die Pussy, so als könnte ich sie trocken lecken. Aber es war vergebens. Sie hörte nicht auf, feucht zu bleiben.

Conny spreizte ihre Beine weit auseinander, ließ meinen Bo aus ihrem Mund gleiten, ohne ihn aus ihrer Hand zu lassen, und legte ihren Körper auf meinem ab. Sie bot mir dabei immer noch einen tiefen Einblick in ihr Weiblichstes. Ich küsste noch ein paar Mal ihre Po-Backen und ließ meinen Kopf in das weiche Kopfkissen sinken. Sie legte ihren Kopf auf meine Lenden und so verharrten wir eine Weile. Seelig und erschöpft schlossen wir die Augen.

Conny lag noch immer erschöpft im Bett, als sie sich seitlich von meinem Körper abrollte und ich langsam und lautlos aufstand, um ins Badezimmer zu gehen. Dort stellte ich die Dusche erst mal auf kalt und Gänsehaut machte sich auf meinem Körper breit. Ich gelte mich ein, wusch es wieder ab, trocknete mich nur oberflächlich ab und wollte mich wieder zu Conny ins Bett legen, als sie mir in der Badezimmertür schon entgegen kam. Auch Conny brauchte eine leichte Abkühlung. Ich klinkte mich ein und ging nochmal mit ihr unter die geräumige Dusche. Ich stellte uns die Dusche auf lauwarm, nahm das Duschgel und gelte ihren Körper ein. Im künstlichen Monsunregen, hinter Conny stehend, massierte ich ihren Nacken, dann die Schultern, ihre Arme, ihre Körperseiten, fasste ihr von hinten an die erregten Brüste, spielte mit ihren beiden Nippeln, ließ meine Hände über ihren flachen Bauch hinuntergleiten zu ihrem Venushügel bis zwischen ihre Beine. Ihre kleine Erbse wurde im Nu wieder eine große. Wie schon gesagt, sie brauchte nicht viel Stimulation und das Zentrum ihrer Genusszone war in Wallung. Ich massierte ihre Vagina, zog ein bisschen an ihren kleinen Schamlippen, übte ein wenig Druck auf ihre Klitoris aus und hauchte ihr dabei meine Lust sanft ins Ohr. Ihr gefiel die Kombination der Berührungen, Massagen und meine akustische Untermalung - das gehauchte Stöhnen. Sie stimmte mit ein. ... aber lauter.

Während ich mit der rechten Hand von hinten umklammernd ihre Pussy verwöhnte, nahm ich meine linke Hand mit viel Gel und streichelte ihr über ihren sexy Po. Ich streichelte ihre Pobacken sehr zärtlich und gab ihr dann einen Klapps auf die nassen selbigen. Unter der Dusche in dem gekachelten Badezimmer hallte es nicht schlecht. Es schien Conny zu gefallen. Also wiederholte ich dieses Prozedere ein paar Mal. Mal etwas sanfter, mal etwas fester und hörbar lauter. Genau wie sie ihre akustische Reaktion auf die jeweilige Behandlung. Wie ein Kätzchen schnurrte sie, wenn ich ihren Knackarsch streichelte und wie ein erschrockenes Mädchen hauchte sie schnapp-atmungs-artig ein, wenn der Klapps folgte. Die Intensität des Klapps´ bestimmte auch die Lautstärke ihrer Schnapp-Atmung. Mein Horn war zwischenzeitlich zu voller Größe wiedererwacht. Ich nahm mir zwischendurch immer wieder einige Spritzer Duschgel zu Hilfe, damit alle Berührungen sehr geschmeidig blieben. Mit viel Gel an den Fingern meiner linken Hand steichelte ich Conny zwischen den Pobacken. Ich strich dabei mit dem Mittelfinger über ihren Anus. Sie kniff ihn erschrocken zusammen. Ich wiederholte die Berührungen und erhöhte mit jeder Berührung ihrer Lust-Rosette ein wenig den Druck auf dieselbe.

Conny, die immer noch mit dem Rücken zu mir stand, drehte ihr Gesicht zu mir und streckte mir ihren Mund entgegen, spitzte ihre Lippen und wir küssten uns leidenschaftlich. Das war für mich die Einladung dazu, mit der analen Verwöhn-Behandlung fortzufahren. Während wir uns leidenschaftlich und artig oben küssten, massierte ich ihr unten unartig den Zeigefinger in den Po. Wieder kniff sie ihren Schließmuskel zusammen, ließ mich dann aber weiter gewähren. Ich übte mal mit einem, mal mit zwei Fingern, mal mehr und mal weniger Druck auf ihren Anus aus. Dann ließ ich einen Finger tief hineinfahren. Conny machte kreisende Bewegungen im Beckenbereich, als sie meinen bösen Mittelfinger in sich spürte. Sie presste ihren knackigen Arsch gegen meine Lenden. Und eh sie sich versah, spürte sie schon zwei böse Finger in ihrem After. Ich massierte ihr den Schließmuskel und Conny wurde immer entspannter durch diese Kur. Sie war bereit.

Ich griff unauffällig aus der Dusche zu dem Kondom, dass ich vorsorglich auf einer gefliesten Schambrüstung abgelegt hatte. Ich riss mit den Zähnen die Verpackung auf, nahm das Kondom heraus, rollte es mir über die hammerharte Latte und machte dort weiter, wo ich kurz zuvor unterbrochen hatte. Conny kreiste erneut mit ihrem

Becken, wohlwissend, dass nun ein etwas dickerer Finger, mein Elfter, in sie eindringen würde. Behutsam massierte ich noch einmal ihre lustvolle, mittlerweile etwas gierig wirkende Rosette. Ich fasste meinen Prügel, positionierte ihn genau vor Connys Anus und wartete darauf, dass sie mit etwas Druck die Penetration begann. Ich fasste Connys beide Knackarschbacken fest an, schob sie etwas auseinander, ihr Schließmuskel öffnete sich leicht und mein regenbemantelter kleiner Bo steckte sein Köpfchen in sie hinein. Ein lustvoller, gestöhnter Ton hallte durch das Badezimmer. Connys kreisende Bewegungen wurden stärker, ich schob ihr mein Lustfleisch erst ein bisschen, dann etwas tiefer und noch tiefer bis zum Anschlag in den Darm. Dabei massierte ich ihr zeitgleich die, nicht nur vom Duschen, wieder sehr feucht gewordene Muschi. Wir küssten uns dabei. Mein Pimmel kam immer mehr in Fahrt. Kurze Stöße nur mit der Eichel, lange Stöße, bis der Schaft versenkt war, und Variationen daraus bereiteten uns leidenschaftliche Lust. Manchmal waren ihre Beckenbewegungen so heftig, dass mein Bo heraus flutschte. Dann nahm sie ihn sofort wieder in die Hand, brachte ihn in den korrekten, zum Einführen optimalen Winkel und schien ihn mit ihrem Poloch förmlich wieder einzusaugen. Sie war hemmungslos ... viel hemmungsloser, als ich vorher dachte. ... und ich war es sowieso.

Aus dem anfänglich etwas schüchternen Mädchen, dass nicht wusste, wohin mit den Armen und den daran orientierungslos herumhängenden Händen, war eine Art Vamp geworden. Ihre Lusterbse musste wohl so etwas wie der Schalter gewesen sein, den man nur auf „Power on" stellen musste. In dieser Position, mein Schwanz in ihrem Arsch, meine Zunge in ihrem Hals, waren wir uns so vertraut, als würden wir uns schon seit Jahren kennen. Und dabei hatten wir vor drei Wochen noch nicht einmal gewusst, dass es den jeweils anderen überhaupt gab. Liebe verbindet. Im wahrsten Sinne des Wortes. Oder war es nur die Geilheit, die einfach mal ausgelebt werden musste?

Conny stemmte sich mit den Händen breitbeinig und breitarmig von den gefliesten Duschwänden ab. Sie machte dabei ein Hohlkreuz und überließ mir das Ruder. Den Kopf in ihren Nacken werfend, ließ sie das Duschwasser in ihren Mund laufen und spritzte es wieder mit einer tiefen Ausatmung gegen die Kacheln. Sie wollte nur noch empfangen. Ich hielt mit beiden Händen ihre Hüften von hinten fest, stieß und butterte mit meinem Sexsportler in ihren Hintern rein und raus und konnte ebenfalls meiner Lust, die emotionale, akustische Begleitung nicht mehr unterdrücken. Der Hodensack zog sich zusammen und was noch in den Eiern war, spritzte in die Lümmeltüte. Ein langes und lautes "Haaaa - Aaaaaaaahhh!", dessen Ausklang man die Erleichterung anhören konnte, drang aus unseren Kehlen, hallend durchs Bad und durchs angekippte Fenster nach draußen. Von draußen hörte ich händeklatschenden Applaus. ... oder war der Applaus nur eine „Freudsche Fehl-Leistung"?! ... ich weiß es nicht mehr.

Unter der Dusche dockte ich wieder aus Connys Fickarsch aus, striff mir das Latex-Regenmäntelchen ab, warf es ins Klo und wir gelten uns gegenseitig ein. Nach dem Abduschen gingen wir, nass wie wir waren, nach nebenan ins Schlafzimmer und legten uns auf das Bett. Ich öffnete eine Tüte Gummibärchen und eine Schachtel mit kleinen Schokoriegelchen und warf mir ein paar davon ein, um einer drohenden Unterzuckerung vorzubeugen. In halb liegender, halbsitzender Position naschten wir und nippten an unseren Millionärsbrausegläsern. Wir unterhielten uns über das, was uns gerade in den Sinn kam. Während wir sprachen, musste ich meiner Neugier mal wieder nachgeben und fragte Conny, was sie denn alles so in ihrer auffallend großen Tasche mitgenommen hätte, die sehr vollgestopft aussah. Sie schaute etwas verschämt. Da war er wieder. Dieser unschuldige und unsichere Blick. Sie wurde etwas rot, versuchte die Verlegenheit aber zu überspielen, öffnete die Tasche, drehte diese über dem Bett um und viele kleine, bunte Sexspielzeuge fielen heraus. Sie grinste und nahm eines nach dem anderen in die Hand. Wie eine Verkäuferin auf einer Tupperware-Party, die mir spontan noch ein paar Sex-Artikel aufschwatzen wollte, legte sie los:

„ ... also das hier, das pinkfarbene Etwas ... das ist mein kleiner Freund für unterwegs. Wenn ich mal spontan scharf werde, dann geh ich auf eine Toilette oder in Geschäften in eine Umkleidekabine und habe ein bisschen Spaß mit dem kleinen Dildo. Er ist etwas kleiner und nicht so intensiv. Ich kann mich ja in der Öffentlichkeit nicht so laut gehen lassen. Einmal habe ich ihn sogar in einem Beichtstuhl ausprobiert. Allerdings saß auf der anderen Seite der Luke nicht ein keuscher Pastor, sondern meine geile Freundin, die auch so einen hatte. Das war schon crazy, wie wir den heiligen Stuhl entweiht haben. Zum Glück war in dem Moment keiner in der Kirche. Wir wussten beide selbst nicht, dass ein leiser Schrei in einem gotischen Tempel so hallen kann ... hi hi hi!", kicherte sie und fuhr fort:

„ ... und der grasgrüne Dildo ... der ist für zu Hause. Der ist schön groß und sehr intensiv. Da wird es dann schon mal etwas lauter. Da schließe ich dann lieber die Fenster. Den lieben geräuschsensiblen
Nachbarn zuliebe. ... und diese bunten Liebeskugeln an der Schnur habe ich mal gesammelt, durchbohrt und dann selbst auf diese Schnurr gezogen. Ein Unikat. Unverkäuflich. Die benutze ich am liebsten in der Wanne. Da stecke ich mir erst die kleinen und dann die größeren in meine Pussy hinein. Und wenn alle drin sind, dann ziehe ich sie mir genüsslich eine nach der anderen wieder heraus. Manchmal auch ganz schnell. Das kickt. ... und dieser geht mit Batterien. Ein Vibrator mit verschiedenen Aufsätzen: glatte, genoppte, geringelte, blumengemusterte. ... diese bedruckten Geisha-Kugeln sind etwas schwerer. Die stecke ich mir im Sommer öfter mal in die Mumu und gehe dann damit shoppen. Das trainiert die Muskulatur in der Scheide, da man ja nicht möchte, dass sie herausfallen. Die machen dann beim Spazieren richtig geil. Wenn mir dann noch ein gutaussehender Mann dabei über den Weg laufen würde, dann könnte der in dem Moment alles mit mir machen, was er wollte, so spitz werde ich dann."
"Ist das schon vorgekommen?", wollte ich wissen.
„Nein noch nicht. Ich hatte mich noch nie getraut, es mir dann anmerken zu lassen, dass ich Lust auf Spontansex habe. Was wäre, wenn ich einen Korb bekäme?"
„No risk ... no fun!", erwiderter ich.
Sie lachte. Ich schaute mir ihre Liebes-Utensilien genau an, nahm sie in die Hand und schnupperte an einigen. Sie lächelte verlegen und sagte: „Alle sind hygienisch gewaschen. Die riechen nur nach Gummi oder Seife."

„Ich möchte aber, dass sie nicht nach Gummi riechen, sondern nach deiner Pussy!," flüsterte ich mit einem schelmischen und zugleich auffordernden Grinsen.

Sie schaute etwas errötend, versuchte aber tougher zu wirken, als sie es in dem Moment war und sagte:

„Tja .... was machen wir denn da? ... ich weiß es nicht."

„Ich auch nicht. Aber wir könnten es herausfinden.", schlug ich vor.

Mit einer Handbewegung räumte ich alle Sextoys von der Bettdecke und ließ sie auf den Teppich fallen. Den einen, den großen, hielt ich in der Hand. Eine Handschelle mit bunten Plüsch-Manschetten blieb auf dem Bett liegen. Die war mir in dem bunten Chaos noch gar nicht aufgefallen. Ich schaute auf den Zimmerboden und sah noch eine zweite. Ich nahm beide in die Hand, beugte mich über Conny, schaute ihr tief in die Augen und fragte sie nonverbal nur mit einem Augenaufschlag, ob sie Lust darauf hätte, sich fesseln zu lassen. Connys Augen wurden größer.

Sie rutschte in die Mitte des Bettes, lehnte sich zurück in die Kopfkissen und nickte leicht mit dem Kopf. Ich nahm ihre rechte Hand, legte ihr die geplüschte Handschelle um und fixierte sie am metallenen Kopfteil des Bettes. Das gleiche machte ich mit ihrer linken Hand. So wie Latten-Jupp am Kreuz hing, so lag sie da im Bett. Die Arme vom Körper weggestreckt, die Knie aneinander geschmiegt. Nur sehr viel erotischer und vor allem: weiblicher. Ich nahm den auserwählten Dildo wieder in die Hand und rollte ihn über ihre Schienbeine hoch zum Knie. Dann über die Außenseiten ihrer Oberschenkel, ihre Lenden, über ihren flachen Bauch bis zu ihren Brüsten. Um ihre hart gewordenen und weit abstehenden Nippel kreiste ich am Rand ihres Warzenhofes. An ihrem Hals strich ich das Ding so, dass sie mit dem Kopf mal nach links, mal nach rechts drehte. Ich streichelte ihr das Kinn und die Lippen. Sie schnappte mit dem Mund nach dem Dildo. Ich zog ihn schnell weg, um ihn dann wieder anzubieten. Sie schnappte erneut danach. Ich ließ sie das Spielzeug in den Mund nehmen und sie lutschte daran, als wäre es ein dahin schmelzendes Softeis in der Sommersonne.

Ich zog es gegen ihren saugenden Widerstand wieder aus ihrem Mund und streichelte in Zick-Zack-Bewegungen Richtung Bauchnabel und über den Venushügel bis zu ihrer wieder einmal sehr feucht gewordenen Möse. Sie öffnete die Beine ein Stückchen. Aber ich wollte sie noch etwas zappeln lassen und glitt mit dem Sextoy an den Innenseiten ihrer Oberschenkel bis zu den Fußgelenken. Sackgasse! Also wieder nach oben. Bis vor ihre von Körpersäften glänzende Muschi. Ich nahm meine linke Hand zu Hilfe und spreizte mit Zeige- und Mittelfinger ihre großen und kleinen Schamlippen ein bisschen auseiander und setzte den Dildo am Mumu-Eingang an. Behutsam führte ich ihr liebstes Spielzeug in die lustvolle Grotte. Sie genoss es.

Wehrlos, hilflos, aber spitz wie Nachbars Lumpi machte sie mit ihrem Becken kreisende Bewegungen. Sie stemmte ihre Füße in die Matratze und hob dabei ihr Becken an. Ihre Hände krallten sich vor Erregung an dem Bettgestell fest. Eigentlich wären ihre Handschellen in dieser Position nun überflüssig, so sehr fixierte sie sich aus eigener Kraft. Aber der Umstand, sich, wenn sie es doch gewollt hätte, nicht wehren zu können, schien ihr besonders große Erregung zu verleihen. Ich penetrierte sie mit kurzen und langen, mit langsamen und schnellen Bewegungen des Dildos in ihrer Scheide. Sie hauchte, sie stöhnte, sie schnappte nach Luft, sie schnurrte und grollte, so wie ihr gerade zumute war. Ihr Körper spannte sich komplett an, entspannte sich zwischendurch wieder, sie machte kreisende Bewegungen mit dem Becken, hob es an und ließ es wieder auf die Matratze fallen und machte die Bewegungen, die man sonst bei einem richtigen Fick machte. Ich zog den Dildo ganz langsam nach oben heraus und sie folgte meiner Hand mit ihrer

Muschi so weit nach oben, wie es ging, so als wollte sie ihr Spielzeug nicht loslassen. Als er fast rausrutschte, steckte ich ihn ihr wieder langsam tief hinein und sie senkte dabei wieder ihr Becken. Wir wiederholten es einige Male.

Während ich Conny mit ihrem Dildo verwöhnte und mein Blick über den Teppichboden des Hotelzimmers wanderte, fiel mir die bunte selbstgebastelte Glaskugelkette in Reichweite auf, von der Conny gerade schon gesprochen hatte. Ich streckte meinen Oberkörper aus dem Bett und musste dabei den Dildo kurz loslassen, griff dann dort hin, wo die Kugelkette lag, hob sie auf und feuchtete eine Kugel nach der anderen mit etwas Spucke an. Ich nahm die erste rote Kugel am Anfang der Schnur und drückte sie Conny gegen den After. Sie bot der Kugel anfangs noch ein bisschen Widerstand, ließ sie dann aber bereitwillig einführen. Dann nahm ich die grüne Kugel und steckte ihr auch die in den Po. Dann die gelbe, die blaue, die orangene, die pinke, die lilafarbene und zuletzt die schwarze Kugel. Während dieser Einfuhr auf Raten vergaß ich nicht, mit dem Dildo ihre Vagina zu stimulieren. Ihre Atmung verriet mir: Conny war heiß und erneut bereit. Ich nahm noch meine Zunge hinzu, um ihr zeitgleich beim Dildo-Fick die supergroße Lust-Erbse zu lecken. Conny wurde lauter und lauter und als sich ihr Körper zur totalen Anspannung streckte und ihre Atmung, in Hyperventilation umzuschlagen drohte, zog ich ihr langsam und gleichmäßig eine bunte Kugel nach der anderen gegen ihren leichten Widerstand an der Schur aus ihrem Knackarsch. Nach der letzten Kugel, die sie mit ihrem Schließmuskel noch etwas länger festhielt, folgte ein Schrei. Sie war erlöst.

Die Anspannung wechselte in totale Entspannung. Conny ließ ihr Becken auf das Bett sinken, streckte ihre Beine von sich, ließ die Arme, an den Handschellen hängend, baumeln und drehte mit dem Kopf 8-förmige Bewegungen in das Kopfkissen, um ihren Nacken zu entspannen. Mit Hilfe ihrer Vaginal-Muskulatur presste sie den

Dildo, der noch tief in ihr steckte, heraus. Er ploppte auf das Bettlaken. Sie sah erfüllt und glücklich aus. Conny schloss die Augen.

Drei kleine Tode war Conny nun schon gestorben. Oder waren es schon mehr gewesen? Beim Lecken war ich selbst immer so geil und in Rage, dass ich nicht so darauf geachtet hatte, ob sie einmal oder mehrmals gekommen war. Außergewöhnlich laut und leidenschaftlich war sie dabei auf jeden Fall. Sie lag noch immer auf dem Bett. Alle Extremitäten von sich gestreckt und die Hände immer noch an das Bettkopfteil gefesselt, lag sie regungslos da. Ich stand auf und ging ins Badezimmer. Kalt duschen. Fertig geduscht und abgetrocknet ging ich wieder in das Schlafzimmer. Conny döste mit geschlossenen Augen vor sich hin. Ich setzte mich auf das Bett, zog mich leise und unbemerkt wieder an, nahm meine Tasche und ging zur Tür. Als ich die Tür leise aufschloss und die Türklinke runter drückte, war Conny plötzlich wieder hellwach. Sie schaute mich mit großen, ängstlichen Augen an, zog an den Fesseln und wurde dabei panisch.

„Wo willst du denn jetzt hin?", fragte sie mich mit erregter, zitternder Stimme.

„Meine Eier sind leer!", sagte ich, "ich fahr jetzt mal nach Hause", und lächelte charmant.

„Aber, ... was ist mit mir? Du kannst mich doch hier nicht so angekettet liegen lassen ...?"

„Kann ich nicht? ... Doch... kann ich wohl", sagte ich und lächelte sie erneut provozierend an.

Conny wollte gerade ausholen, um mich zu beschimpfen, da schloss ich die Zimmertür von innen wieder ab, warf die Tasche in die Ecke, sprang lachend auf das Bett, stand wie ein Hund auf allen Vieren über ihr und schleckte ihr wie ein Vierbeiner das Gesicht.

„Das war doch nur ein Scherz", gestand ich ihr.

„Ich lasse dich doch nicht nackt und gefesselt hier im Hotelbett liegen."

Conny wusste nicht so genau, ob sie mir wegen dieses schiefen Humors ihr Knie in die Eier rammen oder einfach nur mitlachen sollte. Sie versuchte es dennoch mit dem Letzteren. Ich suchte auf dem Boden die Schlüssel für die Fesseln und schloss sie auf. Conny fasste sich an die befreiten Handgelenke und rieb sich die Haut im Uhrzeigersinn und zurück, um die Spuren, die die Handschellen hinterlassen hatten, aus ihrer Haut zu massieren. Ich zog meine Klamotten wieder aus und legte mich nackt neben sie auf das Bett. Wir unterhielten uns über dies und das. Machten noch ein paar Scherze zu der prekären Situation, in die ich sie gebracht hatte. Über die Handschellen, ihre Wehrlosigkeit, ihre Ohnmacht, als ich sie glauben ließ, dass ich sie nackt und am Bett fixiert im Hotelzimmer zurücklassen wollte. Wir fantasierten herum, wie die Situation wohl hätte weitergehen können, wenn ich das Hotelzimmer tatsächlich verlassen und sie so zurückgelassen hätte. Wir kramten noch ein bisschen in ihrer Sextoy-Sammlung und probierten einige davon aus.

Nachdem ich nach einer weiteren Nummer, erschöpft und ermattet, auf dem Bauch liegend, im Bett lag und Conny gerade aus dem Bad kam, hörte ich, wie sie sich nach etwas auf dem Boden liegenden bückte. Sie nahm es, sprang auf das Bett, setzte sich so auf mich drauf, dass ich ihr nicht entkommen konnte und ich ahnte schon Böses. Sie nahm erst meine rechte Hand, ich hörte nur noch das Zuschnappen der Handschelle, und sofort danach die linke. Fest am Bett fixiert und nun leider genauso ohnmächtig, dieser Situation zu entkommen, wie Conny einige Sequenzen zuvor, lag ich da und hoffte nur, dass Conny nicht das zu Ende führen wollte, was ich einige Nummern zuvor angedeutet hatte. Angekettet am Bett dahin zu vegetieren und erst am nächsten Tage beim Putzen gefunden zu werden oder das Hotel zusammenzuschreien, um dann vorzeitig befreit zu werden, wären zwei Möglichkeiten gewesen. Viele

Optionen hätte ich nicht gehabt. Doch es kam anders. Conny nahm eine kleine braune Glasflasche, die aussah wie ein Medizinfläschchen, aus ihrer Tasche. Die große Tasche hatte noch ein kleines Fach mit einem Reißverschluss, das mir noch gar nicht aufgefallen war.

„Was kommt denn jetzt?", fragte ich sie. Doch Conny grinste nur selbstbewusst und überlegen.

„Sind das K.o.-Tropfen?", fragte ich Conny. „ ... die brauche ich nicht mehr. Ich bin doch schon k.o. Oder ist es Säure? Dir traue ich alles zu. Du bist bestimmt ein Psycho ... stimmt´s?", scherzte ich und konnte dabei mein Unbehagen nicht so gut überspielen. Conny drehte den Verschluss der Flasche ab, drehte sie um, spritzte mir das Zeug auf den Rücken und rief:

„Ja, richtig. Es ist Salzsäure", und lachte dabei laut, überlegen und dreckig.

Ihrem hinterhältigen Lachen nach hätte ich es ihr sogar geglaubt, wenn da nicht dieser penetrante aber angenehme Duft von Kiefernwäldern gewesen wäre. Sie rieb mir die glitschige Flüssigkeit über den kompletten Rücken.

„Das gute alte Massageöl war es also. Da habe ich ja noch mal Glück gehabt", flüsterte ich ins Kopfkissen.

Conny war sehr damit beschäftigt jeden Quadratzentimeter meiner Rückenpartie mit dem Öl zu benetzen und massierte mich mit ihren geschickten Händen. Sie knetete meinen Nacken, meine Schultern, meine Oberarme, meine Unterarme, die Hände, die einzelnen Finger, die Flanken meines Körpers und besonders genüsslich meinen schon etwas älteren, aber immer noch sehr ansehnlichen, faltenlosen Arsch. Sie knetete, sie kniff, sie rubbelte, sie streichelte und sie genoss jede meiner Reaktionen auf die jeweilige Berührung. Sie massierte auch meine Oberschenkel, erst von außen, dann die Waden, Achillessehnen, meine Fußsohlen, jeden einzelnen Zeh und dann an den Innenseiten meines Unterschenkels, an den Knien entlang, bis zu den Innenseiten meiner Oberschenkel. Oben im Schritt angekommen, griff sie mir an den Sack und nahm ihn fest in ihre Hand. Sie knetete mir meine, mittlerweile auf Rosinengröße und -optik reduzierten, ausgelutschten Eier und vergaß auch meinen wieder anschwellenden Charmebolzen nicht.

„Wenn das die Rache für meine Aktion gerade war, dann habe ich aber großes Glück gehabt", sprach ich zu Conny.

Dann ließ Conny beide Hände von mir ab und nahm noch eine Hand voll Öl aus der Flasche. Da ich mit dem Gesicht im Kopfkissen nicht sehen konnte, was sie da gerade hinter meinem Rücken machte, ließ ich es mal so auf mich zukommen.

„Bestimmt eine neue Massage-Technik", dachte ich mir und freute mich schon darauf.

Doch dann spürte ich einen unverhofften, glitschig, feuchten Druck auf meine Rosette, der von einem harten, anfangs undefinierbaren Gegenstand ausging.

„NEIN", rief ich und wusste Sekunden später, was nun folgen sollte.

Conny hatte ihren supergroßen Dildo eingeölt und positionierte ihn schon mal vor meinem After.

„Na Bingo ... volle Punktzahl!", lächelte ich mit gespielter Begeisterung.

„Jetzt kommt MEINE RACHE für vorhin!", betonte Conny triumphierend.

Ich kniff meinen Arsch zusammen und wollte mich wehren, aber die Aussichtslosigkeit meiner fatalen Situation wurde mir schnell bewusst und so harrte ich der Dinge, die nun folgen sollten. Ich versuchte mich im Analbereich ein wenig zu entspannen.

Es ist nicht so, dass Conny mich nun mit ihrem Spielzeug von hinten hätte entjungfern können. Dafür hatte ich mir in meiner experimentellen Sturm-und-Drang-Zeit schon zu viele andere kleine und große Dinge zweckentfremdet in den Arsch geschoben. Anfangs nur kleine Plastikutensilien, wie Filzstifte, die Griffe von unterschiedlich geformten Schraubendrehern - Regenschirme haben oft auch einen sehr interessant geriffelten Griff - und einmal hatte ich mir während meines Studiums sogar den dicken, hölzernen, kugelförmigen Knopf auf der Spitze eines englischen Kleiderständers, wie man ihn damals aus fast jeder Spelunke kannte, der bestimmt einen Durchmesser von ca. 60 mm hatte, in meinen rückwärtigen Ausgang gebuttert. Das war zwar etwas schmerzhaft, hatte aber gut geölt irgendwie auch gepasst und gekickt.

Aber damals hatte ich alles selbst im Griff und nun lag ich hier wehrlos auf dem Bett eines Hotelzimmers, beide Hände mit schicken Plüschfesseln an das metallene Kopfteil gekettet und eine Frau auf meinen Beinen sitzend, die noch eine Rechnung mit mir offen hatte und zu allem fähig war. Ich verkrampfte. Conny nahm ihre Hände zu Hilfe und massierte mit ihren geölten Fingern meinen After. Es war glitschig und brannte ein wenig aufgrund der ätherischen Öle, aber es war auch angenehm erotisierend. Ich nahm die Anspannung aus meinem Schließmuskel und überließ Conny das Feld. Sie massierte meinen Arsch, meine Rosette und spreizte mit Zeige- und Mittelfinger in V-Stellung meine Pobacken auseinander. Den großen Dildo presste sie mir nun gegen meine Rosette und der Muskel öffnete sich langsam.

Das Ganze begann langsam Spaß zu machen. Sie führte mir ihren bösen Plastikknüppel ganz langsam und behutsam ein. Stück für Stück versank er in meinem „Rücken". Conny perforierte mich mit ihrem Dildo in der einen Hand und mit der anderen massierte sie mir die Eier und den kontaktfreudigen Lümmel, der in den letzten

Wochen schon einige interessante Anekdoten zu erzählen gehabt hätte, wenn er hätte sprechen können. Conny war bei dieser Spezialbehandlung sehr einfühlsam und geschickt. Sie begriff schnell, was für mich unangenehm war und wie ich es mochte. Mal langsam, mal etwas fester schob und rammte sie mir das Teil in den Darm. Ich hob mein Becken etwas an, damit sie mir mit der anderen Hand besser am Pimmel schrubben konnte. Ich wurde immer spitzer und geiler und nachdem Conny alle Register gezogen und mich soweit hatte, spritzte ich meine körpereigene, gesalzene Dosenmilch ins Bettlaken.

„Ich kann nicht mehr", seufzte ich und gab auf.

Langsam zog Conny mir ihren Plastik-Phantastic-Lover aus dem Hintern, suchte die Schlüssel für die Handschellen, um mich dann zu erlösen, und legte sich neben mich mit ihrem Kopf auf meinen Po und streichelte mich am Sack. Sie gab mir einen dicken Kuss auf die eine Arschbacke und biss mir in die andere. Das Stück Fleisch, dass sie mir aus der anderen Backe biss, kaute sie genüsslich und schluckte es herunter. ... ähh ... ach nein, doch nicht ... das mit dem Herausbeißen, Zerkauen und Herunterschlucken träumte ich einige Nächte später nur ein paarmal. Ich sollte vielleicht nicht mehr so viele Horror-Filme schauen.

Nach einer etwas längeren Erholungspause und einem erneuten Duschbad lagen wir zwei wieder auf dem Bett und unterhielten uns. Wie ich schon beim Chatten erfahren hatte, war Conny begeisterte Hobby-Fotografin. Mein Talent in dieser Sparte war eher mittelmäßig. Conny sprach von den verschiedenen Shootings, die sie mit Freundinnen oder auch ganz allein in der Natur gemacht hatte. Auf ihrer FRATZEN-BIBEL-Seite hatte sie mehrere Alben angelegt mit Themen wie Blumenblüten, Bäume, Wiesen, Seen, Spaß mit Freundinnen, Schnappschüsse auf Partys und dergleichen. Besonders gut gefielen mir stets ihre Portrait-Fotos. Wie ich eingangs schon sagte, hatte sie das Talent, die richtige Perspektive zu finden. Auf vielen ihrer Fotos sah sie ganz anders aus als real, obgleich man sie aber auf allen Fotos dennoch gut erkennen konnte. Sie war auf den Fotos auch nicht so übermäßig geschminkt, sodass das der Grund gewesen sein könnte. Es waren wohl eher der jeweilige Blickwinkel, aus dem die Fotos geschossen wurden und das Spiel von Licht und Schatten, die den Fotos einen besonders künstlerischen Charakter verliehen. Sie fragte mich, ob sie mich fotografieren dürfe.

„Hmmm ... ja", war meine zögerliche Antwort.
„ ... aber nur, wenn du die Fotos nur für dich behältst und nicht anderen zeigst oder sogar auf FRATZEN-BIBEL veröffentlichst!"

Sie versprach mir hoch und heilig, meine Wünsche zu achten. Sie nahm den Fotoapparat, eine große Spiegelreflexkamera, mit einem größeren Objektiv vom Schreibtisch und stellte alle Parameter ein. Die Vorhänge vor den Fenstern öffnete sie, um mehr Licht ins Zimmer zu lassen. Sie gab mir Anweisungen, wie ich mich hinzulegen oder hinzusetzten hatte, bevor sie den Auslöser drückte. Ich posierte für sie, so wie sie es befahl. Sie fotografierte mich in allen

Lebenslagen, spielte mit direktem und indirektem Licht, dunkelte den Raum wieder ab, um eine andere Stimmung zu erzeugen, und hatte Spaß daran. Zwischendurch zeigte sie mir die geschossenen Fotos auf dem Display der Kamera, um mich weiter zu motivieren. Die Fotos waren sehr schön und sehr ästhetisch. Obwohl ich noch nicht einmal durchtrainiert aussah, kam ich auf den einzelnen Fotos sehr gut weg.

„Alles eine Frage der Perspektive und des Lichtes!", betonte sie zwischendurch.

Conny machte Fotos von vorn, von der Seite, von hinten, von außerhalb des Bettes aus der Frosch-Perspektive, über mir auf dem Bett stehend aus der Vogel-Perspektive. Sie schoss Details meines Körpers, meinen Bizeps, meinen Po, meinen Bo, dem nur noch zum Hängen zumute war, mein Gesicht aus allen Richtungen und vieles mehr. Nachdem sie alle Stellungen hatte, schlug sie mir vor, dass ich sie verewigen sollte. Ich willigte ein. Ich nahm die Kamera und Conny, die schon etwas mehr Erfahrung als Hobby-Model hatte, posierte in allen Attitüden, die man so aus dem Fernsehen kannte. Sie spielte mit ihrem Augenaufschlag, machte Grimassen, schaute ganz unschuldig, dann wieder wie ein Vamp, versteckte ihre Brüste hinter gekreuzten Armen, versteckte ihre Scham, rollte sich zusammen, mal wie ein ängstliches, kleines Mädchen, mal wie eine toughe Lolita, sie machte verschiedene Gesten und Gebärden.

Sie legte sich auf den Bauch, legte ihren Kopf auf ihre verschränkten Arme, kreuzte ihre Unterschenkel übereinander und schaute mit leerem Blick zum Fenster. Mit jeder neuen Pose machte ich ein paar Fotos von ihr. Sie zog ihren rechten Fuß bis zum Po heran, drehte ihren Kopf in die andere Richtung. Dann drehte sie sich in eine Seitenlage, schmiegte die Knie zusammen, um ihre rasierte Pussy vor dem Objektiv zu verbergen. Sie setzte sich auf das Bett, zog beide Beine parallel an, sodass ihre Füße ihren Po berührten, und strich sich mit beiden Händen durch ihr Haar. Dabei schaute sie mal nach links unten, mal nach rechts oben, mal hinter sich, mal an die Zimmerdecke und mal direkt in das Objektiv. Den verschämten, unsicheren und dennoch sehr erotischen Lolita-Blick mit dem nach unten geneigten Kopf und den zu mir schauenden, fragenden Augen hatte sie besonders gut drauf.

Ich hatte schon wieder Lust darauf, Conny zu poppen. Aber mein Bo war platt von den diversen Orgasmen an diesem Tag. Also brauchte ich einen anderen Kick. Ich wollte Fotos mit dem Blick auf alles Weibliche an ihr. Die Details. Ich gab ihr Anweisungen, wie sie sich hinlegen sollte. Ich nahm meine Hände zu Hilfe und brachte sie in die unterschiedlichsten Körperhaltungen, um dann mit der Kamera auf die Details zu halten. Sie lag auf dem Rücken, spreizte ihre Arme auf meinen Wunsch vom Körper ab, spreizte ihre Beine in demselben Stil und ließ sich ihren erotischen Körper aus allen Blickwinkeln fotografieren. Sie nahm ihre Brüste in die Hand und puschte sie in die Kamera. Sie spielte mit den Fingerspitzen an ihren Nippeln, streichelte sich ihren Körper an jeder Stelle und die Muschi mit breit gespreizten Beinen. Sie war wieder einmal sehr feucht untenherum. Ich fotografierte sie in den Posen von oben, aus weiterer Entfernung aus der Richtung ihrer Füße, von der Seite und von ganz dicht davor. Conny kam wieder in Wallung und ich dachte nur:

„Schade, dass die Fotos ohne Ton sind!" Mit verstellter, tiefer Stimme schlug ich Conny vor:

„Mach es dir selbst ... Conny!"

... und sie machte es sich selbst. Conny schnaufte durch ihre weit aufgestellten Nasenlöcher. Ich fotografierte alles, was mich in diesem Moment geil machte. Ihren Gesichtsausdruck bei ihrer Lust, ihre schönen Brüste mit den senkrecht hochstehenden Brustwarzen, die Gänsehaut, die sie dabei überkam, die Beine, die sie mal anspannte und mal wieder entspannte, ihr Becken, das sie beim Masturbieren anhob und wieder auf das Bett fallen ließ, ihre Beine, die sie mit den Knien bis zu ihrer Brust anzog, um mir den völlig freien Blick auf und in ihre Liebesgrotte zu gewähren. Ich fotografierte alle Details mit der Zoom-Funktion des Objektives. Die komplette feuchte Muschi, die großen und die kleinen Schamlippen, das Loch, das durch das seitliche Ziehen an den Lippen immer größer wurde und mir die alltägliche Perspektive eines Gynäkologen bot. Conny nahm einen ihrer Dildos und spielte mit ihm herum. Sie leckte an dem Plastic-Phantastic-Lover, strich ihn über ihre Brüste, ihren Bauch, ihren Venushügel, ihre Körperflanken, drehte sich auf die Seite mit dem Rücken zu mir und kreiste mit dem Sextoy über ihre Arschbacken und um ihre Rosette herum. Dann legte sie sich wieder auf den Rücken, zog die Beine wieder mit den Knien bis zum Brustkorb an sich, stimulierte mit der freien Hand ihre Möse, holte mit zwei Fingern etwas von ihrem vaginalen Saft aus ihrer Scheide und befeuchtete damit die Schamlippen und ihren After. Alles glänzte vor Geilheit ... besonders meine Augen. Mit dem Dildo näherte sie sich ihrem Lustzentrum, rubbelte sich damit über den Venushügel, nahm ihre freie Hand und spreizte mit Zeige- und Stinkefinger ihre Schamlippen. Ich lichtete alle Details mit der Kamera ab und ging so nah ran, wie es ging.

Conny steckte sich den dicken Dildo in ihre kleine Katze und machte erst langsame und dann immer schnellere Fick-Bewegungen mit dem Liebesschläger und ihrem Knackarsch. Nach vielen Rein-Raus-Bewegungen zog sie sich das Ding komplett aus ihrer Muschi, drehte sich wieder auf die Seite, mit dem Rücken zu mir und streckte mir ihren Hintern entgegen. Ihre vom Vaginasaft immer noch feuchte Rosette, sollte nun in den Fokus ihrer Begierde rücken. Sie massierte sich mit den Fingern der freien Hand ihren Anus, steckte sich erst einen, dann zwei und dann drei Finger in das Poloch, bis dieses elastisch und aufnahmebereit war. Nun setzte sie den Plastik-Knüppel vor ihre Rosette, streckte den Popo noch ein bisschen weiter zu mir aus, zog die Beine noch ein bisschen mehr zum Körper und stieß sich den Dildo, unter verbaler Begleitung der totalen Erregung, langsam, aber stetig in den Darm bis zum Anschlag:

„Uuuuuuuuuuuuuuuuuuuuhhhhhhhhhhhh ... !!!"

Sie zog ihn fast ganz wieder heraus - änderte aber im letzten Moment wieder die Richtung. Sie fickte sich mit dem Teil in den Arsch, als gäbe es kein Morgen mehr. Während sie sich anal fickte, masturbierte sie sich mit immer lauter werdender, akustischer Untermalung in Form von lustvollen Stöhn-Lauten zum vaginalen Höhepunkt. Im Blitzlicht-Gewitter konnte ich noch ein paar letzte Fotos von Connys Ekstase schießen ... dann war der Akku der Kamera leer. ... und Connys auch. Ich hätte mir bei diesem Anblick und der Stimmung im Hotelzimmer auch noch so gern einen runter geholt ... aber der kleine, an diesem Tage arg herangenommene Casanova, die rote, linke Gewerkschafts-Socke, zog es vor, meine Gelüste im Hängestreik zu konterkarrieren.

Conny und ich waren nach den zurückliegenden Aktionen ausgepowert. Wir legten uns entspannt auf das Bett, umarmten uns, naschten von den Resten der Süssigkeiten, tranken noch etwas dazu und gönnten uns noch ein bisschen Ruhe. Nach einer Weile der Entspannung entschieden wir uns im Einvernehmen, dass wir den Abenteuertag langsam ausklingen lassen wollten. Da Conny morgens beim Packen ihrer großen Tasche sehr geistesanwesend gewesen war und ein Ladekabel für die Kamera eingesteckt hatte, konnten wir uns, auf dem Bett chillend, das eine oder andere Foto auf dem Display ansehen und Conny versprach mir, dass sie mir die Fotos von sich und von mir zumailen würde. Wir duschten noch ein letztes Mal, trockneten uns gegenseitig ab, zogen uns wieder an, nahmen unsere Sachen und verließen das rustikale Landhotel, dessen Hotelzimmerwände nach diesem Nachmittag noch ein bisschen mehr zu erzählen hatten, als noch am selbigen Morgen dieses verrückten Tages.

Mit Conny chattete ich in dem Sommer 2011 noch das eine oder andere Mal. Und in unregelmäßigen Abständen hatte ich sie bis dato immer mal wieder angeschrieben. Heute hat sie einen Freund, mit dem sie schon ein paar Monate in einer festen Beziehung zusammen lebt und mit dem sie, wie sie betont, sehr glücklich sei. Eine Wiederholung des Erlebten scheint für mich somit für die nächste Zeit also eher unwahrscheinlich. Ich war nun schon rund drei Monate bei TABOO angemeldet und konnte bereits auf viele lose Chat-Bekanntschaften zurückschauen. Drei von ihnen hatte ich bis dato schon bis ins kleinste Detail leibhaftig und in Aktion und Ekstase kennenlernen dürfen. So viel Abwechslung hatte ich in den zurückliegenden Jahren natürlich nicht gehabt. Was aber auch nicht bedeuten soll, dass ich in den letzten 18 Jahren ein Kind von Traurigkeit gewesen wäre.

In der Zeit, als ich mit meiner Frau schon mehr als sechs Jahre zusammen wohnte und lebte, also im „verflixten siebten Jahr", war ich mal mit meinem Ex-Geschäftspartner zu einer Art „Arbeits-Urlaub" aufgebrochen. Mein damaliger Geschäftspartner hatte, wie ich leider erst Jahre später feststellte, grammatikalische Defizite bezüglich der Possessivpronomen. Er konnte zwischen „mein" und „dein" nicht unterscheiden, oder anders ausgedrückt: Er hatte mich um hohe Honorarsummen beschissen. Während des Arbeits-Urlaubes wollten wir zusammen mit vier weiteren Personen auf Mallorca eine ältere, unfertige Finka, die er und seine beiden Gesellschafts-Kollegen mal von Schwarzgeld gekauft hatten, fertig renovieren. Statt eines Lohnes für die handwerklichen Tätigkeiten waren Hin- und Rückflug, Unterkunft, Verpflegung, Getränke und ein bisschen Freizeit-Animation für diejenigen, die keine Anteile an der Finka hatten, umsonst. Der Arbeits-Urlaub dauerte mit An- und Abreise elf Tage.

Nachdem wir am ersten Tag bei unmenschlich heißen Temperaturen auf der Finka-Baustelle gearbeitet hatten, gingen wir zu sechst abends raus, um zusammen in geselliger Runde die spanische Küche zu genießen und den Tag ausklingen zu lassen. Wir aßen auf einer gemütlichen Dachterrasse vor einem schnuckeligen Restaurant in einem Touristenort namens Peguera im Westen von Mallorca. Die anderen fünf waren zum Teil einige Jahre älter als ich oder sahen zumindest so aus. Nach einem kulinarischen Abendmahl mit mehreren Gängen und einigen Krügen Rotwein entschloss ich mich, den Rest des Abends und der Nacht nicht mit den Mitgereisten mit sinnentleertem Saufen zu vergeuden, sondern, mich von ihnen abzuseilen, um auf eigene Faust noch etwas Schönes zu erleben. Ich ging irgendwann aufs Klo, und nach dem Urinieren verpisste ich mich klammheimlich durch die Hintertür. Ich wollte verhindern, dass einer von den Angetrunkenen, der mir bei meinem nächtlichen Vorhaben nur im Wege gestanden hätte, sich zum Mitkommen anbiedert. Ich schlenderte also alleine durch die Hauptgeschäftsstraße und streunte so durch die Seitengassen des Touristen-Ortes, schaute in alle möglichen kleinen Kneipen und wenn dort nichts Brauchbares zu sehen war, auch gleich wieder raus.

In einer kleinen Disco, die von außen eher unscheinbar aussah - es war schon nach Mitternacht - kehrte ich ein. Nur geschätzte ein bis zwei Dutzend Touristen standen verstreut in der Bar. Eine Handvoll hockten am Tresen, einige an Stehtischen und wenige bewegten sich auf der Tanzfläche. Eine sehr zierliche, kleine, junge Frau - sie sah aus wie eine Einheimische - tanzte auf dem Dancefloor und wurde von einem schon gut angesäuselten Mann, der wahrscheinlich kaum älter war als ich, aber in dem Zustand deutlich älter erschien, angetanzt und angebaggert. Als er tanzend begann, sie penetranter anzuflirten, was sie erst mal zu ignorieren versuchte, wurde er ruppiger. Um die Kleine aus dieser unschönen Situation herauszuholen, ging ich am Rand der Tanzfläche etwas näher zu den beiden hin, damit die Kleine mich wahrnehmen konnte. Sie sah mir an, dass sie mein Interesse geweckt hatte, und ich zwinkerte ihr zu. Sie erwiderte meinen ersten Flirtversuch mit ihren Augen. Mit einer Kopfbewegung - sie stand noch ungefähr fünf Meter von mir entfernt - gab ich ihr zu verstehen, dass ich mit ihr an die Bar gehen wollte, um sie dann auf einen Drink einzuladen. Sie tänzelte in meine Richtung und der besoffene, offensichtlich deutsche, Touristen-Primat hinterher. Ich fragte die Kleine, ob sie mit mir etwas trinken mochte. Sie nickte. Er, der alkoholisierte Honk (Honk = Hauptschüler ohne nennenswerte Kenntnisse) nickte auch. Ich sah ihm in seine versoffenen Augen und gab ihm zu verstehen:

„Ich rede mit der jungen Dame! ... nicht mit dir!"

Da die Sprachmotorik des Freizeit-John-Travoltas zu dieser späten Stunde erhebliche Defizite aufwies und er nicht mehr in der Lage war, darauf verbal zu kontern, holte er mit seiner rechten Schlaghand zu einem Power Punch aus. Just in diesem Moment floss dickflüssiges, rotes Blut aus seiner Nase, es lief über seine mit Alkohol und Speichel benetzten Lippen und tropfte vom Kinn auf sein scheußliches altmodisches Hawaii-Hemd, mit dem er wohl wie Thomas Sullivan Magnum IV, der Privatdetektiv von Hawaii aus der amerikanischen Detektivserie, aussehen wollte. Das Blut aus seiner Nase muss wohl in direktem Zusammenhang mit meiner geballten Faust gestanden haben, die ich ihm, Bruchteile von Sekunden zuvor und von ihm völlig unbemerkt, mit lichtgeschwindigkeitsartiger Schnelle in seine blöde Säufervisage massiert hatte und die bereits wieder entspannt in meiner Hosentasche steckte. Steif, wie eine große, starre, von einem LKW angefahrene Statue aus Marmor, fiel der Knigge-Ignorant mit fehlenden, gesellschaftlichen Kenntnissen bezüglich der Umgangsformen nach hinten um. Wir zwei ließen ihn liegen und gingen an die Theke. Ich bestellte uns zwei Mojitos auf chrushed ice und begann die Konversation mit der jungen Frau, die, wie sie mir sagte, keine Spanierin war, sondern aus dem Kosovo stammte.

Sie hieß Blerona, war 20 Jahre jung, höchstens 1,58 Meter groß, sehr schlank, trug einen kurzen, engen Jeansrock, ein fast transparentes, eng anliegendes Tanktop, darunter einen türkisfarbenen BH, Schuhe mit hohen Absätzen und ein türkisfarbenes Spitzenstring-Unterhöschen, das mir beim Hinsetzen auf einen Barhocker direkt ins Auge sprang. Sie hatte langes, glattes, braunes Haar. Sie war nur sehr dezent geschminkt und sehr, sehr schön, anmutig und sehr rassig. Ein knallroter Lipgloss betonte ihre sehr sinnlichen und vollen Lippen, die zum Küssen einluden ... und nicht nur dazu. Sie sprach kein Wort Deutsch und ich kein Albanisch, also versuchten wir, unter Zuhilfenahme von Händen und Füßen, uns auf Englisch zu unterhalten. Auch unsere Körpersprache, Gesten und Mimik machten das Flirten etwas einfacher. Wir schlürften an unserem kubanischen Longdrink, knabberten an den Minzblättern im Glas, tauschten die ersten wichtigen und unwichtigen Infos über uns aus und tanzten zwischendurch sehr eng - Lenden an Lenden - auf der Tanzfläche.

Dort lag der Niedergeschlagene, zog noch immer ein Auge und ließ sich von einem Mitarbeiter des Etablissements durch leichte Schläge auf die Wangen und eiskaltes Wasser reanimieren. Mit seinem klebrigen Blut an unseren Schuhsohlen verließen wir nach einiger Zeit die Discothek. Wir steuerten noch ein paar Pinten an, stellten aber schnell fest, dass diese nicht geeignet waren, um uns näher kennenzulernen. Zu laut, zu voll, zu viele Augen. Ich fragte Blerona:
„Do you want to go to the beach with me?"

Sie nickte und ihr Augenaufschlag verriet mir, dass diese Nacht noch lange nicht zu Ende war. Wir gingen Richtung Strand. Dort angekommen - der Strand lag direkt hinter einer Häuserzeile, die ihn von der Hauptgeschäftsstraße trennte, sahen wir das Meer im mitternächtlichen Mondschein. Blerona zog ihre hochhackigen

Highheels aus und nahm sie in die Hand. Der Strand war für die Uhrzeit recht gut durch elektrisches Licht beleuchtet. Entlang des Strandes standen weiße, mit blauen Textilstoffen bespannte Kunststoff-Sonnenliegen und zwischen jeder zweiten und dritten Liege stand ein großer Sonnenschirm mit einem strohähnlichen Dach. Wir schlenderten direkt am Wasser entlang - Hand in Hand - wie frisch Verliebte. Etwas weiter östlich am Strand war das elektrische Laternenlicht nicht so intensiv und die Stimmung etwas gemütlicher und intimer. Ich stellte uns zwei Liegen direkt nebeneinander und baute aus vier weiteren Liegen, die ich auf die Seite legte, rundherum eine Art Sichtschutzwall zur Abgrenzung unseres nächtlichen Territoriums. Wenige Liegen weiter setzten sich ein paar angetrunkene Teenager zusammen, die einige Zeit brauchten, bis sie geschnallt hatten, dass sie unsere Zweisamkeit störten. Da diese Deutsch sprachen, rief ich ihnen einige Bemerkungen zu, winkte dabei kräftig mit dem Betonpfeiler und irgendwann gingen sie dann auch weiter. Blerona legte sich nach kurzem Small Talk, knapp bekleidet, wie sie an diesem warmen Sommerabend war, lasziv auf die Liege und streckte ihre Hände über den Kopf nach oben. Dieses wohl überall auf der Welt zu verstehende Körpersprachensignal war das Startzeichen für einen wunderschönen, hocherotischen Sommernachts-Traum-Abend am Strand.

Ich legte mich vorsichtig auf sie, küsste sie auf den Mund, fuhr ihr mit beiden Händen über das enge Tanktop an ihre wundervollen, prallen und gut proportionierten Möpse. Ich zog sie langsam komplett aus. Stück für Stück. Erst das Top, dann den kurzen Jeansrock, öffnete ihren türkisfarbenen Büstenhalter und zog ihr langsam das gleichfarbige Spitzenstring-Unterhöschen herunter. In dem Mondlicht und dem Restlicht der weiter entfernt stehenden Laternen präsentierte sie mir ihren splitternackten sportlichen und super sexy Körper. Auf der Liege liegend, öffnete Blerona ihre Beine. Ich kniete vor dem Fußteil der Liege und sie zeigte mir ihr Weiblichstes und über ihrer Pussy sah ich aus dieser Perspektive ein klitzekleines dunkles Bärchen, das im Liegen wie eine kleine Krone über ihrem kleinen Feuchtbiotop thronte. Mit feuchter Zunge und spitzen Lippen schmuste und knabberte ich, bei den Füßen anfangend, ihre Beine hoch und liebkoste ihren begnadeten Körper hoch und runter. Sie genoss meine Körperküsse und Berührungen und die leichte, warme Mittelmeer-Brise, die ihren Körper streichelte.

Blerona schnurrte wie ein zu tiefst zufriedenes Kätzchen. Da es schon sehr spät war, hielt ich das Vorspiel etwas kürzer als gewohnt und leckte sie intensiv im Genitalbereich. Dort kannte ich mich schon immer gut aus und leckte sie, bis sie zu dahin schmelzender Butter in meinen Händen wurde. Nach meiner sehr intensiven, aufmerksamen und ausufernden Behandlung zwischen ihren Beinen - sie war schon zweimal gekommen - zog sie mich zu sich hoch und hauchte mir ins Ohr:

„Baby, ... come on ... and fuck me!"

Da ließ ich sie nicht lange betteln. Gesagt - getan. Ich zog mir die Jeans, die ich noch anhatte, halb herunter, den Slip ebenfalls, riss mir das zugeknöpfte Sommerhemd auf, nahm ein Kondom, das ich in meinen Sneakersocken versteckt hatte, streifte mir das Ding über den Dong und führte Blerona denselbigen sanft in ihre kleine, enge aber mittlerweile sehr, sehr, sehr feuchte Muschi ein. Sie quiekte etwas, wie ein kleines Meerschweinchen beim Petting, als ich den festen, angeschwollenen, kleinen aufgeblasenen Bo vor dem Fußende der Strandliege kniend in sie einführte. Sie lag mit weit auseinander gespreizten Beinen vor mir und zog ihre Knie hoch in Richtung ihres Kopfes. Als Blerona so offenherzig vor mir lag dachte ich nur:

„Der schönste Schmuck einer Frau sind ihre Knie hinter ihren Ohren!"

Wir bewegten unsere Becken im Takt der Meereswellen, die sich gleichmäßig am Strand überschlugen. Ganz langsam und genüsslich fickte ich ihren Unterleib, während wir uns zwischendurch oben herum leidenschaftlich küssten und uns gegenseitig mit unseren Händen in den Haaren kraulend die Frisuren versauten.

Nach einem langen und leidenschaftlichen Zweikampf kamen wir fast zeitgleich zum Höhepunkt. Erschöpft von dem harten Arbeitstag auf der Finka-Baustelle, der heißen, spanischen Tagessonne, den warmen Abendtemperaturen, der hohen Luftfeuchtigkeit und natürlich von dem grandios erotischen Beach-Fuck, blieb ich mit meinem Oberkörper auf ihr liegen.

„Wooooww! Was für eine geile Nummer im Mondschein von Peguera", dachte ich bei mir.

Blerona stand auf und lief ins nahe salzige Wasser. Ich zog meine offenen, zum Teil herunter gezogenen Klamotten aus, warf sie in den Sand neben die Strandliege und lief ihr nach. Wir scherten uns einen Dreck um die wenigen Touristen, die zu dieser späten Stunde noch am Strand unterwegs waren oder sich auf den anderen Liegen herumlümmelten. Sie stand bis zu ihrem noch sichtbaren knackigen Popo in den kleinen heran plätschernden Mittelmeerwellen, tauchte einmal komplett in das Wasser ein und warf beim Hochkommen ihr langes, dunkles Haar nach hinten. Sie stand mit ihrer supergeilen Körperflanke zu mir gerichtet und das Salzwasser, das bei der Kopfbewegung aus ihren langen Haaren geschleudert wurde, bildete einen großen kreisartigen Bogen. Der Mondschein ließ das visuelle Gebilde für einen kurzen, fast unwirklich scheinenden Augenblick, wie ein Kunstwerk aussehen. Ich lief durch das knietiefe Wasser zu ihr hin, machte einen Kopfsprung ins Meer und tauchte nach ein paar Zügen unter Wasser genau vor ihr wieder auf. Auch ich warf meinen meerwassergefluteten Kopf in den Nacken. Bleronas gazellengleicher und anmutiger Körper überzog eine hocherotische Gänsehaut. Bei ihrem schönen, erotisierenden Anblick bekam ich ebenfalls eine. Wir umarmten uns stehend, küssten uns auf den Mund, tauchten dabei gemeinsam unter, berührten uns überall - auch im Schritt - und schwammen ein paar Züge durch die spanische Sommernacht.

Erfrischt und abgekühlt von diesem mitternächtlichen Meeresbad, gingen wir wieder an den mittlerweile menschenleeren Strand. Blerona forderte noch einen Nachschlag. Sie legte sich wieder auf die Strandliege und streckte und räkelte sich. Die Wassertropfen auf ihrer leicht gebräunten, glatten, jungen Haut spiegelten das Licht des Mondes wider. Ich leckte ihren, vom Meerwasser salzig schmeckenden, Body. Etwas Meerwasser floss aus ihrer kleinen Pussy. Ich beglückte Blerona, wie kurz vor unserem nächtlichen Bade, mit meiner Zunge und meinen Lippen, leckte sie zum Höhepunkt und vögelte sie ein zweites Mal in dieser lauen Sommernacht. Während ich mit meinem kleinen Matador nackt wie die Natur uns schuf, die immer gleichen Bewegungen in ihr ausübte, hörte ich hinter mir lauter werdende, männliche Stimmen in spanischer Sprache. Zwei Männer in Uniform der „Policia Local" oder der „Guardia Civil" - so genau kannte ich die augenscheinlichen Unterschiede der Uniformen nicht - kamen aus östlicher Richtung am Strand entlang auf uns zu.

„Scheiße!!!", dachte ich.
„Vögeln an einem öffentlichen spanischen und somit tiefkatholischen Badestrand ist hier bestimmt verboten", war mein darauffolgender Gedanke.

Ich sah mich schon von den beiden mallorquinischen Deputies festgenommen und nackt in Handschellen abgeführt, wie Vieh in einer spanischen Minna abtransportiert und in einer pegueraschen Polizeistation von zwei Hilfs-Sheriffs in einem Kreuzverhör angeschrieben, als diese uns immer näher kamen. Ich tat so, als hätte ich sie gar nicht bemerkt und vögelte einfach weiter. Blerona hatte bis dahin noch gar nicht mitbekommen, was da gerade hinter mir passierte. Die spanischen Stimmen wurden mit jedem Schritt, den sie auf uns zukamen, etwas lauter und als sie vermutlich direkt hinter uns waren - ich konnte sie hinter mir nicht sehen und traute mich auch nicht, mich umzudrehen, was eventuell provozierend auf sie gewirkt haben könnte - wurden diese dann auch wieder in derselben Gleichmäßigkeit leiser.

„Puuuuuuh!!! ... Glück gehabt ... der Kelch ist noch mal an uns vorüber gegangen", sagte ich zu Blerona, die es zwar nicht wortwörtlich verstand, aber sicherlich ahnte, was ich damit meinte. Sie realisierte diese für uns zwei nicht ganz ungefährliche Situation erst jetzt. Als die spanischen Bullen schon etwas weiter weg waren, setzten wir den zweiten Akt fort und brachten ihn zum abspritzenden Abschluss. Nach der sehr zehrenden Nummer verweilten wir noch einige Zeit am Strand und zogen uns später wieder an. Durch mittlerweile menschenleere Straßen brachte ich Blerona noch zu ihrer vermeintlichen Unterkunft und ging zurück ins eigene Hotel.

Wir trafen uns von der Nacht an jeden Abend. Erst am zweiten Abend erfuhr ich von ihr, dass sie gar nicht dort wohnte, wo ich sie nachts zuvor hinbegleitet hatte. Sie wohnte ebenfalls in dem Hotel, das ich bewohnte, und arbeitete dort als Aushilfs-Sommer-Kraft. Das war mir vorher gar nicht aufgefallen, da ich sie im Hotel noch nicht gesehen hatte. Die Adresse der letzten Nacht war wohl ein Fake, damit ich ihren wahren Wohnort nicht schon nach dem ersten Urlaubs-Abenteuer kannte. Für sie war es sozusagen eine Art Selbstschutz vor lästigen Urlaubs-Stalkern, der ich ja hätte sein können. Tagsüber, auf der Finka-Baustelle, hätte ich jeden Tag mehrmals tot umfallen können, so sehr schlauchten mich die vielen langen und ausdauernden Nächte mit Blerona. Da sie in dem kleinen Hotel in Peguera bis spät abends arbeiten musste, hatte sie auch stets erst ab 21:00 Uhr, manchmal auch erst ab 23:00 Uhr Zeit für mich. Jedes Mal tranken wir vorher ein bisschen, um uns von den Strapazen des Tages zu erholen, und gingen dann zum gemütlicheren

Teil des Abends, der allerdings noch strapaziöser war, über. Ich weiß gar nicht mehr, wann ich zuvor in dieser hohen Schlagzahl so viel Sex in so kurzer Zeit gehabt hatte. Und dann auch noch streckenweise so extrem guten. Blerona sah nicht nur geil aus, sie war es auch. Sie war sehr, sehr ausdauernd und auch sehr fordernd.

An einem Abend war sie schon vor unserem Treffen etwas angesäuselt. Bis zu dem Abend hatte sie Angst davor gehabt, mit auf mein Hotelzimmer zu kommen. Wäre sie mit mir von ihrem Chef, der schwer einen an der Waffel hatte, erwischt worden, hätte der sie wahrscheinlich verprügelt. Der Hotel-Besitzer war ein eher einfacher, ungebildeter italienischer Genosse und machte auch vor Gewalt oder sexuellen Übergriffen gegenüber seinen überwiegend osteuropäischen Mitarbeiterinnen keinen Halt. In seinem kleinen, verwahrlosten Garten hatte er hinter dem einfachen Hotel einen knallroten Ferrari geparkt, der komplett von Blütenstaub überzogen und von spanischen, einheimischen Vögeln konsequent vollgefurzt war. Warum der komische Typ einen so teuren und dennoch ungepflegten, zugeschissenen Flitzer im Garten hatte, der schon längere Zeit nicht mehr gefahren wurde, kam mir irgendwie suspekt vor. Ich schätzte, dass er irgendwie in mafiöse Strukturen verwickelt war. Die hübschen, osteuropäischen Bediensteten hatte er wahrscheinlich über einen Menschenhändlerring vermittelt bekommen. An dem besagten Abend, schien es Blerona aber wohl egal zu sein, ob ihr Sklaventreiber sie mit mir erwischte oder nicht. Vielleicht hatte sie auch darauf spekuliert, dass er uns ertappte, ihr Gewalt angedrohte und ich ihm daraufhin direkt eine Body-Modification aufschwatzen würde in Form einer gepflegten Portion Schläge in seine unsympathische Fresse und einiger Tritte in seine kleinen sizilianischen Eier. Sie nahm mich mit auf ihr kleines Zimmer, das nur von einer Terrasse, also direkt von außen, zu erschließen war.

In dem Zimmer standen ein einfaches, hölzernes Etagenbett, ein einfacher Tisch im selben Stil und passend dazu ein

Holzstuhl. Auf dem Stuhl, dem Tisch und dem oberen der beiden Betten lagen überall ihre knappen Sommerklamotten. Mehrere Paar Schuhe und Flipflops lagen verstreut auf dem Boden herum. Durch einen offenen Durchgang ohne Tür konnte man in ein kleines Duschbad sehen. Sie zog sich - etwas taumelig auf den Beinen - aus und duschte kalt. Als sie aus der Dusche kam, tupfte ich sie mit einem Frottiertuch nur flüchtig ab und legte sich auf das untere Bett. Ich dachte nur:

„Da passiert heute wohl nicht mehr so viel", und legte mich ausgezogen dazu.

Sie machte sich sofort über meine anschwellende Latte her und blies mir einen. Nach einem gut ausgeführten Blow-Job - das Abspritzen hatte ich mir bis dahin verkniffen - setzte sie sich auf meinen Schwanz, steckte sich diesen selbst in ihre Möse und ritt mich erst langsam zum Eingewöhnen und dann immer heftiger und schneller. Sex mit einer angetrunkenen Frau hatte ich vorher noch nie gehabt. Ich hatte bei dem Gedanken daran auch stets die gleichen Bilder im Kopf. Sie sitzt betrunken auf mir drauf, reitet mich, fängt plötzlich an zu würgen und zu schlucken und lässt sich darauf die komplette Speise- und Getränkekarte noch mal durch den Kopf gehen oder anders ausgedrückt, sie kotzt mir, oben sitzend, voll in mein Gesicht und in meinen, vor Erregung weitaufgerissen, Mund. Diese fiktiven Bilder in meinem Kopf hatten mich bis dato stets davon abgehalten, Frauen vor dem Sex abzufüllen bzw., mich auch nur auf angetrunkene Frauen einzulassen. Zu meinem Glück hatte Blerona ihre natürliche Verdauung trotz intensiverem Alkoholkonsum an diesem Abend gut unter Kontrolle. Die gustatorische Fontaine aus Paella, Sangria und Longdrinks blieb mir bei dieser Nummer, die leider nicht ganz so prickelnd und erotisierend war, wie die am Strand, erspart.

Wir vögelten in der Zeit meines Mallorca-Aufenthaltes jeden Abend. Mal, wie schon beschrieben, am Strand. Mal in einer alten Festungs-Ruine, die vom Meeresstrand aus auf kurzem, fußläufigem Wege zu erreichen war. Mal mitten in der Nacht an einer Autostraße, stehend an einer großen Straßenlaterne, an der uns vorbeifahrende Gaffer, langsamer fahrend, zuwinkten. Mal in der Toilette einer Disco, in der wir bei der Ausübung unserer sportlichen Vögel-Einlage einmal den WC-Spülkasten von der Wand rissen, dessen kaputte Wasserleitung dann das gesamte Kellergeschoss unter Wasser setzte. Mal in dem Garten-Schwimmingpool eines privaten Anwesens, das an dem Abend unbewohnt war und das wir uns für den Abend gesetzeswidrig „ausliehen". Und, wie zuletzt beschrieben, auf ihrem kleinen bescheidenen Hotelzimmerchen.

Einmal traf ich sie unerwartet tagsüber in einem Touristen-Geschäft, in dem man auch Klamotten kaufen konnte. Da gingen wir dann kurzentschlossen in eine Umkleidekabine, haben uns oral angeturnt und dann stehend, der Geräusche wegen mit gegenseitig zugehaltenem Mund, gefickt. Ohhh man ... war das ein Sommerurlaub. Die anstrengende Maloche auf der Finka während der brütenden Tages- und vor allem Mittagssonne und der fehlende Schlaf durch die nächtliche, verfickte Freizeit-Animation - ich bekam teilweise nur eine bis drei Stunden Schlaf in den Nächten - waren für meine unsportliche Kondition zu viel. Zuletzt war ich davon so ausgelaugt, dass ich mich sogar beim Vögeln mit Blerona dabei ertappte, wie ich mich auf den Heimflug freute. Das war mir vorher in einem Sommer-Urlaub in einem so schönen Land wie Spanien noch nie passiert.

An einem Mittwochnachmittag - ich saß mal wieder gelangweilt im Büro - stöberte ich auf den Seiten von TABOO und suchte ganz konkret nach sehr jungen Frauen zwischen 18 und 20. Vielleicht versteckte sich dort noch eine unbefleckte, junge Frau, die ihr erstes Mal noch vor sich hatte. Das wäre doch mal was ganz Besonderes. Mein erstes Mal lag schon so lange zurück. Neunundzwanzig Jahre ist es nun schon her. Mein erstes Mal kann ich leider nicht wiederholen aber bei dem ersten Mal einer jungen Frau wäre ich gern nochmal dabei. Ich klickte ein Profilbild nach dem anderen an, sortierte schon mal etwas vor, um dann mein Tagespensum von zehn Kontakten pro Tag nicht zu überschreiten. Denn nach zehn Neukontakten wurde man für 24 Stunden gesperrt. Das heißt, man durfte zwar mit den bereits bekannten Frauen chatten, aber nicht noch mehr Neue anflirten. Dazu hätte man weitere Gebühren zahlen müssen und das wollte ich nicht. Ich hatte es mir mittlerweile abgewöhnt, Frauen anzuschreiben, die gar nicht online waren. Es hätte sein können, dass die dann schon seit Wochen oder Monaten nicht mehr online waren. Das grüne Lämpchen auf dem Profilbild, das dem User anzeigte, dass die jeweilige Person online war, musste schon leuchten. Ich hatte wieder mal einen banalen, fantasielosen Standard-Satz geschrieben, den ich einfach in das Nachrichtenfeld rein kopieren konnte:

„Hi, süße Maus. Was machst du gerade? Hast du Lust mit mir zu chatten?"

Ich versuchte es bei Anna-Lena (18) aus Osnabrück, Maries (19) aus Münster, Eileen (21) aus Haselünne, Charlotta (19) aus Rheine, Maila Lou (18) aus Greven, Zoe (19) aus Wallenhorst, Lisa (18) aus Cloppenburg, Franziska (19) aus Ahaus, Bianca (22) aus Lingen und bei Julia (18) aus Gronau.

Nach zehn Versuchen der Kontaktaufnahme und ungefähr einer halben Stunde Verzögerung meldete sich zu meinem Glück noch Julia mit einer typisch mädchenhaften Antwort zurück:

„Hi ;-) "

So kamen wir dann erst einmal ins Gespräch. Julia war erst blutjunge 18 Jahre alt und sah auf ihren Fotos im Netz sehr sportiv und auch irgendwie sehr süß aus. Sie war keine Tussi mit viel Schminke und auch sonst nicht aufgetakelt. Ihren Fotos nach zu urteilen, hätte sie auch erst sechzehn oder siebzehn sein können. Sie war ein legerer Jeans-&-T-Shirt-Typ. Auf ihrer Profilseite waren auch ein paar Fotos, auf denen ihr ganzer Körper zu sehen war - bekleidet natürlich. Wie gesagt, sie war sehr sexy. Wir flirteten etwas miteinander. Da junge Frauen in diesem Portal von sich aus eher uninteressiert an Informationen über den Interaktionspartner im Chat waren, blieb mir die schon gewohnte Rolle des Fragenden. Um eine Unterhaltung nicht vorzeitig enden zu lassen, mussten meine Nachrichten stets mit einer Frage enden, sodass die Flirtpartnerin darauf antworten konnte. Auf eine Mail ohne Frage folgte oftmals nichts - Sackgasse! Also fragte ich sie aus. Ich kam mir dabei manchmal vor wie ein Hilfs-Sherriff von der Stasi oder ein Kommissar bei einem Verhör. Ich fragte sie nach ihren schulischen oder beruflichen Tätigkeiten aus.

Genau genommen interessierte mich vieles, was ich fragte, überhaupt nicht, aber die Fragen stellte ich immer so, dass ich mit den Antworten schon einmal für mich abklären konnte, ob ein Date oder eine Rendezvous bei ihr zu Hause oder in einem Hotel zeittechnisch realisierbar war. Mir blieben für ein Date, und das war mein Ziel, - bedingt durch meine Ehe und Familie - nur die Wochentage von Montag bis Donnerstag und in Ausnahmefällen auch mal der Freitag zur Verfügung. Samstage und Sonntage waren für mich leider tabu. Und mit der Antwort auf meine Frage, ob sie zur Schule ging oder einen Job hatte, ergab sich im Vorfeld schon mal die

Chance auf ein Zeitfenster, das in unser beider Kalender Platz finden konnte. Meine ersten erfragten Informationen machten mir das Selektieren etwas einfacher. Hätte ich nun eine kennengelernt, die die ganze Woche nur auf Achse wäre und lediglich am Wochenende mal ein paar Stunden Zeit hätte, so hätte ich das Gespräch höflich, aber konsequent verkürzt und nach einer anderen Ausschau gehalten. Wie schon gesagt, wenn man als Ehemann und Vater etwas erleben wollte, dann musste man auch schon etwas stumpf sein und rational an die Sache herangehen.

Julia konnte im Chat ganz gut flirten. Auch wenn mir mal die Themen ausgingen, so hatte sie dann immer etwas zu berichten oder zu fragen. Die Chemie zwischen uns schien zu stimmen. Sie war Single und mir war es bis dato gelungen, meine Vita und meine familiäre Situation für mich zu behalten. Wenn sie mal eine Frage bezüglich meines familiären Status´ stellte, dann hatte ich sofort ein Ausweich-Thema zur Hand, sodass ihre Fragen unbeantwortet ins Leere liefen, ohne dass sie es merkte. Ich wusste nach kurzer Zeit sehr viel über sie, aber sie fast noch nichts über mich. Aus der Unterhaltung konnte ich schließen, ohne konkrete Fragen zu stellen, dass sie sich auf ein Date mit einem Ehemann und Vater nicht einlassen würde. Diese Angebote hatte sie schon zur Genüge und sie hatte alle abgelehnt. Die Gelegenheit, mich mit ihr zu treffen, wollte ich nicht gefährden.

Also spielte ich ihr denjenigen vor, mit dem ein Treffen für sie möglich wäre - einem Single. Von nun an war ich: Bo, 34 Jahre alt, ledig, kinderlos, seit ungefähr einem Jahr beziehungslos und auf der ernsthaften Suche nach einer Frau fürs Leben. Das schien Julia sehr zu gefallen. Wir flirteten mehrere Tage immer mal ein bisschen. Ich chattete mit ihr während der Arbeit im Büro, zu Hause, wenn ich allein war, oder auch öfter mal auf dem Klo - da war ich dann auch meistens allein. Julia chattete mit mir, wo immer sie auch war und was immer sie auch gerade tat. Nachdem wir schon viel voneinander wussten - beziehungsweise ich von ihr und sie glaubte, von mir zu wissen - fragte ich sie, ob sie mich mal treffen wollte. Nach nur kurzem Zögern willigte sie ein.

Julia bewohnte eine kleine Mietwohnung im ersten Stock direkt neben ihrer alleinstehenden Mutter in einem Mehrfamilienhaus. Dort hätte ich die Kleine gern einmal verführt und vernascht. Bis zu dem Entschluss, uns zu treffen, hatten wir zwei noch nicht über Sex gesprochen und somit war das Treffen auch als unverbindliches Kennenlernen geplant. Ich hatte bis dahin lediglich mal eine beiläufige Information von ihr, dass sie immer noch Jungfrau sei. Trotz allem hatte ich natürlich - typisch Mann - die Absicht, sie noch am ersten Tag des Treffens zu schultern. Die Grundvoraussetzung dazu wäre also mit ihrer eigenen Wohnung schon mal gegeben gewesen.

Wir verabredeten uns an einem Mittwochnachmittag in Gronau. Ich sollte sie vor ihrer Haustür abholen. In ihre Wohnung wollte sie mich nicht sofort lassen, sondern erst einmal mit mir in der Öffentlichkeit etwas trinken oder ein Eis essen gehen. In ihre Wohnung würde sie mich danach vielleicht einladen, wenn ich ihr sympathisch genug wäre. Sie war natürlich, wie viele andere junge Frauen hier im Chat, sehr vorsichtig. Ein Blinddate wäre für eine Frau stets mit einem viel höheren Risiko verbunden, als für einen viele Jahre älteren Mann. Nachdem für uns beide nun feststand, dass wir uns treffen wollten, ging unsere Konversation nun langsam doch zum Thema Sex über. Julia erzählte mir, dass sie nun schon längere Zeit solo war und vorher nur eher flüchtige, kurze Bekanntschaften hatte, bei denen es nie zum Äußersten gekommen war.

Mittlerweile hätte sie aber schon Lust, ihrer Jungfräulichkeit ein Ende zu setzen. Sie war ja immer hin auch schon 18. Während sie mir so ihre intimsten Geheimnisse über sich offenbarte, kam sie irgendwann auch auf mich und meine

Erfahrungen mit Sex zu sprechen. Ganz nebenbei fragte Julia mich einmal, warum ich als 34-Jähriger den Kontakt zu einer so viel jüngeren Frau aufgenommen hatte. Sie dachte bis dahin ja noch, dass uns ganze 16 Jahre trennen würden, obwohl ich es natürlich besser wusste - denn es waren ja bereits 26. Ich erklärte ihr, dass es gar nicht so einfach sei, eine passable Frau meines Alters hier im Chat zu finden, da in der Altersklasse die meisten Frauen in einer festen Beziehung oder sogar in einer Ehe gefangen waren. Julia wollte von mir wissen, ob ich mir Sex mit einer 16 Jahre jüngeren Frau überhaupt vorstellen könne. Die Frage bejahte ich selbstverständlich mit einem energischen:

„Aber natürlich kann ich das."

Um ihr die Hemmungen vor dem Treffen zu nehmen, erzählte ich ihr eine Geschichte aus den Anfängen meiner gelebten Sexualität.

Ich war damals 15 Jahre jung. Es war August und ich machte mit meinen Eltern und zwei meiner insgesamt vier Schwestern Urlaub auf der wunderschönen Insel Sylt. Wie wohl jeder andere pubertierende Junge in dem Alter war ich vor allem in den Sommermonaten spitz wie Nachbars Lumpie. Ich wurde fast paranoid in dem Glauben, dass mir jeder ansehen konnte, dass mir das Sperma schon fast aus den Ohren lief.

Jeden Urlaubstag liefen mir sehr leicht bekleidete Frauen über den Weg. Tagsüber in den Straßen, abends auf den Promenaden, in den Geschäften, an den Kaufhauskassen und Kiosken, wo man oft eng nebeneinander stand, und natürlich am Strand. Und da war es für einen 15-Jährigen am schlimmsten. Nackte, sonnengebräunte Haut, wo man auch hinsah. Ich musste in dem Alter ungefähr alle zwei Stunden Druck ablassen, sonst wäre mir der Kessel geplatzt. Ich war den ganzen Tag nur mit logistischen Organisationen beschäftigt. Immer spukte in meinem Kopf die Frage herum:

„Wo kann ich mir das nächste Mal, wenn es wieder einmal so weit ist, ungestört und unbeobachtet einen runterholen?"

An den Stränden war es einfach, da es dort stets öffentliche Toiletten gab. Und um beim Onanieren nicht in Schwulitäten zu geraten, nahm ich stets ein paar Tempos mit, für den Fall, dass das Klopapier mal wieder alle war. Das kam dort schon öfter mal vor. Und mit einem spermagetränkten Dödel in der Badehose wollte ich mich nach der Verrichtung meiner„ Notdurft" auch nicht öffentlich als notorischer Wichser outen. Nun ja und die vielen nach Sperma riechenden „kalten Bauern" an den Toilettenhauswänden wären ja auch nicht so dekorativ für alle anderen Urlauber. Wie gesagt, es war ein sonniger Sommer, ich war jung, ich war gesund, ich war ausdauernd, ich war zeugungsfähig und ich stand ständig unter Strom. Ich hatte viele Pickel, aber nichts zum Poppen.

Als ich eines Nachmittages keine Lust auf Gesellschaft hatte, ging ich alleine am Strand entlang. Ich schlenderte dorthin, wo weniger los war. Dort, wo keine Strandkörbe mehr standen und auch die Touristen auf Strandlaken immer seltener wurden. Und da überkam es mich wieder. Ich merkte, dass sich wieder etwas in meiner, engen Badehose regte und lief aus Scham zu den Dünen. Am weitläufigen Strand wollte ich in dieser peinlichen Situation nicht von einem Jogger plötzlich überholt und mit dem Ständer in der feuchten Hose erwischt werden. Im tiefen Pudersand der Dünen krauchte ich langsam auf allen Vieren nach oben und rollte hinter der Dünenkuppe wieder herunter. Um auf Nummer sicher zu gehen, kroch ich geduckt noch ein wenig weiter in die Dünenlandschaft. Das Betreten der Dünen war dort nicht erlaubt, da unversehrte Dünen auch immer einen wichtigen Schutz der Insel vor Wind, Wetter und dem Meer darstellten und die Dünen der Flora und Fauna einen natürlichen Schutz boten. Ich kroch also unauffällig auf allen Vieren, um nicht von ökologischen Denunzianten erwischt zu werden, und was ich nach dem Erklimmen der nächsten Dünenkuppe sah, verschlug mir den Atem.

Vor mir lag eine Frau, die ich der Figur nach auf Mitte bis Ende Zwanzig schätzte. Sie lag so auf einem Strandlaken im Sand, dass ich ihr genau zwischen ihre Beine schauen konnte. Beide Beine und beide Arme hatte sie weit von sich gespreizt. Sie hatte einen von Natur aus kleinen und wenig behaarten Bären. Der rasierte Bär war zu der Zeit noch nicht erfunden. Genauer gesagt hatte sie also ein klitzekleines, süßes Bärchen, das somit einen ungehinderten Blick auf alle Details ihres weiblichen Schoßes zuließ. Ich war so geil. Es kam mir so vor, als würde mir ihre Muschi zuflüstern:

„Zieh dich aus und komm ganz rein!"

Sie hatte zum Schutz vor der gleißenden Sonne einen großen Strohhut mit breiter Krempe auf ihrem Gesicht liegen. Sie machte einen total entspannten und hemmungslosen Eindruck. Sie trug unter dem Hut einen Kopfhörer, dessen Kabel in einem Walkman endete. Ein Walkman - zur Erklärung für die jüngeren Leser - war damals so etwas wie ein Smartphone, mit dem man allerdings nicht telefonieren konnte, und ins Internet, so wie wir es heute kennen, konnte man sich damals auch noch nicht einloggen - denn das gab es in der Form auch noch nicht. Genau genommen konnte man mit dem Wunder der Technik nur Tonbandkassetten abspielen. Jetzt eine Tonbandkassette zu erklären, würde zu weit vom Thema abweichen - das kann man heute bei Wikipedia recherchieren. Die junge Dame lag also in der Sonne. Ihre nahtlos sonnengebräunte Haut sah sehr schön aus. Da ich noch flach am Boden lag, konnte ich ihre Brüste aus der Perspektive nicht richtig sehen. Die Dame hatte bis dahin noch keine Kenntnis von mir genommen, also stand ich auf und betrachtete ihren sehr ästhetischen und sportiven Körper aus der Vogelperspektive.

Man, sah die toll aus, und dann lag sie auch noch so hemmungslos unter der Sonne im Dünensand. Sie war sexy, sie hatte schöne Kurven und ihre Bauchmuskulatur verriet mir, dass sie auch sportlich was drauf haben musste. Während ich so da stand und mein kleiner Bo in der zu knappen Badehose bereits zum Sonnenanbeter mutierte, bemerkte ich, dass mein Schatten genau auf ihren Körper fiel. Dummerweise hatte die hübsche Frau auch bemerkt, dass ihr irgendetwas die Sonne nahm. Sie legte den Hut, der noch auf ihrem Gesicht lag, ab, hob den Kopf und schaute mich durch ihre riesige Sonnenbrille, die halb so groß wie ihr Gesicht war, an. Damals bekam man noch sehr viel Brille für sein schwerverdientes Geld. Ich versuchte mit gekreuzten Handgelenken, mein unübersehbar erregtes Pimmelchen zu verstecken. Ich fürchtete nun, von ihr einen lauten Einlauf zu bekommen, und stand wie versteinert da. Doch statt dass die erotische Grazie mir die Leviten las, sprach sie mit fast mütterlicher, gutmütiger, tiefer, rauchiger Stimme mit einem lasziven Unterton:

„Na, ... mein kleiner Mann .... was hast du denn hier in den Dünen verloren?"

Sie sagte es und machte dabei keine Anstalten, mal ihre Beine zusammenzunehmen oder ihre Hupen zu verdecken.

„Ich ... äh ... ich ... äh ... ", stotterte es aus mir heraus.

„Was versteckst du denn da hinter deinen Händen?", fuhr sie fort.

„Hinter ... äh ... meinen .... äh ... ", stotterte ich im selben Rhythmus weiter.

„Ja hinter deinen Händen. Hast du mir etwas mitgebracht? Möchtest du mir etwas schenken?"

Was war das denn jetzt für eine Frage? Ich kannte sie doch gar nicht. Und dass ich sie hier heute antreffen könnte, konnte ich doch vorher gar nicht wissen. Ich war völlig durcheinander. Tausend Gedanken flogen mir wie bunte Silvesterraketen durch meine knallrote Birne. Da es erst mein dritter Urlaubstag war, muss ich ausgesehen haben, wie ein Streichholz. Blasser Körper und eine feuerrote Rübe auf den Schultern. Sie sah mir meine totale, geistige Anspannung, Verlegenheit und körperliche Verkrampfung an und versuchte, die nur für mich peinliche Situation zu deeskalieren. Sie blieb dabei ganz cool und ich nenne es mal offenherzig. Sie setzte sich aufrecht hin, nahm ihre Brille ab, warf ihr langes blondes Haar nach hinten, kämmte sich mit gespreizten Fingern ihrer linken Hand durch ihr in der Sonne goldglänzendes Haar, stützte sich dabei mit der anderen Hand auf und winkte mich mit einer Kopfbewegung zu sich auf das große Strandlaken.

„Komm, ... kleiner Mann, ... oder sollte ich großer Mann sagen? ... Du bist doch bestimmt schon 1,80 m groß ... oder? Setz dich zu mir. Ich beiße nicht."

Da mir keine bessere Option einfiel, tat ich, wie sie es mir vorschlug. Ich setzte mich links von ihr hin und versuchte dabei meine Badehosen-Latte zu verbergen. Ohne Erfolg. Sie faste meine Hand, nahm sie aus meinem Schoß, legte sie seitlich ab und streichelte mir sanft mit ihren warmen Fingern über die Hose. Mein Teleskop-Organ fuhr auf volle Länge aus und war so hart wie ein Segelmast.

„Holla ... die Waldfee ... !", staunte sie, als sie meinen Knochen mit festem Griff anfasste. Ich war erstaunt über das Kompliment aber ich konnte mich - erstarrt wie ich noch war - nicht so recht darüber freuen. Sie nahm meine rechte Hand und legte sie auf ihren Busen.

„Fass doch mal an! ... Fühlen sich meine Titten gut an?", wollte sie wissen.
„Hatte sie jetzt wirklich Titten zu ihren Brüsten gesagt?", dachte ich und riss die Augen weit auf.

„Ja, ... ihre Brüste fühlen sich sehr gut an ... ", taute ich langsam auf und mein Sprachfluss wurde etwas gleichmäßiger. Bei der Berührung ihres Busens bemerkte ich, wie sich ihre Brustwarzen langsam erhärteten und schließlich senkrecht zwischen meinen Fingern von der Brust abstanden. Ich spielte in meiner kindlichen Neugier mit ihren Nippeln und küsste sie intuitiv. Meine Badehose wurde dabei immer feuchter dort oben in den trocknen Dünen von Sylt. Sie sah mir tief in die Augen und flüsterte mir zu:
„Schließe deine schönen Augen, junger Mann!"

Ich schloss meine Klüsen und spürte, wie sie dichter mit ihrem Gesicht an meines kam. Ich hörte ihre Atmung, ich roch ihr Parfüm, ich spürte ihre Körperwärme und fühlte plötzlich ihre feuchten Lippen auf meinem Mund. Sie leckte mir mit ihrer Zungenspitze zwischen die Lippen und ich öffnete sie, sodass ihre Zunge die meinige suchen und finden konnte. Wir küssten und wir streichelten uns. Sie liebkoste meinen Mund, mein Gesicht und meinen ganzen Körper mit ihrer Zunge und mit ihren Fingerspitzen. Ich machte ihr das nach, was sie mir vormachte. Wir umarmten uns, streichelten unsere Schultern, unsere Arme, unsere Hände, unseren Nacken, unseren Rumpf und glitten mit den Händen über unsere Oberschenkel und in den Schoß des jeweils anderen. Sie öffnete die Kordel meiner Badehose und griff hinein. Da sie von dem Problem der frühen Ejakulation bei Teenagern offensichtlich wusste, fasste sie meinen Liebesknochen sehr sanft und nicht fordernd an. Wenn meine Atmung hastiger wurde und ein vorzeitiges Abspritzen drohte, ließ sie schnell wieder los. Sie spreizte ihre Unterschenkel im Sitzen etwas weiter auseinander, um mich quasi einzuladen, auch sie dort unten zu berühren. Ich tat es.

Ohh, man ... war die Schönheit unten warm und feucht. Ich spielte mit ihren wenigen, kurzen Schamhaaren, kraulte diese, zog etwas daran, nahm meinen Zeigefinger und steckte ihn in ihr weiches Feuchtbiotop. Mit ihren großen und kleinen Schamlippen spielte ich sehr intensiv. Sie schnaufte vor Erregung und küsste mich leidenschaftlich und wirbelte mit ihrer Zunge in meinem Hals herum. Fast hätte ich mich daran verschluckt, so gierig küsste sie mich, während ich ihr liebestolles, triefendes Pfläumchen stimulierte.

Ich war im siebten Himmel der Liebe angekommen. Noch nie in meinem Leben hatte ich mich und meinen Körper so intensiv wahrgenommen, wie an jenem Sommertag im August. Alles war so perfekt: die wunderschöne, ungehemmte, Frau, die viel älter und erfahrener war als ich, die ganz langsam untergehende Sonne, die sich den Abendstunden näherte, das Geräusch des Plätscherns der Wellen, das der Wind über die Dünen zu uns herüber fegte, und die vielen körpereigenen Stoffe, die wild aufgewühlt durch meine Adern gepumpt wurden. Der Geruch des fremden, weiblichen Körpers, mein eigener Schweiß, die salzige Luft, der Duft des Sanddorns in den Dünen ... alles war so intensiv, so anmutig und doch so unschuldig. Wir liebten uns an diesem späten Nachmittag auf die unterschiedlichsten Arten. Von einigen hatte ich schon gehört, andere waren mir bis zu diesem Tag meiner Entjungferung noch völlig fremd. Keine meiner Körperregionen ließ sie aus und meine Neugier an dem anderen, mir bis dahin fremden Geschlecht wurde bis ins kleinste Detail gestillt. Wir liebten uns, bis die Sonne im Meer versank. Nie wieder werde ich diesen Tag vergessen, der sich wie ein wunderschönes, nicht kopierbares Brandzeichen in meiner Hirnrinde verewigt hatte. Sie wusste zwar, dass ein Mann in meinem zarten Alter zur verfrühten Ejakulation neigte, aber sie wusste auch, dass ein 15-Jähriger sehr ausdauernd war. Sie kam auf ihre Kosten und ich erst recht.

An diesem Tag lernte ich mehr über Frauen und ihre Wünsche und Vorlieben, als viele Männer in ihrem ganzen Leben. Ich danke meinem Schicksal dafür, dass ich an genau dem Tag zu genau der Uhrzeit an genau dem Ort, irgendwo in den Dünen von Sylt auf genau diese Frau gestoßen war, deren Namen ich bis heute nicht kenne. Das Einzige, was sie mir in den vielen Pausen zwischen den vielen erotischen Akten über sich verriet, war ihr wahres Alter. Sie war genau zwei Jahrzehnte älter als ich. Es hätte mich nicht besser treffen können. Ich bedaure alle diejenigen, die ihr erstes Mal mit einem Gleichaltrigen teilen müssen, der genau so unerfahren und verkrampft ist, wie man selbst. Gut, dass dieser Kelch an mir vorüberging. Gut, dass sie schon 35 war.

Diese Geschichte von meinem ersten Mal gefiel Julia. Zwischendurch, während ich sie ihr beim Mailen erzählte, hatte sie immer mal wieder ihre Zweifel daran angemeldet. Aber das Ende der Geschichte und die Message, die ich damit übermitteln wollte, waren bei ihr angekommen: Es konnte Julia gar nichts Besseres über den Weg laufen als ein erfahrener Mittdreißiger, der ihre Entjungferung in seine fürsorglichen Hände nähme.

Julia war bereit. Und ich sowieso.

Wir hatten für unser erstes Treffen alles Notwendige besprochen.
Voller hoher Erwartung auf das Treffen und die Option auf die Entjungferung einer nur 18 Jahre jungen und gutaussehende Frau - wie gesagt, 26 Jahre jünger als ich - fuhr ich an dem vereinbarten, sehr sonnigen Mittwochnachmittag nach Gronau. Dank des Navis hatte ich keine Probleme, das Mehrfamilienhaus in der beschaulichen Randsiedlung des Ortes zu finden.

Vor dem Haus angekommen, schickte ich Julia, wie vereinbart, eine kurze SMS:
„Hi Julia, ich bin da und warte unten im schwarzen MB auf dich. Wenn du aus dem Fenster schaust, müsstest du mich sehen können."

Nichts. Keine Antwort. Ich schrieb die gleiche SMS noch einmal. Wieder nichts. Keine Reaktion. Was sollte das denn nun? Wollte die mich verarschen? Wohnte Julia hier überhaupt? Ich saß ungeduldig im Auto und hoffte auf ein Lebenszeichen von der kleinen, dunkelblonden Jungfrau.
Piep, piep - eine SMS:

„Hi Bo, ich lackiere mir noch schnell die Fingernägel, dann komme ich runter."

„Fingernägel lackieren?", dachte ich „ ... die hätte sie doch schon gestern lackieren können ... hmm ... Frauen ... "

„Ja, ... Julia, ... ist schon okay. ... Ich warte einfach, bis du damit fertig bist", schrieb ich und dachte mir dabei, dass ihr vielleicht auch nur die Düse ging und sie noch etwas Zeit brauchte, um sich noch etwas Mut zu fassen. Egal, die paar Minuten, konnte ich auch noch warten.

Ich stellte mir die Rückenlehne etwas nach hinten, lehnte mich im Auto entspannt zurück, drehte die Musik im Radio etwas lauter und schaute mir den bevorstehenden Tag schon einmal in meinem Kopf-Kino an.

Gleich würde dort durch die Treppenhaus-Eingangstür eine grazile, sportive, nur 18-jährige, junge Frau heraustreten. Ihren Angaben in ihrem TABOO-Profil nach war sie 1,65 m klein und dürfte den Fotos nach höchstens 55 Kilo leicht sein. Sie würde also in wenigen Minuten auf meine Karre zulaufen, mich drücken und dezent küssen, ins Auto einsteigen und mit mir irgendwo hinfahren, um dann ein bis zwei Stunden später wieder hier mit mir auszusteigen, in ihre kleine Wohnung zu gehen. Und dann ... dann würde es abgehen. Dann war sie fällig. Dann hätte ihr jungfräuliche Dasein ein jähes Ende. Ich freute mich.

Die Minuten vergingen. Ich hörte einen Song aus dem Radio, ich hörte noch einen und nach sieben Musikbeiträgen ging wieder das iPhone: Piep, piep.

„Ich bin gleich soweit ... einen Moment noch. glg Julia"

Es folgten noch die fünfminütigen Nachrichten, sechs weitere Chart-Knaller aus dem Äther und dann war es soweit. Ich war schon fast eingepennt, da piepte wieder das iPhone und der erlösende Satz:

„Ich komme jetzt runter!", war auf dem Display zu lesen.

Die Eingangtür öffnete sich und heraus kam ...

... ihre schwergewichtige Mutter?!

Ihre Mutter sah aus wie ein Schlachter. Ein dicker Schlachter. Ein sehr dicker Schlachter. Ich schätze so an die 130 Kilo Kampfgewicht. Ein Messer hatte sie aber nicht dabei.

Was wollte die denn jetzt von mir? Wollte sie mir das Rendezvous mit ihrer blutjungen Tochter etwa ausreden? Bekäme ich jetzt eine moralische Standpauke? Hoffentlich war die Tochter auch wirklich schon 18 und nicht erst 17 oder 16 oder sogar nur 15 Jahre jung.

Sie, das unförmige Etwas, lief genau auf mein Auto zu. Mit einer Handbewegung - ich lag noch zurückgelehnt und etwas dösig im Sitz - bat sie mich, das Fenster herunterzukurbeln. Ich tat es.
„Hi, da bin ich!", sagte sie.
„Hääh ... ???", dachte ich
„ ... wer soll das sein?", war mein zweiter kurz gefasster Gedanke.

Ich stieg aus, sie drückte mich, gab mir einen angedeuteten Kuss auf die linke und dann rechte Wange und bat mich:
„Kannst du ein Stück vorfahren? Dann kann ich besser ins Auto einsteigen."

Ich war noch etwas perplex und tat aber das, was sie von mir wünschte. Ehe ich mich versah, saß die schwere Wuchtbrumme, die ich auf Mitte bis Ende dreißig schätzte, neben mir im Auto. Als das Auto nach dem starken Schwanken während ihres Einsteigens wieder in Ruhestellung kam, musterte ich die Unbekannte von oben bis unten.

Sie war ganz in Schwarz gekleidet. Sie trug hautenge Leggings, was ich für das Kampfgewicht dieser Schwergewichtsklasse sehr mutig fand, aber auch sehr scheußlich, da man jede Delle in ihrer fleischähnlichen, dicken Speckschicht sehen konnte. Sie hatte ein genauso enges, schwarzes Strickkleid an und schwarze Schuhe, aus denen ihre Füße quollen. Die Schuhe sahen so voll aus, als würden sie jeden Moment explodieren. Sie hatte einen furchtbar großen Kopf, so groß wie eine Bahnhofsuhr, und ihr eigentlich dunkelblondes, langes Haar - man erkannte es am Haaransatz - war schwarz gefärbt oder getönt. Die fettigen Lippen waren in rotes Lipgloss getaucht. Abturnend.

Einen Hals hatte sie nicht. Der musste sich in ihrer persönlichen, jüngsten Evolution wohl zurückentwickelt haben oder war durch das hohe Gewicht des großen Kopfes zwischen ihren Schulterblättern zusammengestaucht. Ich dachte, ich säße im falschen Film. Ich wusste nur nicht, welcher Film das jetzt gerade war. Wer war die Frau da neben mir? Mit Julias offensichtlich schwer vermittelbaren, alleinlebenden Mutter hatte ich mich meines Wissens nicht verabredet.

„Was willst du machen?", fragte ich sie ohne genau zu wissen, auf welchen Namen sie hörte.
„Wir fahren erstmal los und dann lotse ich dich zu einem kleinen Eiscafe am Rande der Stadt."
„Super ... und was machen wir dann da?", fragte ich mal so interessiert dazwischen.
„Na, das, was wir die letzten Tage besprochen haben."

„Wir???", fragte ich ... und so langsam erkannte ich den Ernst der Lage und der bis dahin weitgeöffnete Kreis begann sich zu schließen.

„Ja, ... natürlich wir ... oder hast du heute noch eine zweite Verabredung?", wollte sie erstaunt mit großen Augen und offenem Mund von mir wissen.

Neben mir saß in meinem schönen, schwarzen Sternchen-Auto, das eine starke Schieflage Richtung Beifahrersitz hatte, ein ca. 130 Kilo schwerer Fleisch-Speck-Kloß, der mich mit verliebten aber fragenden, großen Augen ansah und hieß - ich traute mich nicht zu fragen - wahrscheinlich Julia und war wahrscheinlich angeblich nur 18 Jahre alt. Mir war irgendwie so, als wäre ich plötzlich durch ihren Anblick schwanger geworden und müsste mal eben durch das noch offene Fenster auf die Straße kotzen.

Ohne, dass sie es merkte, kniff ich mich in den linken Oberschenkel und hoffte, mit diesem Trick aus dem Alptraum aufzuwachen. Die Kniffe begannen langsam weh zu tun und ein paar Blutergüsse waren für die kommenden Tage schon mal vorprogrammiert. Nur das mit dem Aufwachen hatte nicht geklappt. Ich fragte sie, wie alt die Fotos auf ihrer TABOO-Seite wären und wie alt sie tatsächlich war.

„Die sind vom letzten Jahr, da war ich noch 17", sagte sie.
„Aha?!", war meine spartanische Reaktion auf die unfassbare Antwort.
„Auf deinen Fotos siehst du aber ganz anders aus als live", musste ich noch enttäuscht loswerden.
„Jaaa, ... ich hatte das letzte Jahr etwas psychischen Stress und dabei ging es mir nicht so gut und dabei habe ich auch etwas zugenommen", beichtete sie mir.

„Nun gut ... eine Ver-zwei-Komma-drei-sechs-Fachung des Körpergewichtes in so kurzer Zeit hätte ich jetzt nicht mit ‚ETWAS´ umschrieben", dachte ich mir ohne es auszusprechen.

Ich konnte es immer noch nicht fassen. 130 Kilo unerotisches Irgendetwas quollen über den Rand meines Beifahrersitzes in meinem Auto. Die Mittelkonsole drohte, von dem Fleisch vereinnahmt zu werden. Fragen über Fragen füllten meinen Kopf:

Soll ich sie sofort wieder an die frische Luft setzen?

Soll ich sie nun aus Mitleid knattern?

Kriege ich überhaupt einen hoch, wenn sie nackt vor mir liegt?

Durch welche Körperöffnung könnte ich atmen, wenn sie die 69-er Stellung mit mir ausprobieren wollte?

Wie bekomme ich die nur wieder aus meinem Auto heraus?

Und wie komme ich hier aus dieser Nummer wieder raus?

Ich war ratlos. Ich war verstört. Ich war ohne Hoffnung auf ein gutes Ende. Ich fühlte mich einfach nur scheiße.

Sie gab mir die Hinweise für die Fahrtstrecke zu dem Eiscafé. Ich fuhr wie fremdgesteuert nach ihren Anweisungen. Auf den Verkehr konnte ich mich überhaupt nicht konzentrieren. In einem Kreisverkehr - ich hatte gedankenabwesend die Orientierung in der Stadt bereits verloren - schrie sie plötzlich:

„Vorsicht! Ein Junge auf dem Rad!"

Ich bremste abrupt ab. Von links, aus dem Innern des Kreisverkehres fuhr verkehrsregelwidrig ein sehr junger Teenager mit seinem Rad an uns vorbei und kreuzte dabei unsere Spur vor uns von links, um den Kreisverkehr nach rechts zu verlassen. Hätte Julia ihn nicht noch rechtzeitig bemerkt, ich hätte ihn geistesabwesend, wie ich in dem Moment war, wahrscheinlich überfahren.

Shit happens ... und wenn dann richtig. Das hatte mir jetzt noch gefehlt. Ein Verkehrsunfall mit einem toten Kind im Beisein einer flüchtigen, unattraktiven Bekanntschaft. Ich wollte den Gedanken gar nicht weiterdenken.

„Ich musste raus. Raus aus dieser unwirklichen Situation", dachte ich. Wie würde ich sie nur wieder los.

Als wir am Eiscafé ankamen, stellten wir fest, dass dieses zu meinem Glück wegen eines familiären Trauerfalles geschlossen war. Dann hatte der Tod wenigstens schon mal etwas Gutes für mich. Die überflüssige, in den Sand gesetzte Investition in zwei Portionen Eis und diverse Cappuccinos wurde mir auf diese Weise schon einmal erspart.

Wir fuhren noch etwas weiter und stiegen etwas später an einem Seeufer aus. Irgendwie tat sie mir ja wohl leid. Während ich nur damit beschäftigt war, ein schnelles Ende dieses für mich verkorksten Abenteuers zu finden, war Julia sich der tatsächlichen Situation und meiner Stimmungslage noch nicht bewusst und freute sich sicherlich schon darauf, dass ich sie nur kurze Zeit später in ihrem großen, rosafarbenen Himmelbett ausziehen, verwöhnen und deflorieren würde. Verdammte Axt!

Wir liefen ein bisschen am Ufer des Sees herum. Sie laberte irgendetwas und ab und zu nickte ich mal dazu oder bejahte es, wenn es sich, mit halbem Ohr hingehört, wie eine Frage anhörte. Ich war nur damit beschäftigt, Worte dafür zu finden, ihr höflich, aber bestimmt das Ende unserer Zweisamkeit anzukündigen. Mir fiel nichts dazu ein. Alles, was ich hätte sagen können, hätte sie sicherlich tief gekränkt. Und ich wollte nicht der Grund für eine eventuelle, nicht überlegte Tat von ihr werden, die sie später vielleicht bereuen könnte.

Vielleicht würde sie hinterher aus Scham oder tiefer Kränkung versuchen, sich das Leben zu nehmen oder ähnliches. Ein Suizidversuch durch Erhängen wäre sicherlich an der konterkarrierenden Wirkung der Schwerkraft gescheitert. Das Seil, dass diese Wuchtbrumme hätte halten sollen, hätte erst noch gedreht werden müssen.

Bei einem Sturz aus ihrem Wohnungsfenster im ersten Stock hätte sie die körpereigene, elastische Schwungmasse, die sie umgab, sicherlich weich landen lassen. Ihre Blessuren wären aber sicherlich auf lange Zeit unübersehbar gewesen.

Das freiwillige Ertrinken wäre als Selbstmord-Option wegen des zu großen Auftriebes auch flachgefallen. Fett schwimmt ja bekanntlich oben und ist schwer zu versenken.

Nein, bei aller Verzweiflung und allem verständlichen Egoismus meinerseits in dieser für mich unwirklichen und fatalen Situation, aber ich konnte Julia, die mir beim Chatten ja sehr sympathisch gewesen war, nicht mit einer posttraumatischen Störung aus diesem Date entlassen.

Enttäuschend würde es für sie so oder so enden. Auch wenn ich sie heute noch schultern, entjungfern und durchvögeln würde. Ein zweites Mal würde es mit mir eh nicht geben. Ich suchte doch nur das einmalige Abenteuer - mit einer Frau, die mindestens so knackig war, wie meine eigene - und nicht, wie sie noch dachte, eine feste Beziehung fürs Leben mit ihr.

Wir gingen etwas später wieder zurück zu meinem Benz, stiegen ein und fuhren weiter. Sie wollte mich als nächstes zu einem Pferdegestüt lotsen. Dort hatte sie ein Pflegepferd, auf dem sie auch manchmal reiten durfte. Der arme Ackergaul. Der hatte bestimmt ein Hohlkreuz vom Reiten. Da ich aber nicht, wie man sicherlich nachvollziehen konnte, mit dem animalischen Duft von Pferd abends nach Hause kommen wollte, schlug ich das Angebot ab. Ich schob eine Pferde-Phobie vor, von der ich bis dahin selbst noch nichts gewusst und auch noch nie etwas gehört hatte.

Ich stellte mein Navi auf letztes Ziel, wo ihre Wohnadresse noch abgespeichert war. Sie hatte es nicht bemerkt und während sie mich irgendwohin manövrieren wollte, bemerkte sie, dass ich bereits eine andere Strecke fuhr. Und zwar zu ihr nach Hause.

Vor ihrer Haustür wieder angekommen, sagte sie, dass sie noch nicht so weit wäre, schon jetzt mit mir hoch zu gehen. Sie war über meine Wortkargheit an dem Tag etwas verwundert. Beim Chatten war ich sehr viel gesprächiger und vor allem unterhaltsamer und humorvoller gewesen. Ich fasste meinen ganzen Mut zusammen, schaute ihr tief in die Augen und sagte dann mit beruhigender, tiefer Stimme:

„Julia, ... ich habe dir nicht die ganze Wahrheit gesagt. Ich bin nicht, wie du noch denkst, 34 und Single, sondern 44, Vater einer kleinen Tochter und verheiratet. Ich hatte nur das Abenteuer gesucht ... aber nicht eine neue, feste Beziehung. Ich weiß ... ich bin ein Arsch. Ich hoffe, dass du nicht zu sauer auf mich bist. Aber ich fühle mich gerade dir und meiner kleinen Familie gegenüber saubeschissen. Mich überkommt gerade so ein extrem schlechtes Gewissen euch dreien gegenüber. Ich kann heute nicht mit dir in deine Wohnung kommen, um das mit dir zu machen, was ich eigentlich vorhatte."

Ihre Mundwinkel wurden schwer wie Blei und wollten auch nicht gegen die Schwerkraft ankämpfen. Ihre Enttäuschung war unübersehbar und beim Sprechen blieb ihr die Spucke weg.
„Ja ... äh ... okay ... äh ... neee ... äh ... ist wohl ... äh ... gut ... so ... wenn du ... äh ... meinst?", war ihre gestammelte Antwort.

Sie hatte allerdings dennoch Verständnis für meine Entscheidung und lobte sogar unverhofft meine Aufrichtigkeit. Ihr letzter Freund hatte weniger Probleme damit, sie zu betrügen und das gleich mehrmals nacheinander mit verschiedenen Frauen - einige davon waren ihre Freundinnen.

Tja ... und so endete für uns zwei dieser verfloppte Tag.

Ich will ja nicht als kaltherziger Unmensch rüber kommen, aber wenn ich ein leckeres, saftiges und blutiges Steak angeboten bekomme, mich schon lange vorher darauf freue und mir das Wasser bei dem Gedanken daran im Mund zusammenläuft und mir dann jemand einen Napf mit ungewürzter, kalter Erbsensuppe serviert, dann dürfte meine Enttäuschung nachvollziehbar sein.

Der Vergleich mag krass erscheinen, aber so ungefähr war es für mich in dem Moment, auf den ich nicht vorbereitet war. Und dicke Frauen passten noch nie in mein Beuteschema. Früher nicht und heute - wo mir die verbleibende Zeit immer knapper wird - erst recht nicht.

Ich verabschiedete mich höflich mit einer Umarmung und zwei angedeuteten Küssen auf die Wangen. Sie machte auf ihrem Absatz kehrt und ging geknickt und in sich gesunken zurück ins Haus. Ich stieg erleichtert wieder ins Auto und fuhr heimwärts.

Was musste sie nur erlebt haben, dass sie sich in so kurzer Zeit einen solchen schwabbeligen Panzer angefressen hatte? Und dabei war sie ein Jahr zuvor noch so eine geile Granate.

Mit vielen offenen Fragen im Kopf kam ich eine Stunde später zu Hause wieder an. Ich fühlte mich den Rest des Tages allen drei Frauen - Julia, meiner Frau und meiner Tochter - gegenüber ziemlich beschissen. Ich spielte ernsthaft mit dem Gedanken, mir die Seiten-Springerei wieder abzugewöhnen.

Conny war meine letzte, erfolgreiche Bekanntschaft von TABOO gewesen. Die peinliche Nullnummer mit Julia hatte ich bereits wieder erfolgreich verdrängt. Zu fesselnd waren meine Fantasien, die ich mithilfe meiner Tagträumereien mit den vielen schönen Frauen-Fotos auf TABOO in Verbindung brachte. Da musste doch noch was gehen. Ein neuer Kick musste her. Ich fragte mich, wie man die zurückliegenden Dates wohl toppen konnte. Mir fiel spontan nichts darauf ein.

Eines Abends, als ich mal wieder kackend mit dem iPhone auf dem Klo saß - ich war schon in der Nachspielzeit, also etwas länger als gewohnt auf dem Klo - lernte ich Nadja kennen.

Nadja war eine 25 Jahre junge, gutaussehende, sehr weibliche Serbin. Sie hatte, wie sich im Laufe des Chattens herausstellte, zwei kleine Kinder. Eine kleine, dreijährige Tochter und einen zwei Jahre älteren Sohn. Ihre Mutter, die noch in Serbien lebte, war für ein paar Wochen bei ihr zu Besuch. Sie lebte in Scheidung von ihrem Ex-Mann, der in Süddeutschland wohnte. Sie war schon etwas länger solo und dementsprechend etwas ausgehungert oder, sagen wir mal, sexuell unterzuckert und somit überfällig. Sie brauchte auch mal wieder eine ordentliche Portion ausgedehnten und guten Sex!

Wir flirteten eine kurze Zeit beim Chatten, machten uns gegenseitig ein paar Komplimente, fragten uns gegenseitig über unsere familiären und beruflichen Hintergründe aus und kamen auch sehr schnell auf den Punkt. Mit meiner Ehe hatte sie kein Problem. Einem One-Day-Stand stand sie weltoffen gegenüber. Wir sprachen über unsere Erfahrungen, die wir mit Seitensprüngen oder auch einmaligen Sextreffen hatten. Sie war in dem Sommer nicht darauf aus, eine neue Beziehung einzugehen. Sie wollte sich von der letzten erst einmal in Ruhe erholen, ohne sich direkt in irgendetwas Neues zu stürzen - auch ihren beiden Kleinen zuliebe.

Wir beschlossen recht kurzfristig, dass wir uns treffen wollten. Ich hätte Nadja zur Abwechslung gern bei sich zu Hause besucht, um sie dort in ihrem Bettchen zu vernaschen. Dort hätte sie dann ihren Heimvorteil ausspielen können. Was immer das auch gewesen wäre. Da sie aber ihre Mutter zu Besuch hatte, musste also der bereits mehrfach bewährte „Plan B" her. Ich schlug ihr vor, dass wir in ein Hotel gehen könnten, um uns unserer Leidenschaft hinzugeben. Sie willigte, ohne auch nur über Ausreden nachzudenken, sofort ein. Ich fragte Nadja:

„Was soll ich mit dir auf dem Hotelzimmer machen? Hast du bestimmte Vorlieben?"

Sie schwieg und schrieb dann zeitversetzt:

"Hmmm ... ?"

„Weißt du es nicht? ... oder traust du dich nicht, es mir zu sagen?"

Wieder nur ein: „Hmmm ... !"

„Ich schlage mal was vor: Hattest du schon mal eine Tantra-Massage?"

„Eine was? ... nee ... was ist das?", wollte sie wissen.

„Also, eine Tantra-Massage hat ihren Ursprung in Asien (Indien oder so). Es ist eine Ganz-Körper-Massage, bei der die Frau oder der Mann nach einer rituellen Reihenfolge von oben bis unten, also vom Scheitel bis zu den Füßen, massiert wird. Das ist sehr intensiv und sehr erotisch.

Und wenn es dir gefallen hat, dann gibt es als Zugabe noch eine Yoni-Massage. Das kickt. Was eine Yoni-Massage ist, das verrate ich dir aber erst, wenn du nach der Tantra-Massage eine Zugabe haben möchtest ;-) ... Bist du interessiert?"

„Das hört sich doch gut an ;-) ... ja, ich bin interessiert."

„Okay, dann machen wir das. Und gibt es sonst noch etwas, was du gern machen würdest oder was du dich bis heute noch nicht getraut hast? Zum Beispiel Analverkehr oder irgendetwas anderes?"

„Analverkehr ist okay. Das mag ich sehr, ... wenn er gut ist und nicht weh tut ...

... hmmm ...

... Ich möchte gern einmal gefesselt werden!!!"

„Meinst du mit Plüschhandschellen und Gummiballknebel im Mund aus dem Sexshop oder richtiges japanisches Bondage?"

„Auf Plüschhandschellen stehe ich nicht. Ich meinte das richtige japanische Bondage mit speziellen, hautfreundlichen Baumwollseilen und speziellen Knoten-Techniken und so. Davon träume ich schon länger. Mich einem Mann völlig wehrlos hinzugeben und die Sache nicht mehr unter Kontrolle zu haben. Es muss aber ein Mann sein, dem ich voll und ganz vertrauen kann."

„Hey, cool. Das wollte ich schon immer mal ausprobieren. Ich hatte nur noch nie eine Frau kennengelernt, die darauf steht und sowas mit sich machen lassen wollte."

„Weißt du denn, wie so etwas geht?", wollte sie von mir wissen.

„Ich habe schon mehrere Bücher dazu gelesen. Verschiedene Knoten und Figuren habe ich auch schon geübt. Auf youtube gibt es auch ein paar brauchbare Videos dazu. Auf arte-TV oder 3-Sat hatte ich mal eine längere Dokumentation dazu gesehen. Das war schon sehr erotisch, obwohl es gar nicht zum Sex dabei kam. Ein japanischer, etwas unförmiger Opi hatte eine gutaussehende, junge, knackige Japanerin gefesselt. Zuletzt hing sie, völlig bewegungslos und verschnürt, an einem Haken von der Zimmerdecke herunter."

Wir tauschten noch ein wenig unsere Kenntnisse zu dem Thema aus. Nadja war noch nie gefesselt worden. Sie kannte bisher niemanden, der sich damit auskannte. Oder, wenn sie mal jemanden darauf ansprach, hatte er sie für bekloppt gehalten oder er hatte sich schon bei den ersten Gesprächen darüber so dämlich angestellt, dass er sich damit direkt disqualifiziert hatte. Praktische Erfahrungen hatte ich damit zwar auch noch nicht aber mein Interesse und mein Wissen darüber schienen ihr in diesem Falle auszureichen, um sich mit mir darauf einzulassen. Ich sagte Nadja auch, dass es mir sehr wohl bekannt sei, dass, wenn man sich einer Bondage-Session hingab und der Passive an einem bestimmten Punkt nicht mehr weitermachen wollte, dieser Wunsch von dem Aktiven sofort respektiert und die Session beendet werden müsse, da ansonsten aus einer leidenschaftlichen Bondage-Session ganz schnell eine Freiheitsberaubung würde. Und die wäre dann strafbar.

Sie war erstaunt, dass mir diese juristischen Details bekannt waren, von denen sie bis dahin noch gar nichts wusste. Und ich denke, dass das auch der Ausschlag dafür war, dass sie mir ihr Vertrauen schenkte. Sie sagte mir noch, wo ich die speziellen Baumwollseile, die nicht dünner als 5 mm und nicht dicker als 10 mm sein sollten, in der Region kaufen könnte. Ich hätte sie auch bei amazon bestellen können, aber wenn meine Frau das Päckchen empfangen und geöffnet hätte, wäre ich in Erklärungsnot geraten.

Am kommenden Tag besorgte ich mir einige Dekameter von den Bondageseilen. Für die Tantra-Massage brauchte ich noch ein Fläschchen Massage-Öl mit wohlriechendem Duft und für die angedrohte Zugabe, also die Yoni-Massage, benötigte ich noch ein Intim-Gel, da ätherische Massage-Öle für diese speziellen Körperregionen nicht geeignet waren.

Zwei Tage später war es dann soweit. Der Tag unseres Dates war angebrochen.

Nadja kam aus Gronau. Dort holte ich sie auf einem Supermarkt-Parkplatz in der Nähe ihrer Wohnung ab. Von dort aus fuhren wir in einen kleinen Ort namens Ahaus. Dort gab es ein hübsches, aber einfaches Hotel. Wir checkten ein, erledigten die Formalitäten, gingen auf das Zimmer und mir kam es so vor, als hätte ich zum wiederholten Male ein Déjà-vu-Erlebnis.

Diese Situation, mit einer Frau, die man erst vor ein paar Minuten das erste Mal in natura gesehen hatte, von der man aber schon so viel durch das Chatten erfahren hatte, auf ein Hotelzimmer zu gehen, diese Nervosität im Körper, die immer gleichen Rituale, wenn man das Zimmer betritt. Alles war inzwischen so vertraut und doch irgendwie immer wieder neu.

Nadja ging ins Badezimmer, um sich noch etwas zurecht zu machen. Ich legte alle mitgebrachten Utensilien für diesen auch für mich sehr speziellen Tag bereit. Die Bondage-Seile hatte ich tags zuvor schon im Büro auf unterschiedliche Längen zugeschnitten. Zwei, drei, fünf und acht Meter lange Seile hatte ich an den geschnittenen Enden mit einem Faden so umwickelt, dass diese sich nicht aufdrehen konnten. Ich legte alle Utensilien über eine Stuhllehne. Eine massive Verbandsschere und für den allergrößten Notfall auch noch ein sehr scharfes Messer legte ich ebenfalls bereit.

Bei einer Bondage-Session kann es passieren, dass die oder der Passive, also der oder die Gefesselte, plötzlich in Panik gerät. Negative Kindheitserinnerungen beispielsweise an Indianer-Fesselspiele oder Schlimmeres können dabei der Auslöser sein. In so einem Notfall hat der Aktive, also der Fessler, die Pflicht, den Passiven sofort wieder zu befreien. Die Zeit, die er zum Entschnüren bräuchte, wäre viel zu lang. Also müsste man in einer solchen Situation zwangsläufig die Seile zerschneiden. Mit Nadja hatte ich mich vorher intensiv im Chat darüber ausgetauscht.

Gliedmaßen einschlafen oder er einen Krampf bekäme, weil es im Zimmer vielleicht etwas zu kühl oder die Körperposition zu anstrengend gewesen wäre. Auch in so einem Falle wäre eine schnelle Abhilfe aus der jeweiligen Position erforderlich.

Zu den Bondage-Utensilien auf dem Stuhl stellte ich auch noch die Tantra-Massage-Utensilien auf die Nachtkonsole: Massage-Öl mit dem Duft von Lavendel und unparfümiertes Intimgel. Ich schloss an meinem iphone, das ich natürlich auf Flugmodus gestellt hatte, eine kleine Soundbox an und spielte die Meditations-Melodien an, die an asiatische Klänge erinnerten. Einen Tag vorher hatte ich mir bereits aus verschiedenen CDs eine Spielliste im mp3-Format zusammengestellt und brauchte diese nur noch auf „endlose Wiederholung" programmieren.

Alles war vorbereitet. Ein paar Teelichter hatte ich noch im Hotelzimmer an verschiedenen Stellen platziert. Die Stimmung im Raum war asiatisch authentisch und als Nadja aus dem Bad kam - sie trug nur noch ein weißes Frottier-Badetuch am Körper, das ihre Brüste, ihren Schambereich und ihren Po bedeckte, konnte die ritual-ähnliche Prozedur beginnen.

Nadja stand mitten in dem großen Hotelzimmer. Ich hockte mich vor sie auf den Boden und setzte mich auf meine Fersen. Dann beugte ich mich mit dem Kopf nach vorn hinunter zu ihren Füßen, um ihr meinen Respekt dafür zu zollen, dass sie sich von mir massieren lassen wollte. In dieser Position verharrte ich eine Weile. Danach stand ich langsam auf. Nadja ließ das Badetuch auf den Teppich fallen, legte sich mit dem Bauch nach unten lang auf das Doppelbett, nahm eine entspannte Körperhaltung ein, legte ihre Arme am Körper entlang mit den Handflächen nach oben auf dem Bett ab. Den Kopf drehte sie nach rechts Richtung Fenster. Sie hatte sich im Bad ihre langen, schönen Haare auf dem Kopf zu einem Dutt zusammen gebunden, damit diese nicht mit dem Öl verklebten.

Ich kniete mich auf das Bett, nahm einige Tropfen von dem wohlduftenden Massage-Öl in die Hand, rieb es lange in den Händen, um diese dabei etwas aufzuwärmen und begann, Nadjas Nacken zu massieren. Der sehr angenehme Duft von Lavendel verbreitete sich in dem leicht abgedunkelten Hotelzimmer.

Ganz langsam, mit mal leichtem und mal etwas festerem Druck, massierte ich Nadja die Rückenpartie bis zu ihrem Steißbein hinunter. Nadja kommentierte die Berührungen mit einem kätzchen-artigen Schnurren. Dann massierte ich wieder nach oben zu den Schultern, den beide Oberarmen bis zu den Handgelenken. An den Armen massierte ich mehrmals langsam hoch und wieder hinunter. Mit Hin- und Her-Bewegungen, immer abwechselnd und versetzt von der linken Körperseite zur rechten, von den Schultern bis zum Po-Ansatz massierte ich Nadja leidenschaftlich.

Anschließend knetete ich noch einmal ihre Ober- und Unterarme. An den Händen angekommen, massierte ich ihre Hand, die Innenflächen, nahm jeden einzelnen Finger und massierte ihn von der Handfläche bis zu den Fingerspitzen. Das gleiche mit der anderen Hand.

Ich setzte mich so neben Nadjas ausgestreckte Beine, dass ich mit meinem Gesicht in ihre Kopfrichtung gewandt fortfahren konnte. Mit langen Bewegungen strich ich vom Nacken, über die einzelnen Wirbel ihres Rückgrates, den Po nur seitlich streifend, über ihre Ober- und Unterschenkel bis zu den Achillesfersen und unter ihre Fußsohlen. Diese ausdauernden Bewegungen machte ich mehrmals. Nadja schien es gut zu gefallen. Zwischendurch machte sie leise Geräusche, die keiner Worte bedurften: „hmmm … " und „brrrrr …" und „grrrrrr …".

Ich setzte die Prozedur mit einer intensiveren, etwas festeren Ober- und Unterschenkel-Massage fort. Nadja hatte ihre Beine ein paar Grad auseinander gespreizt und mit jeder Bewegung von unten nach oben zwischen ihren Oberschenkeln streifte ich, wie ungewollt, mit den Fingerspitzen ihre äußeren Schamlippen. Diese „versehentlichen" Berührungen ihrer glattrasierten Scham sollten sie schon einmal auf das vorbereiten, was später folgen sollte.

Nachdem ich ihre Beine mehrmals kräftig massiert hatte, war ihr schöner Knackarsch dran. Zwischendurch träufelte ich mir immer mal wieder etwas Öl auf die Handflächen. Das Öl sollte man nie direkt auf die Haut träufeln, da es als unangenehm empfunden werden könnte. Es gibt aber eine Ausnahme: die Po-Ritze.

Ich spreizte mit zwei Fingern in V-Stellung ihre beiden Po-Backen etwas auseinander, sodass ich, trotz des schummerigen Lichtes, Nadjas After sehen konnte. Dann ließ ich einen Schluck Massage-Öl auf die Po-Ritze träufeln. Nadja kniff ihre Backen zusammen. Das Öl lief langsam an den Innenbacken hinunter bis zu den äußeren Schamlippen. Von Nadja gehauchte Konsonanten beim Ein- und Ausatmen gaben mir die Gewissheit, dass es ihr gefiel: „Hhhhhhh … hmmmm … ".

Ich massierte ihren wunderschönen und knackigen Arsch mit kreisenden Bewegungen. Dabei presste ich ihre Arschbacken mal fest zusammen und dann zog ich sie wieder auseinander. Mit den Fingerspitzen streifte ich zwischendurch immer mal wieder ihren Anus. Hier war die kleine, rassige Serbin besonders kitzelig.

Nachdem ich diese schöne Körperregion eine Weile verwöhnt hatte, bat ich Nadja darum, sich umzudrehen. Sie drehte sich auf den Rücken, legte ihre Arme wieder neben ihren Körper auf das Bett, schloss die Augen und machte einen Gesichtsausdruck, als ob sie die Fortführung gar nicht erwarten könnte. Ich nahm nur ein bis zwei Tropfen des Öls auf meine Fingerkuppen und massierte nun mit meinen Fingerspitzen in kleinen, kreisenden Bewegungen Nadjas Schläfen, die Wangen und ihr Kinn. Danach ihren Hals und ihren Nacken, indem ich von oben mit den Händen unter den Nacken griff und mit den Fingerspitzen kreisende Bewegungen machte. Dann wieder die Schulterpartie, die Ober- und Unterarme bis zu den Händen. Alles massierte ich mehrmals.

Anschließend verwöhnte ich Nadjas Bauch und ihren Brustkorb. Den Brustkorb anfangs nur an ihren Körperseiten mit langen Bewegungen von den Achseln bis zu den Hüften. Den Bauch massierte ich wieder etwas fester mit versetzten Hin- und Her-Bewegungen, von dem Bereich unterhalb ihrer Brust bis zu ihrem Venushügel.

Nun verwandte ich etwas mehr Zeit für die Massage ihrer fülligen Oberweite. Ich massierte ihre Brüste mit kreisenden Bewegungen unterhalb der Brust. Mit zwei Fingern fasste ich erst ihre linke Brustwarze fest an, um dann den Warzenhof hinunter zu streichen. Anschließend wiederholte ich das Ganze mit ihrer rechten Brust. Beide Brüste massierte ich mal ganz sanft und dann wieder etwas fester.

Danach setzte ich mich wieder so neben ihre leicht gespreizten Beine, dass ich beidhändig von ihren Schultern über die Körperflanken, entlang ihrer Beckenaußenseiten bis über ihre Beine zu den Füßen und ihren Zehenspitzen streichen konnte. Die Zehen massierte ich einzeln auf die gleiche Weise wie ihre Finger zuvor.

Nadja gefiel diese totale Aufmerksamkeit für jede ihrer einzelnen Körperregionen. Berührungen, die sie besonders mochte, ließ sie mich erkennen und ich wiederholte sie dem entsprechend oft. Schließlich fragte ich Nadja:

„Na, ... hat es dir gefallen?"

Sie nickte zufrieden, drehte mit ihrem Hinterkopf auf dem Kopfkissen kreisende Bewegungen in 8-Form, die die Zufriedenheit unterstreichen sollten.

„Bist du bereit für die Zugabe? ... für die Yoni-Massage?", fragte ich sie.

„Was passiert denn jetzt mit mir?", wollte sie wissen.

„Das verrate ich dir nicht!", erwiderte ich.

„Lass dich einfach überraschen!", fuhr ich fort.

"Okay, dann mach mal ...! ", war ihre kurze Antwort.

„Ich komme sofort zurück", sagte ich und stand auf. Ich ging in das Bad, wusch mir das Massage-Öl von den Händen, trocknete sie ab, klemmte mir ein paar Bade- und Handtücher unter den Arm und ging wieder in das Zimmer.

Gespannt lag Nadja da und beobachtete, was ich tat. Ich nahm zwei Badetücher, rollte sie auf dem Bett zu zwei kleinen Rollen zusammen, legte sie Nadja unter beide Kniekehlen und öffnete dabei ihre Beine ein bisschen weiter auseinander. Die Frottier-Rollen sollten lediglich die Position der geöffneten Beine etwas unterstützen, damit die Körperhaltung für Nadja sehr entspannt bleiben konnte. Ich kniete mich unter den neugierigen Augen von Nadja zwischen ihre angenehm gespreizten Beine und bat sie:

„Bitte ... schließe nun deine schönen, braunen Augen!"

Sie schloss ihre schönen, braunen Augen. Ich nahm die Intimgel-Tube, drückte mir einen langen Strang in die Handfläche, verrieb diesen in meinen Händen, damit alles schön geschmeidig und glitschig wurde. Dann legte ich meine flache, geöffnete Hand mit der Handfläche nach unten auf Nadjas Scham. Die Finger lagen auf ihrem Venushügel und der Handballen lag auf ihren großen und kleinen Schamlippen und deckte somit ihre Scheide ab. In dieser Position, die Nadja ihre leichte Anspannung nehmen sollte, verharrte ich eine Weile. Diese Geste sollte, wie einige Sequenzen zuvor die Verbeugung zu ihren Füßen, meinen Respekt vor ihr zollen, dass sie mir das Vertrauen schenkte, sich auch an dieser intimen Körperregion von mir massieren zu lassen.

Ich nahm nun die linke große Schamlippe zwischen beide Zeigefinger und Daumen und massierte diese von oben nach unten und zurück. Danach die rechte. Anschließend wiederholte ich diese Berührungen mit ihrer linken und dann rechten kleinen Schamlippe. Mit Zeige- und Mittelfinger meiner linken Hand spreizte ich die kleinen Schamlippen etwas auseinander, damit ich mit meinen Fingern der rechten Hand ihre Klitoris stimulieren konnte. Ein entspanntes und schönes Lächeln überzog ihr hübsches Gesicht.

Diese sehr filigrane Massage führte ich so behutsam aus, dass Nadja es genießen konnte, ohne dass ich sie dabei zum Höhepunkt brachte. Der sollte noch bewusst auf sich warten lassen. Anschließend legte ich meine Hand wieder auf Nadjas Mumu, sodass die Finger wieder auf ihrem Venushügel lagen. Ich spreizte meinen Daumen der rechten Hand mit der Daumenspitze nach unten Richtung Bettlaken beziehungsweise ihres Afters, und führte ihr diesen ganz langsam und behutsam zwischen ihren großen und kleinen Schamlippen in ihre Möse ein.

Hier wäre das Intimgel heute gar nicht notwendig gewesen. Nadjas körpereigenen Säfte hatten hier schon für ein angenehm feuchtes Klima gesorgt. Ich massierte mit der Daumenkuppe ihre Scheide unterhalb der Bauchdecke. Mit kreisenden Bewegungen stimulierte ich sie ein wenig. Anschließend nahm ich den Daumen wieder heraus und steckte den Zeigefinger meiner linken Hand in ihr Feuchtbiotop. Nun massierte ich ganz langsam die Innenseite ihrer Vagina. Im Uhrzeigersinn, bei zwölf Uhr beginnend, führte ich kreisende Bewegungen aus. Auf sechs Uhr angekommen wechselte ich die Hand und machte mit dem Ziegefinger der rechten weiter. Wieder auf zwölf Uhr angekommen, ertastete ich ihren G-Punkt, die etwas rauhe und härtere Stelle unter Nadjas Bauchdecke. Ich stimulierte Nadja mit dem Zeigefinger der rechten Hand und massierte gleichzeitig mit der anderen Hand ihre Klitoris, die bereits auf Erbsengröße angeschwollen war.

Nadja genoss die erotische und selbstlose Behandlung, bei der sie voll und ganz auf ihre Kosten kam. Sie ließ dabei die Augen pausenlos geschlossen und machte lediglich Geräusche der Zufriedenheit mit geschlossenem Mund. Nur ihre Nasenlöcher öffneten sich weit mit zunehmender Erregung. Sie schnaufte dabei durch die Nase. Ich riss mir selbst die Kleider vom Leib, zog mir in Windeseile eine Latexhaut über den Mösen-Kavalier, drehte mir Nadja so zurecht, dass sie auf allen Vieren vor mir auf dem Bett stand, ich selbst kniete hinter ihr und wir trieben es wie die Hunde auf der Straße. Von dem vielen Massieren und Fingern war ich selbst schon so erregt und geladen, dass ich wenig Mühe hatte, Nadjas Vorsprung aufzuholen.

Sie war durch die Yoni-Massage schon kurz vor dem Höhepunkt gewesen. Ihre immer hastigere und lauter werdende Atmung verriet mir, dass sie nicht mehr lange durchhalten würde. Ich gab noch mal richtig Gas, erhöhte die Schlagzahl der Rein- und Raus-Bewegungen, zog mein Ding aus ihrer mittlerweile gut gedehnten Möse heraus und steckte ihr meinen sportiven Liebesknochen in ihre anale Körperöffnung. Mit einer langsamen, aber steten Bewegung steckte ich ihr meinen Dödel bis zum Anschlag in ihren kleinen Knackarsch. Wir klatschten mit unserem Fleisch im variierenden

Rhythmus gegeneinander. Von draußen muss es sich angehört haben, als würde ein Fleischer ein Kotelett verkloppen.

Während ich Nadja von hinten nahm, fingerte sie sich in ihrer Muschi selbst. Nach zwei bis drei weiteren Minuten waren wir beide soweit. Ich spritzte Nadja in den gummierten Darm und sie ließ einen Schrei der Erleichterung heraus. Beide ließen wir uns, noch aneinandergedockt, auf die Seite auf das Bett fallen und verharrten in der Löffelchen-Stellung.

Nach einer kurzen Zeit der Besinnung gingen wir gemeinsam unter die Dusche. Ich seifte Nadjas Körper mit Gel ein, um das Massage-Öl von ihrer zarten Haut zu duschen. Nach dem Duschen trocknete ich erst sie und dann sie mich ab. In dem großen Doppelbett gönnten wir uns noch eine knappe Stunde lang die Ruhe, die wir uns nach dem animalischen Akt verdient hatten.

Nach der längeren und verdienten Pause im Bett lag Nadja noch etwas erschöpft in meinem Arm. Ich ließ meine Augen über alles wandern, was im Hotelzimmer so herum stand oder lag. An dem Stuhl vor dem Schreibtisch blieb mein Blick bei den Seilen hängen, die ich anfangs dort ordentlich nebeneinander aufgereiht hatte. Nadja bemerkte, auf welche Utensilien meine Aufmerksamkeit fokussiert war. Sie sah zu den Seilen und dann in meine Augen:

„Fesselst du mich jetzt?!", fragte sie mich und schien es weniger als eine Frage, sondern mehr wie eine Aufforderung zu meinen. Ich erwiderte ihren tiefen Blick in die Augen und sprach mit ruhiger und tiefer Stimme:
„Zu Befehl, ... Herrin!"

Ich ging zum Stuhl, nahm mir ein paar Stricke und bat Nadja, sich aufrecht auf das Bett zu setzen. Sie tat, wie ich es ihr freundlich mitteilte. Ich nahm ihre beiden Arme und legte ihre Unterarme so hinter ihrem Rücken aufeinander, dass sie mit den Fingerspitzen ihrer rechten Hand ihren linken Ellenbogen und mit den Fingerspitzen ihrer linken Hand ihren rechten Ellenbogen berühren konnte. Um diese beiden parallelen Unterarme wickelte ich Nadje das erste Seil, formte eine Schlaufe, die ich mit einem einfachen Japanischen Knoten fixierte. Mit mehreren Umwicklungen über die komplette Länge der Unterarme, schnürte ich ihre Extremitäten so, dass Schlaufe für Schlaufe mit dem Abstand eines Knoten ihre Unterarme zierten.

Mit weiteren Seilen fixierte ich nun die gefesselten Arme am Körper, indem ich die Oberarme zwischen Ellenbogen und Achselhöhlen mit Schlaufen umwickelte und diese am Brustkorb fixierte. Den Hals beim Bondage mit einzuschnüren oder auch nur einmal zu umwickeln, war aus Sicherheitsgründen ein absolutes Tabu. Eine Strangulation galt es auf jeden Fall zu verhindern. Beim Bondage war peinlichst darauf zu achten, dass keine Körperstellungen gewählt wurden, die zum Einschlafen oder Abschnüren von Gefäßen führen konnten. Denn würde es so kommen, dann wäre es für den Passiven nicht mehr angenehm. Aber genau darum geht es beim Bondage. Es soll vor allem dem Passiven gefallen, denn der setzte sein ganzes Vertrauen in den Aktiven, der allerdings durch das Fesseln natürlich auch seine Gelüste befriedigt.

Nachdem Nadjas Oberkörper, ähnlich einer Zwangsjacke mit Tauen zur Bewegungslosigkeit fixiert war, legte ich mein Opfer behutsam auf die Körperseite. Nun wollte ich, so wie ich es mir schon Tage vorher ausgedacht hatte, auch ihre Beine fixieren. Ich legte eine Schlaufe um Nadjas Fußgelenke und machte einen festen Knoten hinein. Ich umwickelte ihre Fußgelenke acht Mal und ließ aber dazwischen noch so viel Freiheit, dass ich anschließend den Strickbund zwischen ihren Fußgelenken mit weiteren Schlaufen zusammenbinden konnte. Somit waren die Füße anschließend mit ungefähr Faustabstand trotzdem fest miteinander verbunden. Die Unter- und Oberschenkel wickelte ich in der Art, wie ich schon zuvor ihre Unterarme fixiert hatte. Im Bereich der Knie ließ ich die Wickelungen erst einmal aus, da ich ihre parallelen Unterschenkel anschließend an den Oberschenkeln verschnüren wollte. Ich beugte behutsam ihre Knie und drückte Nadjas Füße in Richtung ihres Gesäßes, sodass Unter-, Oberschenkel und Körperrumpf fasst parallel zu einem kleinen, hockenden Paket fixiert werden konnten.

Die Knie waren nun etwa auf Nadjas Brusthöhe angezogen. Ich zog zwei Schlaufen, die ich unter ihren Kniebeugen hindurch zog, um sie dann im Bereich ihrer Achselhöhlen hinter ihrem Brustkorb zu fixieren. Auf ihrem Rücken verknotete ich die Schlaufen. Spätestens jetzt war Nadja mir komplett ausgeliefert. Sie war so fixiert, dass sie aus dieser Figur aus eigenen Stücken nicht mehr heraus kommen konnte. Selbst Erik Weisz - besser bekannt unter seinem Künstlernamen Harry Houdini, - der weltberühmte Entfesselungskünstler ungarischer Herkunft, hätte in dieser Fesselungs-Stellung kapituliert.

Nadja schien es zu gefallen. So wehrlos und mir allein ausgesetzt war sie vorher noch nie irgendjemandem gegenüber gewesen. Vom Fesseln dieser sehr anmutigen und kleinen Serbin war mir vor lauter erotischer Erregung und Aufregung schon wieder zu ein Horn gewachsen. Nadja hatte meine Metamorphose zum Einhorn auch schon bemerkt. Während ich sie gefesselt hatte, hatte sie immer mal wieder versucht, meinen Schwanz mit ihren Fingern zu berühren, um meine Erektion zu provozieren. Sie schaute mir tief mit ihren großen, braunen und geheimnisvollen Augen in meine stahlblauen und flüsterte die Worte:

„Ich bin jetzt völlig wehrlos. ... fick mich so, wie es dir gefällt!"

„Aber gern", sagte ich und fügte scherzend hinzu: „Das hatte ich jetzt sowieso vor." Denn hätte sie es nicht gewollt, dann hätte ich es auch gelassen, egal wie spitz ich in dem Moment gewesen wäre. Aber nun hatte ich eine Einladung zu dem, was ich mir ohnehin gewünscht hatte.

Nadja lag noch immer auf ihrer Körperseite, die Knie vor ihrer Brust fixiert, die Füße am Gesäß, die Hände auf dem Rücken. Am liebsten hätte ich sie nun erst einmal in aller Ruhe und ausgedehnt geleckt. Da die Stellung es aber nicht zuließ - ihre Füße hätten dabei etwas gestört, denn ich hätte dann ihre Fersen in den Augenhöhlen -, berührte ich sie mit meinen Fingern an ihrer Vagina. Ich massierte ihre feuchten, großen und kleinen Schamlippen und steckte ihr einen Zeigefinger in ihre Pussy. Damit machte ich Rein-

und Raus-Bewegungen. Ich steckte ihr noch meinen Mittelfinger mit hinein und etwas später auch noch den Ringfinger.

„Mehr", befahl sie. Und ich gab ihr noch meinen kleinen Finger.

„Tja, ... ", sagte ich zu ihr, „... so sind sie, ... die Frauen. Erst wollen sie nur einen Finger ... und dann ... die ganze Hand."

„Richtig!", tönte sie.

Damit hatte ich jetzt nicht ernsthaft gerechnet. Aber, wo ich schon vier Finger drin hatte, da sollte der Rest wohl auch noch reinpassen. Immerhin hatte sie ja auch schon zwei Kinder geboren. Also zog ich meine vier Finger aus ihrer Lustgrotte und setzte die komplette, offene, gestreckte Hand mit den Fingerspitzen und dem Daumen vor ihrer Vagina an. Ganz langsam drückte ich die fünf Finger in ihre Scheide, bis sie bis zum Ansatz der Handfläche verschwunden waren.

Ich zog die Hand wieder ein wenig heraus und steckte sie noch tiefer hinein. Mit jeder Wiederholung wurde ihre Vagina etwas geschmeidiger und öffnete sich noch ein bisschen mehr. Ich drehte meine Hand dabei axial um mein Handgelenk, um ihre Körperöffnung auf diese Weise noch zusätzlich etwas zu dehnen. Nach einigen Wiederholungen war meine komplette Hand in Nadja verschwunden. In ihrer Scheide stimulierte ich mit der Rückseite eines Fingers ihren Grafenberg-Punkt. Nadja wurde immer erregter und schnaufte wieder durch ihre weit geöffneten Nasenlöcher.

Mit den Fingerspitzen berührte ich ab und zu ihren Muttermund, was sie zusätzlich zu erregen schien.
Nach verschiedenen Stimulationen brachte ich Nadja zum Orgasmus.

Als sie sich davon erholt hatte, sagte sie:
„Steck ihn mir in den Mund! Ich will deinen Saft!"

Gesagt - getan :-) Ich legte mich so vor ihrem Gesicht auf das Bett, dass sie - das geschnürte Paket - meinen Schwanz in ihrem Mund aufnehmen konnte. Sie deutete Bisse in meine Rute an und lutschte mich und fickte mich mit ihrem Mund. Sie züngelte unter meiner Vorhaut, hielt diese mit ihren Schneidezähnen fest, um sie hoch und runter zu schieben. Sie bohrte mir ihre spitze Zunge in den Harnleiterausgang, sog und blies an meinem Liebesknüppel und ließ ihn aus ihrem Mund flutschen, um dann den Schaft hoch und runter zu lecken und ihn dann wieder in ihren Mund zu saugen. Nach einer längeren penetranten Spezialbehandlung konnte ich mich nicht mehr zurückhalten.

Ich spritzte ihr, so wie sie es sich vorher gewünscht hatte, meinen Saft des Lebens in den Mund, als mein Horn gerade ganz tief in ihrem Mund steckte. Sie lutschte, machte Geräusche der Lust und schluckte die gesalzene Dosenmilch hinunter. Ich zog meinen Dödel wieder aus ihrem Schlund, um zu verhindern, dass sie noch daran erstickte. Ich küsste sie auf ihr mit meinem Sperma benetzten Lippen und leckte ihr die Tropfen aus dem Gesicht, die danebengegangen waren.

Nach einer kurzen Erholung sagte ich:
„Ich werde dich nun mal wieder befreien, wenn du es möchtest."

Sie willigte mit einem Kopfnicken ein. Ich öffnete die verschiedenen Knoten und Wicklungen in umgekehrter Reihenfolge, wie ich sie verschnürt hatte. Nach einigen Minuten war Nadja wieder Herrin über ihren Körper. Sie strahlte eine gewisse Erleichterung aus und machte den Eindruck, als wäre sie stolz auf sich, so als hätte sie einen lang geplanten Marathonlauf erfolgreich überstanden.

Ich lobte ihren Mut, sich auf so ein Abenteuer einzulassen. Sie hatte mich ja erst ein paar Stunden vorher in natura kennengelernt. Ich sagte ihr aber auch, dass ich, wäre ich an ihrer Stelle gewesen, so etwas niemals mit einem Unbekannten gemacht hätte. Das Risiko, dass der sich während einer Fesselung als Arsch oder Psycho herausstellen könnte, wäre mir einfach zu groß gewesen. Bei mir brauchte sie sich keine ernsthaften Gedanken dazu zu machen, da ich im Kern ein Frauenflüsterer bin und es mir Freude machte, die geheimen Wünsche einer Frau zu erfüllen. Dabei würde ich den angemessenen Respekt vor einer Frau nie verlieren. Bei jedem Anderen meiner Spezies wäre das aber leider nicht grundsätzlich gegeben gewesen.

Erst im Nachhinein schien Nadja richtig zu realisieren, welch großes Risiko sie für ihr erotisches Verlangen eingegangen war.

Wir lagen noch eine Weile auf dem Bett herum, knabberten ein bisschen an mitgebrachten, süßen Leckereien, schlürften etwas Champus, der bis dahin noch gar nicht ausgepackt war, und erzählten uns noch einige Anekdoten zu erotischen Erlebnissen, die wir schon genossen hatten. Am späteren Nachmittag beschlossen wir gemeinsam, den Tag ausklingen zu lassen.

Fazit dieses verrückten Erotiktages:
- eine ausgedehnte Tantra-Massage,
- eine Yoni-Massage,
- ein Arschfick,
- eine Bondage-Session,
- ein Faustfick,
- ein Blow-Job mit schlucken
- und diverse Orgasmen an beiden Fronten.

Ich wüsste nicht, was da noch gefehlt haben könnte.

Erfüllt von vielen neuen Erfahrungen und mittlerweile auch ziemlich müde von alledem, checkten wir aus dem Hotel aus. Nadja ging schon zu meinem Auto vor, während ich noch die Rechnung beglich. Am Auto stehend rauchte sie ihre wohlverdiente „Zigarette danach". Beide stiegen wir in das Auto und Nadja warf die Kippe durch das herunter gedrehte Fenster in das trockene Blumenbeet neben dem geparkten Auto.

Ich startete den Motor und wir machten uns auf den Heimweg. Im Rückspiegel sah ich, wie Nadjas weggeworfene Zigarettenkippe ein kleines Feuer in dem trockenen Blumenbeet entfachte. Nur wenige Sekunden vergingen und von den abgeblühten Blumen war nur noch ein Feuerball übrig.

Aus dem Hotel rannten mehrere Bedienstete mit Wassereimern und einem Feuerlöscher nach draußen, um das kleine Inferno, dessen Hunger bereits durch die ausgeblühten Blümchen gestillt war, sicherheitshalber in Löschmittel zu ertränken. Die Szene im Rückspiegel verschwamm mit jedem Meter, den wir uns weiter vom Hotel entfernten.

Auf dem Weg zu meinem Heimatsort setzte ich Nadja in Gronau wieder auf dem Parkplatz des Supermarktes ab, wo ich sie an jenem Morgen das erste Mal in natura gesehen und mitgenommen hatte. Auf der restlichen Strecke gingen mir viele Gedanken von meinem bis dato vorerst letzten Abenteuer durch den Kopf. Die vielen verschiedenen Szenen mit Nadja, gemixt mit den unterschiedlichsten Episoden der anderen Seitensprünge mit Stella, Hasal, Conny, Blerona, das verkorkste Date mit Julia, mein erstes Mal mit der namenlosen 35-Jährigen auf Sylt und sogar Szenen aus grauer Vorzeit mit meiner eigenen Frau.

Was haben mir diese Erfahrungen nun gebracht? Habe ich durch das Erlebte heute eine Antwort auf eine meiner vielen Fragen erhalten? Warum hält die Verliebtheit, die einen zu Beginn einer Beziehung umgibt und unseren Kopf und unseren ganzen Körper durchspült, nicht bis ans Ende unserer Tage?

Ein Naturwissenschaftler würde nun sagen, dass es in unseren Genen und der Evolution verankert ist. Es gibt die Zeit des Embryos, des Säuglings, des Kindes, des Pubertierenden, des Heranwachsenden, der geschlechtsreifen Eltern, die sich für ein oder mehrere Kinder entscheiden ... und und und.

Das Hormon-Chaos in der Pubertät und die Emotionalität als junger Heranwachsender, der innere Zwang, sich zu vereinigen, die Gier nach Sex und das Phänomen der Verliebtheit, sind dazu notwendig. Durch unsere Reproduktion in Form unserer gezeugten Kinder wird unsere Art erhalten. Was danach folgt, ist notwendig, damit die Art sich manifestiert und sich ihre Lebensgrundlage auf dem Planeten sichert.

Nach einer bis zu drei Jahren anhaltenden Verliebtheits-Phase treten andere Faktoren in den Fokus. Das Wohl und die Versorgung des Partners, der Ableger und von einem selbst und die Absicherung für das Alter. Während wir uns in einen anderen Menschen verlieben, sehen wir alles durch die viel zitierte rosarote Brille. Wir wollen einen Partner, zu dem wir hochschauen können, der etwas hat, was anderen fehlt. Der sich aus der Masse hervorhebt. Wir suchen den Partner auf dem Sockel eines Denkmals, der nicht nur einem selbst gefällt, sondern auch vielen Nebenbuhlern - das Fan-Phänomen.

Der Sockel schrumpft jedoch mit jeder Marotte, die sich im Laufe der Zeit herauskristallisiert. Und irgendwann ist der Partner nur noch auf Augenhöhe oder sogar weit darunter. Im schlimmsten Falle schaut man nur noch auf ihn herab.

„Steig auf dein Denkmal zurück!", hatte Annett Louisan einmal so treffend in ihrem Song „Der den ich will" gesungen, als es um einen Auserwählten ging, der im Laufe einer Beziehung seinen Charme und sein Charisma verloren hatte.

Die Aura, die einen sympathischen, aber noch überwiegend unbekannten Auserkorenen umgibt, ist eine Glänzendere als die eines Vertrauten.

Ein Mensch verliert zwangsläufig an Charisma, wenn man ihm schon öfter beim Kacken zugesehen hat!

Der banale Alltag mit seinen immer wiederkehrenden Situationen, die Verfestigung von sich wiederholenden Verhaltensmustern, die fehlende Fantasie der Partner, mal ein bisschen Abwechslung davon zu schaffen, ist es, was die Korrosion der glänzenden Oberfläche eines ehemaligen Idols in Gang setzt. Jeder einzelne ist halt auch nur ein Mensch - mehr nicht.

Der Stress im Beruf, die schlechte Laune, die man mit nach Hause bringt, und die eigenen Kinder, die den Fokus immer wieder auf sich ziehen, sind zusätzliche Beziehungs-Killer und lenken von der Zweisamkeit ab. Irgendwann sind die Rollen verteilt. Einer ist der Hauptverdiener, einer kümmert sich um die Kinder, einer um das Essen, einer um den Urlaub, einer um das Haus und und und.

Sicherlich überschneiden sich auch Aufgabenbereiche, für die beide zuständig sind, aber einer wird immer der Arsch sein, der wahrscheinlich deutlich mehr dazu beiträgt oder auch nur glaubt, dass es so sei. Der Alltag ist von Vorwürfen und Rechtfertigungen geprägt, weil jeder glaubt, dass er mehr Aufgaben im Alltag oder auch im Beruf erledigt, als der andere.

Auf der Rückfahrt brannte noch ein ganzes Feuerwerk von Fragen in meinem Kopf ab:

Was wird meine Zukunft für mich bereithalten?

Gibt es ab heute noch schöne Überraschungen für mich oder verfolgt bis ans Ende meiner Tage nur noch ein Déjà-vu das andere?

Wird es mit meiner Frau noch einmal so schön werden, wie es zu Beginn unserer Beziehung einmal war?

Hat unsere Ehe überhaupt eine reelle Chance?

Ist unsere kleine Tochter vielleicht nur noch der einzige Kitt, der unsere Verbindung zusammenhält?

Ist Sex in einer lebenslangen Beziehung überhaupt so wichtig, wie immer behauptet wird?

Wie viele Orgasmen hatte ich heute noch gleich?

Wie viele in den letzten verrückten Wochen?

Und wie wenig in den zehn Jahren davor?

Ist unsere Spezies überhaupt für die Monogamie geeignet?

Wird meine Frau sich von mir scheiden lassen, wenn sie dieses Buch liest?

Wie kann ich das verhindern?

Habe ich mir nach dem Faustfick eigentlich die Hände gewaschen?

Ist unsere Lebenszeit heute nicht viel zu lang, um sie mit nur einer Ehe auszufüllen?

Was wäre, wenn alle Menschen finanziell unabhängig und autark wären?

Gäbe es dann noch das Konstrukt der Ehe?

Sind es nicht oft nur die materiellen Dinge, die wir uns im Leben gemeinsam anschaffen, die uns von einer Trennung abhalten?

Ist das schlechte Gewissen nach einem Seitensprung die Qualen wert, die es uns hinterlässt?

Und was sind die Konsequenzen, wenn es einmal auffliegt?

Habe ich bei meinen Abenteuern vielleicht eine meiner Gespielinnen geschwängert?

Würde sich das uneheliche Kind mit meiner Tochter verstehen?

Sähe es ihr ähnlich?

Wäre eine offene Beziehung nicht für alle Beteiligten viel erfrischender?

Warum bin ich eigentlich nicht schwul?

Sollte ich es mal versuchen?

Schmeckt das Sperma anderer Männer genauso gut wie meines oder gibt es da regionale

Unterschiede?

Ist meine Tochter überhaupt meine Tochter?

Reicht der Sprit im Tank noch bis nach Hause?

Bin ich wirklich der Sohn der Leute, die sich mein Leben lang als meine Eltern ausgegeben haben?

Warum war ich noch nie mit meiner Frau in einem Swinger-Club?

Möchte ich überhaupt, dass meine Frau auch von anderen Männern perforiert wird?

Warum wurde ich noch nie perforiert - außer von Haushaltsgegenständen, die ich mir selbst eingeführt habe?

Muss man auf Dildos und Mösen-Mopets eigentlich eine Einfuhrsteuer bezahlen?

Hätte ich ein Problem damit, wenn meine Frau den Samen anderer Dreibeine schluckte?

Wäre eine dauerhafte Mätresse, so wie Fürsten, Könige und Kleriker sie früher hatten, nicht eine gute Alternative zur Monogamie?

Wo bekommt man so eine Mätresse in dieser Zeit überhaupt her?

Gibt es die auch kostenlos?

Wie spät ist es eigentlich?

Ob ich nochmal in meinem Leben eine Jungfrau vor die Flinte kriege?

Wann bekomme ich heute endlich mal etwas Essbares zwischen die Zähne?

Warum habe ich ausgerechnet jetzt so einen entsetzlichen Druck auf der Blase?

Wo ist der nächste Rastplatz?

Wo das nächste Klo?

Warum habe ich noch den Geschmack von Nadjas Möse im Mund?

Habe ich mir nach der letzten Nummer den Pimmel gewaschen?

Ob Hasal es in der Zwischenzeit mal mit jemandem für Geld gemacht hat?

Soll ich sie noch mal anrufen?

Habe ich noch irgendwo Knutschflecken oder Lippenstiftspuren am Körper oder an der Kleidung?

Warum sehen kleine, zierliche Südländerinnen so unerreichbar süß und sexy aus?

Ob Conny noch manchmal an mich denkt?

Was mag die geile Sau von Sylt heute wohl machen?

Ob sie wohl noch mehr Teenager in ihrem Leben vernascht hat, ... die gutaussehende, geile Pädophilin, die so wahnsinnig sexy und scharf wie Schifferscheiße war?

Habe ich jemals einen Gedanken daran verschwendet, sie wegen Missbrauchs eines Minderjährigen

anzuzeigen?

Wieso hätte ich das tun sollen?

Hätte ich vor Gericht gegen die Gute aussagen müssen, dann hätte ich mir bei der Schilderung des Tatherganges bestimmt vor Geilheit in die Hosen ejakuliert ... oder?

Würde ich sie heute gern noch mal sehen wollen?

44 - 15 = 29 ... 29 + 35 = 64 ... oder?

Oh, man ... ist die heute wirklich schon 64 Jahre alt?

Ob sie heute noch sexuell aktiv ist?

Ob sie überhaupt noch lebt?

Sollte ich die schwergewichtige Julia vielleicht doch noch mal anrufen?

Ob sie sich vielleicht doch noch das Leben genommen hat?

Ob sie sich zwischenzeitlich vielleicht mit einem dicken Drahtseil erhängt hat?

Wo war noch gleich das nächste Klo?

Finde ich es noch, bevor ich mir in die Hose pinkel?

Wo kommen denn plötzlich die Blutstropfen auf meiner Windschutzscheibe her?

Und woher die vielen Federn?

Ist mir gerade so ein dämliches Federvieh in den Kühlergrill geflogen?

... Shit!

Fragen über Fragen!

... und wer gibt mir nun die Antworten?

gez. Bo Banani

PS:

Meine Frau hat nächste Woche Geburtstag. Ich habe noch keine Geschenke. Ich werde ihr einen Gutschein über einen erotischen Tag in einem Hotel mit 5 Sternchen schenken. Mal schauen, ob ihr meine Spezialbehandlung auch so gut gefällt wie den vorausgegangenen Seitensprung-Akteurinnen ;-*

Stella aus N.:
Während ich das Buch gelesen hatte waren die Emotionen, die Gerüche, die Sonne auf der Haut und das Kribbeln wieder da. Wenn ich nicht schon wieder in einer festen Beziehung wäre, dann hätte ich Lust auf eine Wiederholung. Aber dann einmal mit Happy End.

Hasal aus B.:
Danke für das Buch "Bo Banani - Mein Bo und seine Abenteuer ... ", das Du mir als PDF geschickt hast. Danke für den schönen Tag und danke für Deinen Ratschlag bezüglich meiner Geschäftsidee. Ich hatte ihn mir zu Herzen genommen. Ich arbeite jetzt in einer Boutique in Münster. Bussi
:-*

Lilly aus W.:
Tolles Buch. Ich glaube, ich diskutiere Dein Angebot nochmal mit den 34 Mädels durch. Vielleicht sehen wir uns ja doch noch mal. Wer weiß?

Conny aus B.:
Witziges und dennoch erotisches Buch. Am besten haben mir die Kapitel 18 bis 23 gefallen ;-)
PS: Ich habe mir schon wieder neues Spielzeug gekauft ;-) Willst du es mal kennenlernen? :-*

Bruno aus N.:
Bo, du alte Schlunze ... Du weißt auch, wie man aus Scheiße Geld macht. Aber dennoch vielen Dank für deine vielen Tipps. Ich habe meiner neuen Freundin Anastasia das Buch auf das Nachtschränkchen gelegt. Nun wird sie beim Lesen immer rollig und

möchte anschließend von mir verwöhnt werden. Ich weiß nicht, wie lange meine Kondition das noch mitmacht.

Anastasia aus N.:
Danke Bo. Ich erkenne meinen Bruno gar nicht wieder. Diese Power und Fantasie. Am Wochenende will er mich fesseln. Ich freue mich schon darauf. Dein Buch ist jeden Cent wert ... du Ferkel ;-P

Vierundsechzigjährige aus „unbekannt":
Ich wollte ich wäre nochmal 40 Jahre jünger.

Julia aus G.:
Du Arschloch ... du blödes ... Fick Dich doch selbst. Schade, dass dein Buch nicht dicker war. Dann hätte es länger gebrannt.

Nadja aus G.:
;-* ;-* ;-* ... ich könnte schon wieder ... grrrrrr! Gefesselt und fixiert von der Decken hängend? Das musst du mit mir auch noch mal machen. Wollen wir uns nochmal treffen??? Ein NEIN werde ich nicht akzeptieren ;-*

Der Autor bittet um weitere Rezensionen auf der Homepage www.bo-banani.de

Bo Banani

Mein Bo und seine Abenteuer

oder

Wenn ich einmal alt, grau
und impotent sein werde,
bereue ich nur die Sünden,
die ich nicht begangen habe

www.bo-banani.de
bo-banani@gmx.de

BoD - Books on Demand, Norderstedt